Wencke hat nicht vor, während der Kur groß neue Freundschaften im Mütterheim zu schließen, doch bei Nina und deren Sohn Mattis macht sie eine Ausnahme. Die Mutter aus Bremen erzählt ihr seltsame Geschichten: Sie habe schon einmal einen Menschen getötet und würde verfolgt. Alles Humbug, denkt Wencke, bis Nina eines Nachts spurlos verschwindet – mit nichts bekleidet als ihrem Schlafanzug.

Sandra Lüpkes, geboren 1971, lebt auf Juist und in der ostfriesischen Stadt Norden. Sie arbeitet als freie Autorin und Sängerin. Im Rowohlt Taschenbuch Verlag sind u. a. der Küstenkrimi «Fischer, wie tief ist das Wasser» (rororo 23416) und «Halbmast» (rororo 23854) erschienen sowie der Wencke-Tydmers-Krimi «Das Hagebuttenmädchen» (rororo 23599):
«Temporeich und spannend bis zur letzten Seite.»
(Kölner Stadtanzeiger)

Sandra Lüpkes

Die Wacholderteufel

Kriminalroman

Rowohlt Taschenbuch Verlag

Originalausgabe
Veröffentlicht im Rowohlt Taschenbuch Verlag, Reinbek
bei Hamburg, Mai 2006
Copyright © 2006 by Rowohlt Verlag GmbH,
Reinbek bei Hamburg
Umschlaggestaltung any.way, Cathrin Günther
(Fotos: © K.-H. Hänel/Corbis
und Alen MacWeeney/Corbis)
Satz Minion PostScript bei
Pinkuin Satz und Datentechnik, Berlin
Druck und Bindung Druckerei C. H. Beck, Nördlingen
Printed in Germany
ISBN 13: 978 3 499 24212 0
ISBN 10: 3 499 24212 5

«Die Wacholderbeeren in Wein gesotten /
und darvon getruncken / ist gut den jungen Kindern /
so einen starcken schwären athem haben / daß sie bisweilen
auch Blut auswerffen / und soll eine gewisse Kunst seyn /
dann es zertheilet den Schleim in der Brust / und machet
denselbigen desto leichter auswerffen. Den Safft aus den
Blättern mit Wein getruncken / ist gut wider die
Schlangenbiß. ... Zur Zeit der Pestilenz soll man die Beere in
dem Mund kauen / so widerstehen sie dem giftigen Luft. ...
Wo man das Holz / die Blätter und die Beere räuchert /
da verkreucht sich alles Ungeziefer / und vertreiben den
bösen Luft / bewahren auch für allem Gifft.»

AUS DEM KRÄUTERBUCH
DES APOTHEKERS TABERNAEMONTANUS
(1520–1590)

1

«Ein Euro fünfzig», sagte der Wärter im kleinen Kabuff, das im Vergleich zu dem beeindruckend großen Felsmassiv der graugrünen Externsteine aussah wie ein Modellhäuschen.

«Am liebsten passend», er rückte beim Sprechen ein Stückchen weiter nach vorn und hielt seinen Mund näher an die ovale Öffnung der Glasscheibe, damit die junge Frau ihn besser verstehen konnte. «Ein Preis für Hin- und Rückweg!», fügte er hinzu und grinste. Es war einer seiner Lieblingsscherze.

Die junge Frau hatte das Geld schon abgezählt in der Hand gehalten. Sie legte die Münzen langsam auf die Durchreiche und hielt noch kurz die Hand darauf, damit sie nicht allzu laut klimperten.

Er riss von der Rolle eine der länglichen grün-weißen Eintrittskarten ab. «Vorsicht, mein Fräulein, die Stufen könnten etwas glatt sein. Bei dem Nebelwetter legt sich die Feuchtigkeit wie Schmierseife auf die Steine, das kann ich Ihnen aber sagen. Halten Sie sich gut fest. Ist anstrengend genug, der Aufstieg.»

Sie nickte nur und wandte sich ab.

Sie wirkt nicht wie eine typische Touristin, die neugierig die Umgebung erforschen will, dachte der Wärter. Er überlegte, ob er seinen Kollegen, die heute hinten im Wald arbeiteten, Bescheid geben sollte. Irgendetwas kam ihm merkwürdig vor. Die Frau war so schweigsam, sie hatte nicht ein winziges bisschen gelächelt, noch nicht einmal freundlichkeitshalber über seinen abgedroschenen Spruch.

Er war noch nicht lange dabei. Seit achtzehn Monaten gehörte er dem Arbeitstrupp des Forstamtes Horn an, meistens machte er das Kassenhäuschen an den Externsteinen. Nahm den Touristen ein bisschen Kleingeld für den Eintritt ab, damit sie sich diesen riesigen Steinhaufen von allen Seiten, vor allem von oben anschauen konnten. Er händigte ihnen auch für fünfzig Cent die Infobroschüre aus, in der in Englisch, Französisch und Deutsch geschrieben stand, dass diese Felsformationen ungefähr siebzig Millionen Jahre alt waren und seit jeher die Menschen fasziniert und inspiriert hatten. Er wies die Besucher auf das Kreuzabnahmerelief neben dem Eingang zur Grotte hin und zeigte ihnen den Weg zum Grabfelsen, der etwas abseits der Steine ein Stück weiter unten am Ufer des kleinen Sees lag. Die Anlage rund um die Felsen glich einem Park, eine große Rasenfläche breitete sich auf der Seite, an der auch das Wärterhäuschen stand, aus. Im Sommer standen hier jede Menge Parkbänke zum Ausruhen, und Blumenbeete zierten das beliebteste Ausflugsziel im Teutoburger Wald. Das Rundherum der Externsteine mit Spiegelbild im daneben liegenden, künstlichen See war irgendwann einmal von einem Landschaftskünstler perfektioniert worden. So etwas gefiel den Touristen eben.

Das Horner Forstamt war dafür zuständig, dieses Fleckchen Erde in Ordnung zu halten. Da er gern mit Mensch und Natur zu tun hatte, war er froh um diesen Job.

Aber in diesen letzten achtzehn Monaten war auch noch nichts passiert, zum Glück, dachte er. Doch er erinnerte sich: Seine Kollegen hatten mal gesagt, sie könnten diese gefährdeten Typen auf den ersten Blick erkennen. Man würde das spüren.

Er blickte der Frau hinterher. Sie schaute sich nicht großartig um, sondern ging beinahe geschäftig auf den Hauptfelsen zu. Sie trug einen grauen Wollmantel und eine gestrickte Mütze. Sonst sah sie irgendwie nackt aus. Es dauerte jedoch eine Weile, bis der Wärter dahinter kam, warum. Erst als sie schon die seitliche Treppe erklommen hatte, erkannte er es: Sie trug keine Tasche bei sich. Keinen Fotoapparat, keinen Rucksack, kein Garnichts. In seinem Kopf schrillte eine Alarmglocke, und er griff zum Funkgerät. Vor Nervosität verwechselte er die Knöpfe und drückte zuerst drei- bis viermal nur die Ruftaste. Seine Finger wurden feucht und zitterten. Endlich bemerkte er sein Versehen und fand den richtigen Schalter. «Horst hier. Ich sitze an der Kasse. Ich glaube, ich hab grad 'nen Flieger.»

«Was?», fragte eine Stimme.

«Scheiße, hier ist 'ne junge Frau. Die geht bei der Eins rauf. Mit der stimmt was nicht.»

Eine Zeit lang schwieg es in der Leitung. Dann meldete sich der Kollege hörbar aufgeregt: «Wie weit ist sie schon?»

Der Wärter schaute in Richtung Felsen, der am nächsten beim See lag und den sie die «Eins» nannten. Die jahrhundertealten Stufen waren schmal und wesentlich höher als die Treppenstiegen der heutigen Zeit. Die Besucher hatten stets zu kämpfen, um die Aussichtsplattformen zu erreichen. Nicht wenige machten mehrmals Rast und hielten sich am Geländer fest. Doch die Frau stieg hinauf, als wäre zwischenzeitlich eine Rolltreppe eingebaut worden. «Sie ist fast oben!», keuchte er in den Hörer. «Soll ich hinterher?»

«Nee, bloß nicht. Bleib erst mal, wo du bist. Sonst erschreckst du sie noch, das ist nicht gut!» Es rauschte kurz aus dem Funkgerät. Dann meldete sich der Kollege wieder. «Hat sie Drogen genommen?»

«Woher soll ich das wissen? Ich habe ihr eine Karte verkauft und keine Blutprobe entnommen.»

«Mensch, mach nicht so blöde Witze. Du weißt genau, was ich meine. War die Tante irgendwie schwarz gekleidet, hatte sie eine Alkoholfahne, sah sie abgefuckt aus?»

«Nein, sie sah ganz normal aus. War nur ein bisschen merkwürdig. Und sie hatte keine Tasche dabei.»

«Keine Tasche?»

«Ja, sie hatte kein Portemonnaie dabei, sondern die Kohle

schon passend in der Hand gehabt. Sie hat auch keine Fotos gemacht oder sich die Gegend angeschaut. Sie ist einfach nur auf den Felsen zu und dann ... O Scheiße, jetzt ist sie oben ... Mann, Mann, Mann, was soll ich jetzt tun?»

«Wir sind schon unterwegs, Horst. Bleib cool. Vielleicht irrst du dich ja auch. Stell dich unten hin und zeig ihr, dass du sie beobachtest. Das hält viele davon ab zu springen.»

Toll, dachte Horst, warum muss mir das passieren. Seine Knie waren weich wie Butter, als er sich aus dem engen Häuschen schob. Das feuchte Wetter der letzten Tage hatte den Boden aufgeweicht, und sein Schuh versank ein Stück in der lehmigen Erde. Als er weiterging, schmatzten seine festen Sohlen bei jedem Schritt. Er blickte nach oben. Der Hauptfelsen war ein richtig klobiges Ding. Breit und sicher dreißig Meter hoch ragte er in den grauen Wolkenteppich, und ganz oben stand eine Frau, die sich allem Anschein nach gleich in die Tiefe stürzen wollte.

Neulich hatte einer der Kollegen bei der Frühstückspause noch so eine dämliche Bemerkung gemacht. Dass es bald mal wieder an der Zeit wäre, hatte er gesagt und dabei in seine Wurststulle gebissen. Dass sich mindestens alle zwei Jahre jemand dort umbringen würde. Oder versehentlich stürzte, weil die unerlaubte Kletterpartie in die Hose gegangen war. Manchmal glaubten auch welche, die zu viele Tabletten genommen hatten, sie könnten fliegen. Deswegen nannten sie diese Kandidaten auch «Flieger». Es gab sogar so etwas wie eine Regel hier an den Externsteinen. Die versehentlichen Todesstürze geschahen in Richtung Wärterhäuschen, die Selbstmörder hingegen sprangen an der Seeseite. Erfahrungswerte, hatte der Kollege behauptet. Aber sie hatten nicht darüber gesprochen, was denn nun zu tun sei, wenn man da so jemanden stehen hatte, egal an welcher Seite, der am Wärterhäuschen doch lieber nur ein «One-way-Ticket» gelöst hätte.

Es nieselte leicht. Als der Wärter nach oben schaute, legte er sich die Hand schützend vor die Stirn. Er konnte nur den grauen Mantel sehen, der Wollstoff wehte leicht hin und her. Sie stand mit dem Rücken zu ihm und blickte Richtung See. Vielleicht genoss sie ja wirklich nur die Aussicht auf die fast glatte Wasseroberfläche, in der sich der Nebel und die Bäume des anderen Ufers spiegelten.

«Wie lang braucht ihr denn noch?», flüsterte der Wärter ins Funkgerät. Er wusste, die anderen waren ein ganzes Stück in den Wald gegangen. Sie waren dabei, Bäume auszusuchen und zu markieren, damit in der nächsten Woche die Jungs mit den Sägen antanzen konnten. Noch vor Weihnachten sollten die Stämme ins Lager gebracht und verkauft oder im nächsten Frühjahr als Begrenzungszäune zusammengebaut werden. Die Kollegen hatten also richtig viel zu tun. Wer hätte denn auch ahnen können, dass es ausgerechnet heute wichtig war, sich nicht zu weit zu entfernen?

Endlich meldete sich die Stimme. «Dauert noch zwei, drei Minuten.»

«Das ist zu lang. Ich geh jetzt hoch!»

«Kannst du was sehen?»

Er rutschte nochmal einen Schritt rückwärts durch den Matsch. Als er den Kopf in den Nacken legte, erkannte er, dass die Frau sich inzwischen am Geländer zu schaffen machte. Der Sicherheitszaun war nicht allzu hoch, bestand jedoch aus leicht spitzen Metallstreben, die ein bequemes Hinüberklettern erschwerten. «Ich glaube, die will gerade über das Gitter steigen.»

«Dann los. Aber sei bloß leise!», kam das Kommando.

Er nahm die ersten Stufen zu hastig. Die Erde unter den Schuhen ließ ihn nach wenigen Schritten vom Stein abgleiten, und er stieß sich das Schienbein. Doch es gelang ihm, den entsprechenden Fluch zu unterdrücken. Ein Schmerzensschrei –

und sei er auch noch so kurz – hätte die Selbstmordkandidatin auf ihn aufmerksam gemacht. Bereits auf dem ersten Absatz ging sein Atem schwer. Diese verflucht hohen Stufen gingen an die Substanz. Nachdem er kurz nach Luft geschnappt hatte, griff er kräftig nach dem Geländer und zog sich hoch. Wie viele Stufen waren es noch? Er hörte das Funkgerät flüstern, doch er beachtete es nicht. Die Jungs sollten sich lieber beeilen, statt in der Gegend herumzufunken. Kurz drehte er sich um. Normalerweise müssten sie von hier oben aus schon zu erkennen sein. Sie waren im Waldstück auf der anderen Seite der großen Wiese, die Bäume standen am Rand etwas weiter auseinander. Wann tauchten sie endlich auf? Obwohl, was könnten die nun noch ausrichten? Wenn jemand wirklich springen wollte, dann tat er es auch, war es nicht so? Wenn jemand so ruhig und selbstverständlich hierhin kam, an einen hübschen, aber im Winter gottverlassenen Ort mitten im Naturschutzgebiet, dann hatte er – oder in diesem Fall sie – es sich schon gut überlegt. Dann war der Mensch vielleicht schon so gut wie tot, bevor die ersten Stufen erklommen waren.

Jetzt war er fast oben. Er hielt kurz inne, und erst jetzt fiel ihm auf, wie still es heute war. Der Nebel im Wald verschluckte jedes Geräusch, Vögel waren im Dezember kaum da, Menschen sowieso nicht. Nur er und sein inzwischen rasselnder Atem und diese Frau, bei der er gleich ankommen würde. Nie zuvor war er so schnell auf diesen Felsen gestiegen. Er hatte nicht geahnt, dass er überhaupt in der Lage zu solch einem Tempo war. Noch zehn Stufen. Es war zu schaffen. Er ließ das Geländer los und wischte sich den Schweiß von der Stirn. Seine Hand hinterließ den metallischen Geruch des Treppengeländers in seinem Gesicht. Er nahm die letzte Biegung. Er war da.

Von unten hörte er nun das Rufen der Kollegen, doch er drehte sich nicht um. Blickte nur geradeaus. Erfasste mit seinen Augen die Stelle, an der er die Gestalt im grauen Mantel erwartet und erhofft hatte. Doch er sah nur die Baumspitzen und den Himmel dahinter. Sonst nichts. Die Frau war nicht mehr da. Hier oben sah es so aus wie immer. Wie bei jedem Rundgang, wenn er kurz vor Feierabend noch einmal kontrollieren musste, ob sich noch jemand auf den Felsen herumtrieb. Da waren nur die Aussichtsplattform und der dunkelrote, angekratzte Zaun. Die Steine glänzten ein wenig vom leichten Regen, der sich darauf sammelte und in langsamen Tropfen herunterperlte.

Er bewegte sich nicht. Kurz zog er in Erwägung, über die Brüstung zu blicken. Zu schauen, wo der Körper wohl gelandet war. Doch er entschied sich dagegen. An dieser Seite fiel der Felsen zwanzig Meter senkrecht herab, nur unterbrochen von einem kantigen Vorsprung. Darunter lag, noch einiges tiefer, der hübsche See. Er konnte sich den Sturz der Frau vorstellen. Oft genug hatte er spaßeshalber einen Stein hinabgeworfen und den Fall, den Aufprall und die Landung im Wasser beobachtet. Er wusste, sie war tot.

Sie hatte sich keine Zeit gelassen, um noch gerettet zu werden. Sie hatte vor ihrem Sprung keinen Laut von sich gegeben. Keinen Schrei. Vermutlich noch nicht einmal ein zögerndes Scharren mit den Schuhen auf dem nassen Stein.

Selbst wenn er mit einem Lift nach oben gesaust wäre, hätte er nichts ändern können. Er brauchte sich keine Vorwürfe zu machen. Es war nicht seine Schuld, er hatte nicht versagt.

Trotzdem ließ er sich langsam auf der obersten Stufe nieder, schaltete das Funkgerät aus, vergrub sein Gesicht in der Armbeuge. Seine Tränen hinterließen einen feuchten Fleck auf dem kratzigen Stoff seines Flanellhemdes.

2

«Ja. Hallo. Mein Name ist Wencke Tydmers, ich komme aus dem ostfriesischen Aurich, bin fünfunddreißig und ledig. Ich bin hierher gekommen, weil …»

Ja, warum war sie eigentlich hier?

Gut zwanzig fremde Augenpaare musterten sie. Sie fühlte, wie die Blicke von ihrem offen stehenden Mund, aus dem kein weiteres Wort mehr kommen wollte, hinuntergleitten und auf ihrem Bauch liegen blieben. Obwohl sie das weite, etwas ausgeleierte rote Sweatshirt trug – ihr Lieblingsstück mit der Pistole auf der Brust, tausendmal gewaschen und ohne Form –, konnte sie den kleinen runden Hügel unter der Brust nicht mehr verbergen.

«Frau Tydmers?», fragte die Kurleiterin, eine aparte Frau namens Viktoria Meyer zu Jöllenbeck. «Alles in Ordnung, Frau Tydmers?»

Wencke nickte und setzte sich wieder hin. Es gab überhaupt keinen Grund, hier irgendjemandem irgendetwas zu erzählen.

Eine kurze Weile war es still in dem warmen, holzvertäfelten Raum, lediglich das unregelmäßige Schaben eines Astes an der großen Fensterscheibe war zu hören. Der Nadelbaum wankte im Wind. Die Leute hier im Teutoburger Wald sprachen von Sturm. Darüber konnte Wencke nur schmunzeln. Sturm war etwas anderes. Sturm gab es nur zu Hause.

Endlich räusperte sich Ilja Vilhelm, der als leitender Psychologe und selbst ernannter Motivationstrainer die heutige Vorstellungsrunde moderierte. Da er der einzige Mann im Raum war, gut aussehend noch dazu, zog er sofort die Aufmerksamkeit aller Frauen auf sich.

«Gut, danke, Frau Tydmers. Wenn Sie nicht mehr von sich erzählen wollen, ist das vollkommen in Ordnung.» Er zwinkerte ihr vertraulich zu. Wencke erschien es unangemessen, in dieser Runde so auf Tuchfühlung zu gehen, sie schaute weg. Ilja Vilhelm stand auf, ging ein paar Schritte in die Mitte des Stuhlkreises und ließ seinen Blick einmal über die Runde schweifen.

«Ich möchte an dieser Stelle nochmal darauf hinweisen, dass bei uns niemand gezwungen wird, etwas zu sagen. Wir sind hier eine offene Gemeinschaft, wir werden die nächsten drei bis vier Wochen miteinander verbringen, und jede soll so sein, wie sie ist. Jede ist uns willkommen, auch wenn sie lieber nicht so viel erzählen möchte.»

Der letzte Satz schickte all die neugierigen Blicke wieder in Wenckes Richtung zurück. Diese zuckte die Schultern. «Ätsch-bätsch!», wollte sie sagen. «Ihr werdet nichts über mich erfahren. Nicht, warum ich schwanger, aber ledig bin. Nicht, warum ich in dieses Sanatorium eingewiesen wurde. Und erst recht nicht, ob ich irgendwelche Probleme habe.» Denn sie wusste ja selbst nicht, warum, wieso, weshalb. Obwohl das traurig genug war, lächelte sie tapfer. Und schwieg.

«Hallo!» Unbemerkt war die Schwarzhaarige neben ihr aufgestanden und winkte unsicher in die Runde. Wencke registrierte erleichtert, dass die Aufmerksamkeit von ihr abgelenkt wurde und nun auf ihrer Stuhlnachbarin ruhte. «Nina Pelikan aus Bremen. Ich bin siebenundzwanzig Jahre, ich arbeite im Supermarkt, bin verheiratet, habe einen zehnjährigen Sohn, den Mattis. Er ist mitgekommen, weil mein Mann keine Zeit hat, sich um ihn zu kümmern. Ich bin im sechsten Monat schwanger.» Sie strich sich zärtlich über den Bauch, dem man im Gegensatz zu Wenckes noch nicht so deutlich ansehen konnte, dass sich ein Kind darin ausbreitete.

Wencke wurde bewusst, dass sich bislang all die anwesenden werdenden Mütter auf irgendeine Weise in Pose gebracht hatten. Entweder hatten sie demonstrativ die Hände ins Kreuz gelegt und die Hüfte nach vorn geschoben, oder sie waren schwerfällig vom Stuhl aufgestanden, mit Leidensbittermiene und angestrengtem Schnaufen, als stünde die Geburt unmittelbar bevor. Die meisten hatten aber zumindest diese feine, liebevolle Geste gemacht, wie eben diese Nina Pelikan zu ihrer linken Seite. Eine schützende Hand auf dem Bauch.

Nur Wencke hatte nichts dergleichen veranstaltet.

«Ich setze viele Wünsche und Hoffnungen in diese Kur», fuhr die Frau fort. Sie war recht hübsch, allerdings erst auf den zweiten Blick. Die dunklen glatten Haare waren gefärbt und ließen sie ein wenig graumausig erscheinen. «Wenn man voll berufstätig ist, dann noch seinen Pflichten als Mutter und Hausfrau nachkommen muss ...», sie seufzte tief und erntete verständnisvolles Nicken ringsherum. «Ich denke, ihr wisst alle, wovon ich rede.» Allem Anschein nach traf dies – bis auf Wencke – zu. «Ich möchte Ruhe finden, Ruhe und Kraft. Für mich, für Mattis und natürlich für das kleine Wesen hier in meinem Bauch. Es wird ein Mädchen, sagt der Arzt. Wir wollen sie Helen nennen.»

Einen Namen muss ich mir auch immer noch ausdenken, fiel es Wencke wieder ein. Sie hatte bisher nur einen flüchtigen Gedanken darauf verwenden können. Wann denn auch? An dem Tag, als sie morgens den hellblauen Streifen auf dem Testgerät erblickte, hatte sie mit ihrer Abteilung gerade eine Weiterbildung zum Thema «Sexuelle Gewalt» absolviert, da stand ihr der Kopf ganz woanders. Danach war diese Sache mit dem toten Mädchen aus Dornumersiel passiert: ein widerlicher Fall, der die ganze Abteilung auch jetzt noch in Atem hielt. Zwischendurch war sie mal irgendwann beim Arzt gewesen, der ihr beste Gesundheit attestierte und mit Hilfe einer umständlichen Scheibe errechnete, dass sie schon im vierten Monat sei. Also hatte sie bisher keinen Anlass gesehen, irgendetwas wesentlich anders zu machen als sonst auch. Es ging ihr doch so weit gut, körperlich zumindest.

Dann kam jedoch dieser Ärger mit Ansgar, als er von dem Kind erfuhr und sofort Alarm schlug, sie solle sich an den Schreibtisch versetzen lassen und nur noch leichte Büroarbeit machen. Sie hatte nicht im Leben daran gedacht, seiner Forderung nachzukommen, und hielt es auch jetzt noch für unzumutbar, sich wie ein Invalide zu benehmen, nur weil sie schwanger war. Sie hatten sich fürchterlich gestritten. Und seit geraumer Zeit herrschte Funkstille.

Ganz schön viel Mist hatte sich auf ihrem Leben angehäuft, da war nicht viel Zeit übrig geblieben, um sich mal um sich selbst zu kümmern. Bis sie zusammengeklappt war.

Wencke Tydmers war kein Typ, der sich leicht aus den Angeln heben ließ, doch vor zwei Wochen war sie von einer Sekunde auf die andere in die Waagerechte gegangen. Dummerweise war dies nicht irgendwo am menschenleeren Deich, in den eigenen vier Wänden oder zumindest in ihrem Büro im Polizeirevier passiert, sondern mitten in der Auricher Fußgängerzone, auf dem Marktplatz, neben einem Stand für Frischgeflügel. Sie hatte eben zehn Eier von glücklichen Hühnern gekauft, davon war ihr eines heruntergefallen, genau auf die Schuhspitze. Sie hatte den Dotter von ihrem Stiefel auf das Straßenpflaster tropfen sehen. Und als sie sich danach bücken wollte, war ihr schwarz vor Augen geworden und sie hatte sich lang gemacht. Wegen eines blöden Hühnereis.

«Frau Pelikan, was hat Sie dazu bewogen, ausgerechnet nach Bad Meinberg zu kommen?», fragte Ilja Vilhelm mit therapeutisch-verständnisvollem Lächeln.

«Die Krankenkasse hat das Heim für mich ausgesucht», antwortete Nina Pelikan brav.

«Waren Sie schon einmal hier?»

Die Antwort kam eher zögerlich. «Nein, noch nie. Ist aber eine schöne Gegend hier. Ein wenig verwunschen, der Wald und so.» Unsicher setzte sich die Frau wieder zu Wencke.

«Und morgen soll es sogar den ersten Schnee geben!», fügte Ilja Vilhelm an und erntete einen Applaus, als hätte er eine Runde Freibier angekündigt.

Er blieb stehen, ließ sich offensichtlich noch gern ein wenig beklatschen, und ging dann auf Wencke zu. Direkt vor ihrem Stuhl blieb er stehen, beugte sich leicht herunter, als rede er mit einem Kind. «Und Sie, Frau Tydmers? Wie sind Sie auf die *Sazellum*-Klinik gekommen?»

Wencke kam nicht umhin, sich den Klinikpsychologen genau anzusehen. Er mochte Mitte vierzig sein, seine blonden Haare waren noch schön dicht und voll, seine Haut glatt und gesund, er hatte sicherlich einen vorbildlichen Lebenswandel. Die hohe, breite Stirn machte ihn rein äußerlich zum Denkertypen. Das kräftige Kinn und die nicht gerade kleine Nase unterstrichen gleichzeitig seine Männlichkeit. Wer immer Ilja Vilhelm als Seelendoktor in dieser reinen Frauenkurklinik eingestellt hatte, hatte einen Volltreffer gelandet. Bei einem solchen Mann waren die Patientinnen sicher gern gewillt, ihr Herz auszuschütten und an sich zu arbeiten. Oder was immer einem bei einem solchen Aufenthalt abverlangt wurde.

«Frau Tydmers? Hat Ihre Versicherung unser Haus für Sie ausgewählt? Ich frage dies nur für unsere Akten. Wir führen Statistik darüber.»

«Nein. Das war ein Kollege.»

«Oh. Ein Kollege?»

«Ja, mein Stellvertreter im ... im Büro. Er hat einmal bei Ihnen ein Coaching mitgemacht. Vor sechs Jahren auf Menorca. Als Sie noch freiberuflich tätig waren.»

«Ach», sagte Vilhelm langsam. «Stimmt, das kann sein. Bevor ich in der *Sazellum*-Klinik die psychologische Betreuung übernommen habe, habe ich Motivationskurse gegeben und war als Berater für Wirtschaftsunternehmen und Behörden zuständig. Ein harter Job, das kann ich Ihnen sagen. Und daher kennt er mich noch?» Vilhelm schien erfreut.

«Er kennt Sie nicht nur, er liebt Sie. Wenn Sie wüssten, wie oft er uns Ihre Methoden vorgepredigt hat. Sollten Sie mal einen Stellvertreter suchen, dann wenden Sie sich an ihn. Sein Name ist Axel Sanders.»

Vilhelm zog interessiert die Augenbrauen in die Höhe. «Ich kann mich leider nicht an ihn erinnern. Aber sollte ich mich jemals wieder in die freie Wirtschaft trauen, so werde ich auf Sie zurückkommen.»

Wencke stellte sich Axel Sanders kurz hier an Vilhelms Stelle vor. In einem seiner schnieken, tadellos sitzenden Sakkos. Ja, das würde ihm sicher gefallen. Die volle Aufmerksamkeit verzweifelter Frauen auf sich gerichtet zu wissen. Da wäre der attraktive Axel Sanders zur Höchstform aufgelaufen. Schon allein das Engagement, mit dem ihr Kollege – und seit nunmehr einem guten Jahr auch Mitbewohner – sich nach ihrem Zusammenbruch um sie gekümmert hatte, war beachtlich. Er hatte sie im Krankenhaus besucht, hatte bei der ersten Ultraschalluntersuchung aufgeregt ihre Hand gehalten und hatte nach Feierabend den WG-eigenen PC in Beschlag genommen, um nach dem Diplompsychologen zu suchen, der seiner Ansicht nach der Einzige sein konnte, der Wenckes Problemen würdig war. Axel Sanders war nicht ihr Geliebter, erst recht nicht der Vater ihres Kindes, eigentlich noch nicht einmal ihr liebster Kollege in der Auricher Mordkommission. Aber er hatte sich nach der Sache mit dem Ei auf dem Stiefel als wirklicher Lichtblick erwiesen. Sie hatte ihm versprechen müssen, sich einmal am Tag bei ihm zu melden. Abends um zehn, wenn hier im Kurheim absolute Nachtruhe verordnet war. Dann war auch Axels Schicht normalerweise zu Ende, und sie konnte ihn zu Hause erreichen. Bei ihrem Abschied am Morgen am Bahnhof in Leer war ihr dieses Telefon-Versprechen so lächerlich vorgekommen, als ginge sie auf Klassenfahrt und er sei ihr Vater. Doch schon jetzt, ein paar Stunden später, konnte sie dem Gedanken, mit einem halbwegs vertrauten Menschen ein halbwegs normales Gespräch zu führen, einiges abgewinnen.

Die Vorstellungsrunde lief weiter. Jede stand kurz auf, erzählte ein wenig über sich und gab das eine oder andere Problem der Allgemeinheit preis. Es waren alle weiblichen Charaktertypen vertreten: Es gab die verbissene Zicke, die gemütliche Glucke, die naseweise Oberlehrerin, die kumpelhafte Schwester, die frustrierte Schachtel, die aufgestylte Tussi, die maskuline Matrone. Natürlich nur auf den ersten Blick. Natürlich sollte man jeder Einzelnen eine Chance geben, natürlich war es unschön von Wencke, vorab Urteile über diese Frauen zu fällen. Immerhin war sie eine von ihnen. Welche Rolle ihr in den Augen der anderen wohl zugeschoben wurde? Denn dass wohl jeder zumindest Anflüge hatte, andere zu kategorisieren, stand für Wencke fest. Davon konnte sich keiner freimachen.

Wencke schaute kurz an sich herunter und strich sich durch das kurze, rot gefärbte Haar. Wahrscheinlich war sie die sportive Powerfrau. Oder die coole Karrieretante. Durch ihre Körpergröße, das wusste Wencke, wurde sie jedoch oft auch als niedliche Kindfrau angesehen. Die großen, runden Augen, das breite Grinsen und die Stupsnase taten ihr Übriges. Auch wenn sie mit ihrem Outfit, meist Jeans und Lederjacke, noch so sehr dagegen ansteuerte. Sie wurde nicht selten um fünf bis zehn Jahre jünger geschätzt. Manche Menschen duzten sie noch. Meistens ungefragt, was insbesondere bei Verhören ziemlich nervig war und oft die reinste Provokation darstellte.

Plötzlich war die Veranstaltung zu Ende. Wencke hatte – ganz in Gedanken versunken – komplett den Faden verloren, und es kam ihr vor, als wäre sie von der aufwallenden Geräuschkulisse aus dem Tiefschlaf gerissen worden. Die Ladys erhoben sich, einige steuerten relativ zielstrebig aufeinander zu und fingen ein Gespräch an. An Wencke wandte sich keine. Sie blieb noch einen Moment auf ihrem Stuhl sitzen und dachte an Zigaretten. Seit sie die Schwangerschaft festgestellt hatte, hatte sie nicht mehr geraucht. Es war ihr zwar leichter gefallen, als sie es jemals für möglich gehalten hätte. In diesem Moment hätte sie jedoch zu gern in die kleine Pappschachtel gegriffen und die vertrauten, weich-warmen Tabakstängel zwischen ihren Fingern gespürt.

«Ich glaube, man hat uns an denselben Tisch gesetzt», sagte eine leise Stimme neben ihr. «Ich war heute Mittag schon da, und da sagte man mir, ich würde mit einer Frau aus Ostfriesland zusammensitzen. Das bist dann ja wahrscheinlich du.»

Wencke drehte sich nach links. Nina Pelikan lächelte sie an. Hatte sie nicht eben erzählt, dass sie siebenundzwanzig Jahre alt sei? Sie sah älter aus. Vielleicht lag es daran, dass sie so blass und etwas zu mager war. Nina Pelikan hatte mit Sicherheit nie Probleme damit, von irgendjemandem ungefragt geduzt zu werden.

«Der Mattis, mein Sohn, sitzt auch bei uns. Ich hoffe, es macht dir nichts aus. Er benimmt sich in der Regel anständig.»

«Kein Problem», sagte Wencke.

«Er ist ja schon zehn», erklärte die Frau.

«Ich freue mich, ihn kennen zu lernen», schwindelte Wencke.

«Unglaublich, zehn Jahre ist er schon. Und ich bin acht Jahre jünger als du. Aber das ist dann wohl nicht dein erstes Kind, oder?»

«Doch», sagte Wencke, und es gelang ihr, diese mütterliche Handbewegung über dem Bauch zu machen.

«Späte Mutter!», stellte Nina Pelikan fest.

Wencke spürte, dass das nicht böse gemeint war. Nina Pelikans Bemerkung war eher eine indirekte Aufforderung, dass Wencke sie auf die eigene sehr frühe Mutterschaft ansprechen sollte. Natürlich hatte Wencke automatisch mitgerechnet und festgestellt, dass Nina noch ein halbes Kind war, als ihr Sohn geboren wurde. Wencke witterte etwas Unangenehmes. Wenn sie dieser fast fremden Frau nun den Gefallen tat und auf das Thema einging, dann könnte das in eines dieser «Werdende-Mütter-Gespräche» ausarten. Und dazu war Wencke beim besten Willen noch nicht bereit. Also war es entschieden besser, die «späte Mutter» unkommentiert zwischen ihnen stehen zu lassen. Sie stand auf. «Ich muss nochmal kurz aufs Zimmer, wir sehen uns dann ja gleich!»

Fast alles war doof hier.

Die Erzieherin hatte Mundgeruch. Beim Memory gab es beinah keine Kartenpärchen mehr, und die wenigen, vielleicht noch gut zwölf, waren durch angeknabberte Pappecken sowieso unbrauchbar. Die anderen Kinder hatten alle noch Pampers, außer dieser Joy-Michelle, aber die war ein Mädchen und heulte dauernd. Zum Glück begann ab morgen die Schulgruppe, dann war er wenigstens die Babys und Kleinkinder los.

Das schlimmste: Der PC-Raum war nur Dienstag und Donnerstag von zwei bis vier geöffnet. Und in der Kindergruppe durfte man nicht mit dem Gameboy spielen.

Trotzdem nahm Mattis sich fest vor, sich nichts anmerken zu lassen. Seine Mutter sollte glauben, dass es kein Problem für ihn war, hier zu sein.

Es gab ja auch wirklich ein paar Sachen, die echt besser waren als zu Hause in Bremen. Zum Beispiel, dass er mit Mama in einem Bett schlafen konnte. Er rechts und sie links. Als wenn er jetzt den Mann ersetzte. Er durfte genauso lange aufbleiben wie Mama. Sie hatte ihm versprochen, dass sie hier immer gemeinsam ins Bett gehen würden, beide gleichzeitig. Und das war Klasse.

Zu Hause war es ganz anders. Dort musste er sofort nach dem Abendbrot in sein Zimmer. Er hatte zwar einen eigenen Fernseher im Zimmer und konnte so lange glotzen, wie er wollte, oder am PC sitzen, bis der Bildschirm vor seinen Augen flimmerte, aber er durfte nach halb acht nicht mehr rauskommen. Konnte er auch gar nicht, weil seine Mama immer die Tür abschloss. Wenn er mal pinkeln musste, sollte er ins Töpfchen machen. Dabei war er mit zehn Jahren echt schon viel zu alt für einen Pisspott. Er musste immer tierisch aufpassen, um nichts daneben zu machen, der bescheuerte harte Kunststoffrand kniff auch noch schrecklich am Po. Wenn Freunde zu Besuch kamen, schob er immer als Erstes die blaue Plastikwanne unter das Bett. Mittlerweile hatte er aufgehört, nach fünf Uhr abends noch was zu trinken, damit dieses Problem mit dem peinlichen «Aufs-Töpfchen-Gehen» gar nicht erst auftrat.

Hier in Bad Meinberg gab es keinen Nachttopf und keine verschlossenen Türen. Er freute sich schon auf den Abend. Dann konnte er sich bestimmt bei seiner Mutter in den Arm rollen und endlich mal richtig schlafen. Das war wirklich gut.

Beim Mittagessen hatten sie noch allein am Tisch gesessen. Es hatte Lasagne gegeben, und Mattis hatte sich zweimal Nachschlag vom Buffet genommen. Weil sonst kaum jemand im Speisesaal gewesen war, hatte Mama nichts gesagt. Sonst hätte sie sicher wieder gemault: «Lass für die anderen noch was übrig. Sei nicht so gierig. Schlag dir den Bauch nicht so voll, du wirst Magenschmerzen bekommen.» Seine Mutter war ja eigentlich okay. Er sah sie nicht besonders oft, weil sie zu Hause immer arbeiten ging. Aber wenn sie mal da war und nicht zu k. o., den Mund aufzumachen, sagte sie ständig solche Sachen. Immer wenn es für ihn gut lief, nörgelte sie an ihm herum. Manchmal kam es ihm vor, als wolle sie nicht, dass er sich irgendwo wohl fühlte. Das war komisch. Er wusste doch, dass sie ihn lieb hatte. Aber immer verbot sie ihm die schönsten Sachen.

Heute Mittag war es ihr aber anscheinend egal gewesen, dass er gegessen hatte wie ein Scheunendrescher. Vielleicht auch, weil sie sich selbst nur einen Klecks Tomatensalat auf den Teller geladen hatte. So konnte er auch ihre Portion Nudeln verputzen. Und hinterher noch zwei Schälchen Schokopudding. Aber wahrscheinlich war sie wieder so müde. Mama war immer zu müde zum Essen. Und meistens auch zum Reden. Sie hatte am Tisch keinen Pieps gesagt.

Nun waren sie dem Gong gefolgt, der alle Leute in der Klinik zum Abendessen rief, und da hatte er die andere Frau schon dort sitzen sehen. Es war ein guter Platz. Ein runder Holztisch in der Ecke, direkt am Fenster, aber auch nicht zu weit vom Buffet entfernt. Optimal eigentlich. Zum Glück sah die Frau an ihrem Tisch nett aus. Sie war, so schätzte Mattis, etwa so alt wie Mama, hatte dunkelrote Haare und einen hellroten Pulli. Ihr Bauch war schon dicker als der seiner Mutter.

«Benimm dich gut, Mattis», sagte seine Mutter in ihrem leisen und hastigen Ton. Wenn seine Mutter zischelte, war sie nervös. Und wenn sie nervös war, machte man lieber genau das, was sie von einem verlangte. Sie war eigentlich ständig nervös.

Sie schob ihn vor sich hin, als sei er zu blöd zum Laufen. Vor ihrem Platz blieb sie stehen und zerwühlte mit ihren Fingern sein Haar. Noch so eine nervige Sache, die seine Mutter machte. Ihm ohne Grund die Frisur zerstören. Danach sah er immer aus wie ein Kleinkind. Mit einem Ruck zog er den Kopf zur Seite, und die Hand seiner Mutter landete auf der Schulter.

«Also, das ist der Mattis», sagte sie.

Die Frau erhob sich ein Stück von ihrem Sitz und reichte ihm die Hand: «Hallo, Mattis. Ich bin Wencke. Wenn ich schmatze, musst du es mir sagen. Ich esse zu Hause meistens allein, und da kann es schon mal sein, dass ich mich bei Tisch danebenbenehme.»

«Kein Problem», sagte Mattis. Er setzte sich auf seinen Stuhl und schenkte sich Mineralwasser ins Glas. Cola gab es nicht. Zu blöd.

«Du lebst allein?», hakte Mattis' Mutter nach.

«Nein, nicht ganz. Ich teile meine Wohnung mit einem Kollegen. Da wir aber in unterschiedlichen Schichten arbeiten, bekommen wir uns nur selten zu Gesicht.»

«Aha», sagte Mutter. Mattis konnte ihr ansehen, dass sie sich fragte, warum denn eine Frau mit einem Kollegen zusammenwohnte statt mit einem richtigen Mann. Seine Mutter machte sich oft Gedanken um so einen Kram. Mattis fand das manchmal schade. Besser wäre es, sie würde sich einmal den Kopf darüber zerbrechen, warum bei ihnen zu Hause alles so seltsam war.

Denn es war seltsam. Anders als bei anderen. Die Sache mit dem Pisspott zum Beispiel. So etwas war nicht normal. Und dass Hartmut immer so schlechte Laune hatte, war auch komisch, also nicht im Sinne von witzig sein, nein, witzig war es überhaupt nicht. Genau das Gegenteil. Auch, dass Mama immer an allen möglichen Dingen herumrätselte. Warum er Probleme in der Schule hatte. Warum der Nachbar seinen Knöterich im Garten nicht anständig zurückschnitt. Warum die Bundeskanzlerin immer wieder neue Gesetze erfand, um einem das Geld aus der Tasche zu ziehen. Das waren Mamas Sorgen.

«Sag mal, ich komme ja aus Bremen, und dort in der Nähe gibt es ein Künstlerdorf ...»

«Worpswede?», unterbrach die nette Tischnachbarin.

«Genau. Du sagtest doch eben, du heißt mit Nachnamen Tydmers. Das ist ja ein nicht so häufiger Nachname. Und in Worpswede wohnt eine berühmte Malerin ...»

«Meinst du Isa Tydmers?», warf die Frau wieder dazwischen. Wahrscheinlich hatte sie keine große Lust auf Mamas umständliche Ausführungen. «Sie ist meine Mutter.»

«Wow!», staunte Mama. «Dann machst du ja vielleicht ebenfalls was Künstlerisches. Bis du auch Malerin?»

«Nein. Im Gegenteil: Ich bin im Amt tätig», antwortete die Rothaarige nach einer kurzen Pause. Dann stellte sie schnell eine Gegenfrage, und Mattis hätte schwören können, dass sie es machte, um nicht weiter nach ihrem Job oder ihrer Künstlermutter gefragt zu werden. «Und du arbeitest im Einzelhandel?»

«Jaja. Reklamationen. Im Marktkauf.»

«Ich hol mir jetzt was zu essen!», murmelte Mattis, aber keine der beiden schien ihn zu hören. Er stand auf, schlenderte zum Buffet und wusste, dass seine Mutter nun bestimmt lang und ausgiebig über ihre Arbeit sprach. Wahrscheinlich erzählte sie auch diese uralte Geschichte von dem Mann, der sich beschwert hatte, weil sein neuer Rasenmäher das Meerschweinchen totgeschoren hatte. Und wie sie ihm dann verweigert hatte, das Geld dafür zurückzuzahlen. Dies war die einzige interessante Story aus dem Leben seiner Mutter, und die gab sie meistens schon ganz zu Beginn einer neuen Bekanntschaft zum Besten. Danach gab es dann nichts mehr zu erzählen, deswegen hatte seine Mutter auch keine richtigen Freunde.

Zum Glück gab es Mortadella. Und Ketchup. Aber leider nur Vollkornbrot. Er nahm eine kleine Tomate auf den Teller, weil er wusste, dass seine Mutter ihn sonst garantiert anmachen würde, er solle doch wenigstens eine klitzekleine Portion Vitamine zu sich nehmen. Die rote Kugel rollte auf dem Teller hin und her und blieb schließlich am in Wellenform geschnittenen Stück Butter kleben. Keine Nutella zum Abendbrot – daran musste er sich in den nächsten Wochen also gewöhnen. Mit zwei hart gekochten Eiern in der einen und dem vollen Teller in der anderen Hand ging er wieder zum Tisch.

«Mama, der Junge ist aber dick», hörte er ein kleines Windelkackermädchen sagen. Er schlich sich wütend an ihrem Tisch vorbei.

«… hab ihm das Geld nicht gegeben. Was kann denn Marktkauf dafür, wenn er seine Haustiere über den Haufen mäht?», schloss Mama gerade. Die Frau namens Wencke lachte über die Geschichte. Dann schielte sie zu Mattis' Teller hinüber.

«Ketchupbrot? Ich liebe Ketchupbrot! Das ist eine gute Idee.» Sie stand auf und verschwand mit dem Teller in der Hand.

«Vitamine?», fragte Mama.

Mattis zeigte auf die Kirschtomate. «Nutella gibt's abends keine.»

Wieder strich sie ihm über die Haare. «Wir können dir im Supermarkt ein Glas kaufen, das schmuggle ich dir dann in der Handtasche hier rein. Okay?»

Er nickte und schob sich zwei Wurstscheiben ohne Brot in den Mund. Seine Mutter war Klasse. Trotz allem. Sie wusste, welche Dinge wichtig für ihn waren. Und irgendwie schaffte sie es immer, sie ihm zu besorgen. Heute Abend würde er ihr den Nacken massieren. Denn das mochte sie so gern, sie war ja immer so verspannt. Und zu Hause durfte er das nicht. Zu Hause war Hartmut.

4

Die Klinikleiterin Viktoria Meyer zu Jöllenbeck trug sehr schicke Klamotten: einen maronenbraunen Hosenanzug mit Bundfalte und ein farblich nett abgestimmtes Tuch über der einen Schulter, eine cremefarbene Bluse mit gebundenem Kragen darunter. Der schimmernde Lidschatten reichte bis zu den perfekten Augenbrauenbögen, der Lippenstift passte grandios, aus der mittelbraunen Hochsteckfrisur fiel gekonnt eine Locke auf das Revers. Sie hatte so viel Stil, dass sie unantastbar wirkte, insbesondere im Kontrast zu der im Foyer um sie herum versammelten Gruppe von Frauen, die sich mit ihren Jogginghosen und unfrisierten Haaren auszeichnete.

«Im Namen der Leitung des Hauses heiße ich Sie nochmals herzlich willkommen in der *Sazellum*-Klinik. Heute Abend möchte ich Ihnen ein wenig von der Geschichte des Hauses erzählen. Danach machen wir einen gemeinsamen Rundgang.»

Sie konnte charmant lächeln und gleichzeitig streng in die Runde schauen, ob auch alle aufmerksam zuhörten.

«Doch zuerst verteile ich die Kurbücher. Diese kleinen gelben Hefte sind dazu da, dass Sie all Ihre Termine eintragen können. Bringen Sie das Buch bitte zu jeder Behandlung mit, damit unser Personal Ihre Anwesenheit bestätigen kann. So viel zum rein Organisatorischen …» Sie verteilte die Bücher, und da jede Frau einen Namensaufkleber auf der Brust trug, waren die Hefte schnell zugeordnet.

Wencke schaute in ihr Heft. Dort standen Begriffe wie Fußreflexzonenmassage, Infrarotbestrahlung, Kneipp'sche Güsse und täglich Gesprächstherapie. Langweilig würde ihr wahrscheinlich nur selten werden. Sie blickte wieder zur Klinikleiterin.

«Die Gemeinden Horn/Bad Meinberg sind an einem bedeutungsvollen Fleckchen in Deutschland angesiedelt. Man sagt, der Teutoburger Wald sei so etwas wie die Heimat der Germanen. Der Ursprung unserer Kultur.»

Wencke stand abseits der Gruppe an eine Steinsäule gelehnt und lauschte den Erzählungen der Frau. Sie war allem Anschein nach eine der wenigen, die sich für das Thema interessierten. Hier und da begannen schon die Ersten zu tuscheln, weil ihnen langweilig wurde.

«*Sazellum* wird auch die obere Kapelle in den Externsteinen genannt.»

Viktoria Meyer zu Jöllenbeck zeigte auf eine gerahmte Fotografie an der hinter ihr liegenden Wand. Einige schrumpelig aussehende Steinquader ragten aus einer hellgrünen Wiese empor. An den daneben stehenden Menschen konnte man erkennen, dass die Felsen riesig waren, bestimmt an die fünfzig Meter. Auf Wencke wirkten die Felsen etwas unheimlich, sie dachte beim Anblick der Steine an einen skelettierten Unterkiefer, in dem noch lose Zahnstumpen hingen. Assoziationen wie diese überkamen sie oft. Wie lange müsste eine Kripobeamtin wohl in Kur sein, um derlei Bilder ein für alle Mal loszuwerden?

«Wahrscheinlich haben Sie bereits im Infomaterial auf Ihren Zimmern gelesen, dass diesen Felsen unweit unseres Hauses eine besondere Bedeutung zugesprochen wird. Sie sind nicht nur Zeugnisse des bizarren Einfallsreichtums der Natur, sondern auch ein menschliches Kulturdenkmal, bei dem sich heidnische Bräuche mit christlichen Lehren, astronomische mit spirituellen Besonderheiten vereinen. Wir hier im Teutoburger Wald sagen gern: Hätte Mutter Erde einen Nabel, so sähe er aus wie die Externsteine!»

Einige lachten kurz, vielleicht nur um zu demonstrieren, dass sie den Ausführungen gelauscht hatten.

«Als unsere Klinik für werdende Mütter vor rund dreißig

Jahren gegründet wurde, suchten wir lang nach einem passenden Namen. Wir sind ein privates Kurunternehmen, wir verpflichten uns keiner Organisation, bei uns ist jede Frau willkommen, Religion und Weltanschauung sind uns gleich. Und diese Toleranz wollten wir mit unserem Namen vermitteln. Wir fanden das Symbol, und was noch wichtiger war: Wir fanden es gleich vor der Haustür, bei den Externsteinen, die so vielen verschiedenen Menschen Ruhe und Kraft gegeben haben. Eine Zufluchtsstätte in der Steinzeit, dann heidnisches Heiligtum, vielleicht sogar die so genannte *Irminsul*, die von Karl dem Großen persönlich zerstört und zu einem christlichen Versammlungsort verwandelt wurde.»

Eine Frau, Typ humorlose Perfektionistin mit dickem Brillengestell, meldete sich. Die Klinikleiterin nickte ihr zu.

«Stimmt es nicht auch, dass selbst die Nazis den Ort dort für ihre Propaganda genutzt haben? Ich habe mal darüber gelesen. War es in der *Zeit*? Oder im *Spiegel*? Ich bin mir nicht ganz sicher.»

Viktoria Meyer zu Jöllenbeck seufzte. «Da sprechen Sie einen unschönen Aspekt an, aber: Ja, das stimmt leider. Doch ...»

«... und gibt es nicht auch heute neonazistische Treffen dort?», hakte die gut informierte Brillenschlange nach.

«Nein, heute nicht mehr. Zumindest nicht in dem Maße. In den späten achtziger und frühen neunziger Jahren war es eine Zeit lang recht schlimm. Aber die Polizei ist mit einer Großoffensive erfolgreich dagegen angegangen, und inzwischen haben die so genannten Esoteriker den Ort für sich entdeckt. Wegen der spirituellen Kraft, die dort strömen soll. Bad Meinberg hat ja auch das größte Yoga-Zentrum Europas, entsprechend viele reisen auch zu den Steinen, um zu meditieren und körperliche Entspannungsübungen zu machen.»

«Sex?», rief eine Vorlaute mit blondiertem Haar dazwischen und erntete einige Lacher.

«Das weiß ich nicht genau», reagierte die Klinikleiterin unspaßig und schwenkte schnell auf sicheres Terrain. «Bei der Sommersonnenwende, also dem längsten Tag des Jahres, wird ein faszinierendes Spektakel gefeiert, mit Feuerschluckern und Fakiren. Aber Nazitreffen gibt es Gott sei Dank nicht mehr. Der Ort hat keine – wie sagt man so schön –, keine sichtbaren braunen Flecken mehr.»

Die Brillenschlange konnte nicht an sich halten und erhob erneut ihren eifrigen Meldefinger. «Und was ist mit der Wintersonnenwende? Ich habe gehört, dass die Feste der Ewiggestrigen sich lediglich um ein halbes Jahr auf die längste Nacht verschoben haben.»

«Nein, das kann ich so nicht stehen lassen», entgegnete die Leiterin etwas zu barsch. «Das Fest zum 21. Dezember folgt zwar einem altgermanischen Brauch, dem Julfest, und beruft sich auch auf die These, dass an den Externsteinen schon vor der Christianisierung eine Kultstätte gewesen ist. Aber dieses Fest wird von den *Wacholderteufeln* geleitet. Dies ist eine Art Teutoburger Heimatverein. Vielleicht etwas konservativ, aber es wäre infam, dieses Engagement für alte Traditionen mit dem Irrsinn der Nazis zu vergleichen.»

«Aha!», sagte die kritische Fragestellerin und setzte einen gekonnt skeptischen Blick auf. «Aber wenn ich mich nicht irre, gab es doch vor ungefähr zehn Jahren hier ein paar wenig schöne Zwischenfälle mit einer Gruppe namens … ach, ich komm jetzt nicht drauf …»

«Sie meinen die *Teufelskinder*, nehme ich an», sagte die Kurleiterin mit deutlichem Missfallen. «Gibt es nicht mehr. Ganz sicher …»

Die Bebrillte schien es nicht so recht glauben zu wollen, hielt sich aber zurück. Vielleicht war ihr nicht entgangen, dass den wenigsten in dieser bunten Runde der Sinn nach politischen Diskussionen stand.

«Also, ja, weiter im Text ...» Viktoria Meyer zu Jöllenbeck war aus dem Konzept gekommen. «Also benannten wir unsere Klinik nach der dortigen Höhenkammer, dem so genannten *Sazellum*. Von der oberen Kapelle hat man einen atemberaubenden Blick. Wir werden Ihnen einen Nachtausflug dorthin anbieten, sobald sich die Schneewolken verzogen und wir einen freien Blick auf die Sterne haben. Sie werden sehen ...» Die Frau verdrehte die Augen in etwas künstlicher Schwärmerei. «Sie werden sehen: Es ist ein Traum!»

«Ein teuflischer Traum», hörte Wencke ein Flüstern.

Sie wandte sich um. Sie hatte gar nicht gemerkt, dass dicht hinter ihr, ebenfalls an die kühle Säule gelehnt, Nina Pelikan stand. Die Hände in den Taschen vergraben, den Blick auf den Boden gesenkt. Beim Abendessen hatten sie sich ganz nett unterhalten, und Wenckes anfängliche Skepsis, ob sie hier überhaupt Kontakte knüpfen wollte, hatte sich erfreulicherweise gelegt. Auch Ninas Sohn Mattis, der mit ihnen am Tisch saß, war ganz in Ordnung. Er war einer von den Jungs, die wahrscheinlich ständig gehänselt wurden. So ein Schwerfälliger, der beim Schulsport stets als Letzter in die Mannschaft gewählt wird und in dessen Anoraktaschen man immer einen Schokoriegel finden würde. Und der zu allem Übel von seiner Mutter auch noch in grässliche Klamotten gesteckt wurde, karierter Hemdkragen unter dem Sweatshirt und Jeans mit aufgekrempelten Hosenbeinen, weil die Kleidergröße im Bund einfach nicht zu der Beinlänge passen wollte. Wencke hatte Spaß, den Knirps zu beobachten, und in seiner Gegenwart entwickelte sie tatsächlich so etwas wie Appetit, merkwürdigerweise auf Ketchupbrot.

«Hey, Nina. Alles klar?», flüsterte Wencke.

«Hm?» Nina schien gar nicht bemerkt zu haben, dass Wencke sie beobachtete.

«Teuflischer Traum?», wiederholte Wencke dann. «Was meinst du denn damit?»

«Ach, nichts», sagte Nina. Sie warf einen Blick auf die anderen Frauen, insbesondere bei der Besserwisserin rollte sie die Augen. Sie schien eine ähnliche Meinung über die Mischung an völlig fremden Menschen zu haben.

«Gehen wir los», forderte Viktoria Meyer zu Jöllenbeck und klackerte in ihren Lederschuhen über die Fliesen. «Ich möchte Ihnen den Entspannungspavillon zeigen, wo die Yogaübungen stattfinden. Danach gehen wir in die Extern-Stube, wo Sie gern abends in fröhlicher Runde zusammensitzen können.»

Alle folgten. Alle mit Ausnahme von Wencke und Nina. Sie lächelten sich verschwörerisch zu und blieben in der hohen Eingangshalle stehen, in der die Schritte der durch eine Seitentür abziehenden Gruppe widerhallten.

Als sie allein waren, ging Wencke zum Kaffeeautomaten und warf einen Euro in den Schlitz, drückte auf Milchkaffee und wartete ab, welches Gebräu nach dem aufgeregten Gebrodel im Maschineninneren in den bereitgestellten Plastikbecher fließen würde.

«Ich hab noch einen Euro. Soll ich dir 'nen Kaffee spendieren?»

«Das wäre nett!», sagte Nina. «Schwarz bitte, ohne Zucker.»

Wencke schob ihren Becher ein Stück zur Seite und warf den zweiten Euro ein.

Wieder gab die Kaffeemaschine merkwürdige Geräusche von sich.

«Wollen wir ein paar Schritte gehen?», fragte Nina, nachdem sie den ersten Schluck der schwarzen Brühe getrunken hatte. «Direkt hinter der Klinik ist ein schöner Wald, der *Silvaticum*-Park. Mit einigen seltenen Bäumen aus aller Welt. Hab ich in der Infomappe gelesen.»

«Gute Idee», fand Wencke. Sie stellte den Kaffee zur Seite und warf sich schwungvoll ihre Jeansjacke über die Schultern. «Wenn wir so spät abends noch Aufputschmittel in Form von

Instantkoffein zu uns nehmen, sollten wir uns tatsächlich noch ein bisschen müde laufen.»

Sie verließen die Klinik durch die automatische Schiebetür, übersahen auch nicht den Hinweis, dass diese um Punkt 22 Uhr geschlossen werden würde und man bis dahin doch bitte sehr im Haus sein sollte. Wencke kicherte.

«Erinnert mich an Klassenfahrt», sagte sie.

«Na, dann lass uns aufpassen, dass uns der Herbergsvater nicht erwischt», entgegnete Nina.

Sie liefen zur Hinterseite der Klinik. Ein Holzschild wies auf die Nähe zum *Silvaticum*-Park und Hallenbad hin. Je weiter sie gingen, desto dunkler wurde es.

Zudem war die leichte Jeansjacke nicht die optimale Bekleidung für eine Nachtwanderung im Dezember. Wencke schlotterte.

«Frierst du oder hast du Angst im Dunkeln?», fragte Nina.

«Vielleicht beides», gab Wencke zu. «Warum haben die hier im Park auch nicht eine einzige Laterne an?»

«Kein Geld», sagte Nina. «Bad Meinberg spart an allen Ecken und Enden. Seitdem die Gesundheitsreform die Vorsorgemaßnahmen so drastisch zusammengestrichen hat, sind die goldenen Zeiten in allen Kurorten vorbei, nicht nur hier.»

«Du weißt aber gut Bescheid.»

Nina zuckte die Schultern. «Ich habe mich nur etwas schlau gemacht. Sonst nichts.»

Sie schwiegen ein paar Schritte lang. Jede nippte dabei an ihrem Kaffee, Nina kaute zudem merkwürdig nervös am Rand des Pappbechers herum. Ob sie etwas bedrückte?

Wencke konnte links und rechts des Weges schemenhaft die Umrisse verschiedener Bäume ausmachen. Der Wind spielte mit den kahlen Ästen und pfiff einige Male so geschickt durch die Zweige, dass ein wunderbar schauriges Geräusch entstand, vor dem sie sich als Kind sicher mächtig gegruselt hätte.

Nina tippte Wencke auf die Schulter und zeigte in die Dunkelheit zur Rechten. «Schau mal, dahinten kannst du die alte Lippe-Klinik erkennen. Der riesige Klotz in der Dunkelheit. Kein Licht an, kein Zimmer bewohnt. Früher war das eine topmoderne Rehaklinik, renommiert in ganz Deutschland. Steht nun schon seit Jahren leer und soll abgerissen werden, sobald das Geld dafür da ist.»

«Und da ganz hinten, in dem Pyramidenbau?»

«Da sind die Yogis, also ein Zentrum für Meditation und so. Früher war hier richtig was los, da flanierten die Kurgäste durch diesen Park und traten sich fast auf die Füße dabei. Und jetzt sind nur noch ein paar Schwangere in der *Sazellum*-Klinik, ein Haufen Hare-Krishna-Jünger und dieses baufällige Monstrum übrig.»

«Hast du das auch gelesen?» Wencke musste zugeben, dass sie von Ninas Wissen beeindruckt war. Schließlich war sie nur wenige Stunden vor ihr in Bad Meinberg eingetroffen. Und obwohl sie gesagt hatte, sie sei noch nie hier gewesen, konnte sie bereits eine richtige Stadtführung leiten.

Nina schaute sich nachdenklich um. «Ein gottverlassenes Stück Erde hier.»

«Unheimlich», sagte Wencke. «Wollen wir wieder umdrehen? Mir ist saukalt.»

«Bist du ein Angsthase? Hätte ich nicht gedacht.»

«Nein, Quatsch. In meinem Job muss ich oft genug in unheimlichen Milieus herumsuchen.» Nun hatte sie sich verplappert. So was Dummes. Sie hatte sich fest vorgenommen, nach Möglichkeit niemandem von ihrer Arbeit zu erzählen. Wie sollte sie sich erholen, wenn alle naselang jemand diese Fragen stellte, die alle stellten, wenn sie erfuhren, dass man bei der Polizei war? Sie drehte um und ging zurück. Die Lichter der *Sazellum*-Klinik waren in einiger Entfernung durch die Bäume zu sehen. Vielleicht hatte Nina ja gar kein Interesse an ihrer Arbeit.

Leider lag Wencke mit dieser Hoffnung falsch. Kaum waren sie um die erste Kurve Richtung Lichtermeer, da hakte ihre Begleiterin nach.

«Auf dem Amt? Du hast doch gesagt, du arbeitest in irgend so einer Behörde.»

«Polizeibehörde.» Wencke ließ den Plastikbecher in dem Mülleimer neben einer Parkbank verschwinden.

«Du bist Polizistin?», fragte Nina und trank den letzten, sicher nur noch lauwarmen Schluck Kaffee. Dann warf auch sie den rundherum abgeknabberten Becher in den Abfallkorb.

«Ja, aber bitte erzähle es nicht herum. Ich kenne das: Alle wollen alles wissen. Ob ich schon mal auf einen Menschen geschossen habe, ob ich schon mal mit einem Mord zu tun hatte und so weiter. Eigentlich sind es immer dieselben Fragen.»

«Und? Hast du schon mal geschossen?»

«Ja, ich habe natürlich schon mal geschossen. Aber lediglich auf Zielscheiben, zum Glück.»

Sie standen wieder vor der Klinik. Es war bei weitem noch nicht zehn Uhr, und sie kamen problemlos durch die Tür.

«Und Mord?», fragte Nina.

«Ab und zu», schwächte Wencke die Tatsachen ab.

«Ich hatte auch schon mal mit Mord zu tun», sagte Nina mit einem Anflug von Begeisterung, der ihrem sonst eher müden Gesicht einen neuen Ausdruck verlieh.

Wencke kannte dieses Thema. Auf Partys, im Urlaub, bei jeder noch so privaten Gelegenheit mussten die Menschen ihr erzählen, wie und wann sie auf vielleicht hundert Kilometer Entfernung mit einem Mord zu tun hatten. Als wäre es ein Privileg, eine besondere Leistung. Oder als wäre es ein besonders guter Witz, der erzählt werden musste, um die Gesellschaft bei Laune zu halten. Sogar ihr Gynäkologe hatte beim Ultraschall ausschweifend erzählt, dass sein Nachbar sich in der Garage mit Auspuffgasen vergiftet hatte, während Axel Sanders und sie gebannt auf dem Bildschirm das schlagende Herz ihres Kindes beobachtet hatten.

Es ärgerte sie, dass Nina Pelikan schon Luft holte, um ihre Story loszuwerden. Hätte sie doch nur den Kaffee allein getrunken.

«Wirklich, echt, ich hatte auch schon mal mit Mord zu tun», ließ sich Nina Pelikan nicht vom Thema abbringen. Fast triumphierend stellte sie sich aufrecht hin: «Ich hab schon mal jemanden getötet.»

Stefan Brampeter war es gleich, wann der Feierabend begann. Im Grunde genommen ging bei ihm die Arbeit nahtlos ins Private über. Bis um sechs hatte er an einem historischen Familienwappen gearbeitet. Knifflige Detailarbeit: zwei ineinander verschlungene Efeuranken und eine Sonne, in festes Eichenholz geschnitzt. Und leider vom Anobienbefall ziemlich durchlöchert. Die Hotelierfrau wollte die Restaurierungsarbeit des über hundert Jahre alten Schnitzwerkes ihrem Mann zur Silberhochzeit schenken. In dieser Woche sollte er das Objekt abliefern. Nachdem er die alten Farbschichten entfernt und das Wappen mehrfach mit «Holzwurmtod» bepinselt hatte, waren nur noch die letzten Schönheitsfehler zu beseitigen. Es war ein guter Auftrag, und die Gastwirte gehörten schon seit langer Zeit zu seinen Stammkunden, genauer gesagt, seit Stefan einen Teil ihres denkmalgeschützten Fachwerkes restauriert hatte. Sie waren geduldig, fachlich einigermaßen versiert und zahlten vor allem pünktlich und ohne zu murren. Stefan Brampeter hatte oft genug mit Leuten zu tun, die seine Arbeit nicht zu würdigen wussten. Und die wenigsten hatten hier in Bad Meinberg noch das Geld in der Tasche, einen Experten wie ihn zu beauftragen.

Als er das hölzerne Wappen zum Trocknen an die Seite gelegt hatte, lag die Arbeit des Tages eigentlich hinter ihm. Doch den blauen Overall, aus dessen Brusttaschen schmale Feilen ragten, behielt er an. Jetzt wandte er sich seinem Feierabendvergnügen zu. Stefan Brampeter war kein überschwänglicher Typ, man erkannte weder an der Haltung noch am Gesichtsausdruck, dass er nun etwas tat, was ihm besonders Spaß machte. Man sah ihm eigentlich nie etwas an. Er hatte unter seinen drahtigen, dunkelblonden Haaren ein großflächiges Gesicht, auf dem sich trotz seiner fünfunddreißig Jahre erst wenige Falten niedergelassen hatten. Dies lag daran, dass Stefan sehr sparsam mit seiner Mimik umging. Er lachte nicht mit den Mundwinkeln, und er schmollte, wenn überhaupt, indem er die Augen rollte. Bei zu viel Helligkeit kniff er nicht die Augen zusammen, sondern wandte sich ab. Es gab nur wenige Spuren in Stefan Brampeters Gesicht, die verrieten, was für ein Mensch er war, was für ein Leben er führte. Und vielleicht war dies die allerbeste Charakterisierung: Er war glatt, abgehobelt, er hatte nichts, woran man bei ihm hängen bleiben konnte.

Außer seinen Händen. Die waren erfahren und zerfurcht wie ein gepflügter Acker. Unter den kurzen Nägeln saß immer feiner Holzstaub und der Rest von Leim und Farbe. Schon als kleiner Junge waren seine schlanken, aber kräftigen Finger an ihm das Auffälligste gewesen. Oft hatte er das Gefühl, dass sie fast unabhängig von seinem restlichen Körper arbeiteten: Wie autarke Maschinen funktionierten sie reibungslos, ohne dass er darüber nachdenken musste. Sie tasteten das Holz nach kleinsten Unebenheiten ab, sie führten Nut und Feder mit souveräner Kraft zusammen, sie pressten im Druck verleimte Kanten gegeneinander, dass nichts mehr verrutschen konnte.

Nun griffen die Hände nach dem Rad. Es war das dritte in dieser Woche. Ein Meter fünfzig im Durchmesser und aus massivem Holz, kreisrund, mit sechs Speichen, an deren Ende kleine Löcher waren. In der Mitte hatte Stefan Brampeter eine Sonne herausgearbeitet. Sie sah fast aus wie die Sonne auf einer Kinderzeichnung, denn sie hatte ein Gesicht. Der einzige Unterschied bestand darin, dass dieses Gesicht nicht lachte. Manche meinten, er übertreibe es mit der Detailgenauigkeit. Weil die Dinger doch sowieso in wenigen Tagen als Haufen Asche endeten. Doch letztlich kümmerte sich keiner weiter darum. Es kostete sie ja keinen Cent mehr, ob das Rad nun mit oder ohne Sonne geliefert wurde. So ließen sie Stefan Brampeter seine kleine Spielerei und dachten wohl bei sich, wer eben keine Familie habe und kein Haus, der müsse ja auch irgendwie die Zeit rumkriegen. Und war da nicht das Schnitzen tausendmal besser als das Saufen?

Meistens saß er bis neun Uhr in der Werkstatt. Der Radiator strahlte heiße Luft auf seine Beine, seine Hände und Arme wurden von der Arbeit warm gehalten. Er lauschte auf die Geräusche vor seinem Haus. Ein paar Autos fuhren vorbei, doch da er in einer Straße lebte, die mit dem Auto nur bis zum Beginn des Kurparks zu befahren war, verirrten sich meistens lediglich suchende Kurgäste hierhin. Gegenüber wohnte eine Familie mit drei Kindern, die manchmal abends im Vorgarten Fußball spielten. Die Ausländer zwei Häuser weiter hatten einen Hund, der dauernd bellte, weil er gegen acht Uhr in den Zwinger gesperrt wurde.

Stefan Brampeter mochte die Geräusche seines Heimatortes. Er hätte auch Musik hören können, er hatte ein Radio in seiner Werkstatt, doch er konnte sich nicht erinnern, es jemals angeschaltet zu haben. Eigentlich stand es nur da auf dem Regal neben den Farbtöpfen, weil es eine Uhr mit Leuchtziffern hatte, die ihm, wenn er in die Arbeit vertieft war, als einziger

Anhaltspunkt für den Lauf des Tages dienten. Spätestens wenn die Digitaluhr auf 21:00 sprang, legte er das Werkzeug zur Seite, zog den Blaumann aus, stellte den Heizlüfter ab, löschte das Licht und ging durch die Tür neben der Handtischsäge zurück in seine Wohnung. Dort aß er Graubrot mit Wurst und einen Apfel, trank Frischmilch aus der Tüte und schaltete ein paar Minuten den Fernseher ein, um sich schließlich wieder davon zu überzeugen, dass vierundvierzig Fernsehprogramme nicht mehr bringen mussten als die fünf, die er hatte, bevor sich die Hausbesitzer entschieden hatten, eine Schüssel auf dem Dach zu montieren. Und wenn der Apparat nicht mehr flimmerte, fiel sein Blick auf das eingerahmte Familienbild, welches als einziger Wandschmuck über dem Kasten hing. Manchmal dachte er dann nach, wie lange es schon her war, dass diese Aufnahme von ihm, seinen Eltern und dem großen Bruder gemacht worden war. Es schien eine Ewigkeit zurückzuliegen. Er hatte ganz vergessen, wie es sich anfühlte, neben seiner Familie zu stehen. Dann schaute er schnell weg, las ein wenig Zeitung. Oder ging früh zu Bett.

So war es an jedem Tag. So war es auch heute. Stefan mochte keine Abwechslung in seinem Leben. Ihm reichte der Mittwochabend, wenn er sich mit den *Wacholderteufeln* traf. Diesen Abend konnte er sogar richtig genießen. Er konnte durchaus ein redseliger Mensch sein. Morgen war es wieder so weit, er würde eines der Räder mitbringen, damit die anderen sehen konnten, wie gut er vorankam. Es gab im Lindenhof einen schmackhaften Lippischen Pickert mit Leberwurst, dazu trank er dann auch gern ein paar Bier, manchmal auch Wacholderschnaps.

Um halb zehn spülte Stefan Brampeter unter dem Wasserhahn die Krümel von seinem Teller. Da klingelte das Telefon.

Er hätte es fast nicht gehört, denn der alte Apparat stand nebenan bei der Hobelbank. Er bekam nur selten private Anrufe, vor allem nicht zu so später Stunde. Wenn das graue Telefon schellte, waren es so gut wie immer Kunden, ab und zu auch Vereinsgenossen, manchmal sein Steuerberater. Aber er konnte sich nicht erinnern, wann das letzte Mal um diese Uhrzeit jemand bei ihm angerufen hatte.

Er ging durch die Tür. Erst jetzt, als er von der warmen Wohnstube in die Werkstatt trat, fiel ihm auf, wie lausig kalt sein Arbeitsplatz war. Er knipste das Licht an. Es hatte bestimmt schon sechs- bis siebenmal geklingelt. Da bewies jemand Ausdauer. Er wischte seine vom Abwasch noch feuchten Finger an der Cordhose ab und nahm den Hörer mit der rechten Hand.

«Brampeter – Holzrestaurierung, ja?»

«Ich bin's», sagte eine hektische Stimme. Stefan erkannte am Klang, mit wem er sprach. «Sie ist da ... ich habe sie gesehen ... und ich dachte, du solltest es wissen: Sie ist wieder da.»

Etwas Seltenes geschah: Stefan Brampeters Stirn legte sich in sorgenvolle Falten.

TUT– – –TUT– – –TUT– – –TUT
«– Hier ist der automatische Anrufbeantworter von Wencke Tydmers und Axel Sanders. Wir sind gerade nicht da, weil wir Kleinkriminelle zur Strecke bringen –
– Wencke, kannst du nicht was Seriöses aufs Band sprechen? –
– Nun sei doch nicht so spießig –
– Lass mich mal: Wenn Sie uns eine Nachricht hinterlassen wollen, so sprechen Sie nach dem Signalton –
– Piepton! Klingt doch viel schöner: Piep – Piep – Piepton! –
– Meinetwegen sprechen Sie nach dem Piepton ... Mann, was für eine peinliche Ansage ... –
– Ich finde sie witzig –
– Ich nicht –»
– – –PIEP– – –

«Hallo, Wencke hier. Es ist zehn Uhr. Ich stehe in der Telefonzelle im Klinikflur. Gleich kommt die Oberschwester und schimpft, weil ich noch nicht schlafe. Axel Sanders, wo steckst du denn? Sag nicht, du musst noch arbeiten. Wusste ich doch, dass ihr ohne mich aufgeschmissen seid. Hm, dann rufe ich morgen wieder an. Tschüs! Gute Nacht!»

Schlafen konnte man das nicht nennen. Wirklich nicht.

Gerädert erhob Wencke sich aus dem schmalen Bett. Nicht, dass es nicht bequem gewesen wäre. Und da sie im vierten Stock untergebracht war, wo nur Einzelzimmer lagen, hatte auch kein Kindergeschrei sie wach gehalten. Es war etwas anderes gewesen. Sie selbst hatte sich vom Schlafen abgehalten.

Noch nie war ihr bewusst geworden, dass sie Angst vor dem Nachdenken hatte. Und damit meinte sie jetzt nicht das Nachdenken über ihren Job. Denn es gab eigentlich nichts Beruhigenderes, als sich den Kopf über aktuelle Fälle der Auricher Mordkommission zu zerbrechen. Wenn ihr letzter Gedanke am Abend einem jugendlichen Selbstmörder oder einer pflegebedürftigen Oma galt, die trotz langer Krankheit dann ganz plötzlich an Sauerstoffmangel verstorben war, oder auch einer nicht identifizierten Wasserleiche auf einer ostfriesischen Insel – alle diese für andere Menschen vielleicht schrecklichen Dinge waren für sie inzwischen zu einer ungewöhnlichen Leidenschaft geworden, die sie aufrecht hielt. Und ruhig schlafen ließ.

Deswegen hätte Wencke gestern auch noch zu gern mit Axel Sanders telefoniert. Er hätte ihr bestimmt ein paar Neuigkeiten von dem toten Mädchen aus Dornumersiel geliefert, und sie hätte diese Sachen dann ganz prima in ihrem Kopf hin- und herbewegen können, so wie sie es immer tat, bis ihr die Augen zufielen. Aber er war nicht da gewesen, nur der Anrufbeantworter mit der so vertrauten Ansage. Sicher musste Axel Überstunden schieben, weil die Kollegen viel zu tun hatten, so wie immer in Aurich. Vielleicht hatte es inzwischen noch einen neuen Fall gegeben? Und sie war nicht da.

Also hatte Wencke das Bett zerwühlt und festgestellt, dass die Arbeit, so stressig und hart sie auch manchmal zu sein schien, sie dennoch vor viel Stressigerem und Härterem zu schützen vermochte. Nämlich vor sich selbst. Und den Gedanken an die verfahrene Situation, in der sie gerade steckte.

Ein paar Mal kamen ihr noch Nina Pelikan und der letzte Satz des Abends in den Sinn. Sie hatte davon gesprochen, einen Menschen getötet zu haben. Wencke war nicht darauf eingegangen. Sie hatte der unscheinbaren Frau keinen Glauben geschenkt, die sich wohl wegen ihres ereignislosen Jobs im Supermarkt bestimmt nur wichtig machen wollte, obwohl Wencke sie gar nicht so eingeschätzt hätte. Heute wollte sie ihr lieber so weit wie möglich aus dem Weg gehen.

Sie zog den hellgrauen Sportanzug an. Am Bund war die Hose schon etwas eng. Der Blick in den Spiegel war sehr unerfreulich. Die ersten Wassereinlagerungen machten sich bereits jetzt bemerkbar. Ein Mondgesicht glotzte sie an. «Na, so schlimm ist das aber nicht. Ich habe im fünften Monat schon ganz anders ausgesehen», hatte ihre Mutter sie beruhigt. «Nun freu dich doch drauf. Weißt du noch, als du vor zwei Jahren Tante geworden bist, warst du ganz versessen auf Babys.»

Das stimmte. Wencke hatte vor nicht allzu langer Zeit darüber gebrütet, wann es denn bei ihr so weit sein könnte und ob sie überhaupt jemals eine Familie gründen würde und den ganzen Kram. Aber diese Grübeleien hatten sich wieder gelegt. Sie dachte, sie wäre darüber hinweg. Und dann hatte sie Ansgar wieder getroffen, den langweiligen, ewig den Rücken streichelnden, einfühlsamen, fast schon devoten Ansgar. Sie hatten für einen knappen Monat ihre Beziehung wieder belebt, bis Wencke sich nur zu gut an die Gründe erinnern konnte, aus denen sie ihn vor ein paar Jahren verlassen hatte. Sie hatte es kurz und schmerzlos hinter sich gebracht. Und als Ansgar erfahren hatte, dass diese Geschichte nicht ohne Folgen geblieben war, hatte er sich von einer sehr unangenehmen Seite gezeigt: Er wollte mit ihr zusammenziehen, er wollte mit ihr einen Geburtsvorbereitungskurs machen, er wollte darüber diskutieren, welchen Nachnamen das Kind tragen würde. Und er wollte sie von ihrer geliebten Arbeit abhalten. Da hatte Wencke ihn kurzerhand und nicht ohne Geschrei zum Teufel geschickt.

Der Tag in der *Sazellum*-Klinik begann mit Kneipp'schen Güssen. Gegen die unschönen Krampfadern, hatte der Arzt beim gestrigen Aufnahmegespräch bemerkt. Welche unschönen Krampfadern?, hatte Wencke gefragt. Na, die dicken blauen Stränge an Ihren Waden. Kneipp'sche Güsse jeden Morgen um halb acht. Und Punkt.

«Na, dann mal los», stöhnte Wencke, warf sich das Badetuch über, verließ ihr Zimmer und ging, dem Chlorgeruch folgend, die Treppen Richtung Schwimmbad hinab. Hoffentlich waren da nicht zu viele Menschen, mit denen sie am frühen Morgen reden musste. Es war schon genug, einen eiskalten Wasserguss zu ertragen.

Doch noch im trist grauen Treppenhaus gesellte sich ausgerechnet Nina Pelikan dazu, in himmelblauer Strickjacke, ebenfalls mit einem Frottétuch über der Schulter.

«Na, so sieht man sich wieder.»

Was sollte Wencke nur auf solch einen Satz erwidern? Nichts!

«Das war 'ne Nacht», stöhnte Nina, die wohl noch nicht dazu gekommen war, sich die Haare zu kämmen. «Hast du das mitgekriegt?»

«Ich habe geschlafen wie ein Murmeltier», log Wencke.

«Du konntest schlafen? Echt?» Sie waren auf dem nächsten Treppenabsatz angekommen, und da Wencke an der Innenseite lief, war sie schneller um die Kurve und ließ Nina Pelikan ein Stück hinter sich. Doch diese beschleunigte den Schritt. «Diese Typen!», sagte sie.

«Welche Typen?», fragte Wencke etwas ungehalten.

«Vor dem Haus. Diese verrückten Typen mit den Masken. Die haben ein Höllenspektakel veranstaltet, ich konnte kein Auge zutun. Teufel waren das, leibhaftige Teufel.»

«Du hast wahrscheinlich nur schlecht geträumt.»

«Das habe ich ja auch erst gedacht, aber dann habe ich mich in den Oberarm gekniffen, weißt du, das machen doch anscheinend immer alle, wenn sie nicht wissen, ob etwas echt ist oder ein Traum.»

«Und?»

Trotzig schaute die Frau auf ihre in Badeschuhen steckenden Füße, die Stufe für Stufe nach unten nahmen. «Es hat wehgetan. Es war also echt. Und mein Sohn Mattis hat es auch gesehen. Wir werden ja wohl beide nicht dasselbe geträumt haben.»

«Dann werden uns sicher gleich noch ein paar andere Frauen mit übernächtigten Gesichtern erwarten, wenn die wirklich so laut waren. Ich habe ja zum Glück ein Zimmer ganz oben und dann noch raus Richtung Feld.»

«Wir schlafen direkt im ersten Stock über dem Pavillon mit Blick auf den *Silvaticum*-Park, wo wir gestern spazieren waren. Aber da ist nur unser Zimmer. Wahrscheinlich sind wir die Einzigen, die etwas mitbekommen haben.» Wencke merkte, dass so etwas wie Angst in Ninas Stimme lag. «Die wollten bestimmt, dass nur wir wach bleiben.»

«Ach was. Vielleicht waren es Partygäste. Karnevalsverein oder so etwas. Die waren bestimmt in der Kneipe und haben dann noch ein bisschen auf der Straße rumort. Besoffene Männer sehen manchmal teuflisch aus.»

Wencke schaute ihre Begleiterin von der Seite an. Die Augen waren glasig und rot. Diese Frau war ihr suspekt. Gestern hatte sie steif und fest behauptet, schon einmal einen Menschen getötet zu haben. Und nun sprach sie von Teufeln. Vielleicht war sie krank? Ein bisschen zu sehr überspannt? Auf jeden Fall war Nina Pelikan mit Vorsicht zu genießen, zumindest wenn Wencke ihrem Vorsatz treu bleiben wollte, sich einmal nur um sich selbst zu kümmern.

Das Schwimmbad befand sich im Kellergeschoss. Wencke stieß die schwere Glastür auf, dahinter war es warm, feucht und türkis. Eine Gruppe von fünf Frauen stand um den weiß gekleideten Bademeister, der einen breiten Schlauch in der Hand hielt und erfreut in Wenckes Richtung schaute.

«Da kommen auch schon unsere Langschläferinnen. Guten Morgen, die Damen!»

Die anderen Frauen gurrten, und Wencke fühlte sich mit Nina Pelikan verbunden. Sollten die doch über sie lachen – diese eifrigen, strebsamen Frauen, die bereits ihre Hosen hochgekrempelt hatten und sich erwartungsvoll in Reihe stellten.

Der Bademeister streckte die Hand nach den gelben Kurbüchern aus und unterschrieb die Termine.

«Von wegen Schlafen», konterte Nina muffelig. «Kein Auge habe ich bei dem Lärm zugekriegt.»

«Welcher Lärm?», fragte der Bademeister.

«Heute Nacht waren die Teufel bei mir unterm Balkon», antwortete Nina. Es war erstaunlich, dass Nina einen solchen Unsinn auf so normale Weise behaupten konnte. Wencke registrierte die abschätzigen Blicke der anderen.

Der Bademeister stellte den Kaltwasserhahn an, ein dicker

Strahl schoss aus dem Schlauch und ergoss sich über die Beine der Brillenschlange, die sich anscheinend schlecht zusammenreißen konnte. Zehnmal hintereinander schmetterte sie das Wort «kalt» in Richtung derer, die dem unausweichlichen Schicksal des Kneipp'schen Gusses noch entgegensahen. Jetzt war Wencke wirklich wach. Einige scharrten nervös mit den nackten Füßen, und zwar diejenigen, die bereits einige Tropfen des kalten Wassers zu spüren bekommen hatten. Eher zögerlich schob sich die Reihe vorwärts, jede Frau machte andere Töne, wenn sie dran war. «Arschkalt» in hoch und lang gezogen, «Verdammmichnochmal» in tiefen Seufzern, «Ich halt's nicht aus, ich halt's nicht aus» staccato und quer durch die Tonleiter. Für Wencke, die ganz hinten stand, verbanden sich die Klänge zu moderner Experimentalmusik, sie musste grinsen. Und sie war gespannt auf Nina Pelikan, die Frau mit den Teufeln vorm Schlafzimmerfenster. Würde sie fluchen oder ein Halleluja schmettern? Die drittletzte Frau stöhnte geradezu aufreizend laut. Dann stellte sich Nina mit dem Gesicht gegen die Wand und hob, wie all die anderen zuvor, den Fuß an wie ein Pferd, das neue Hufeisen erwartete. Der Bademeister setzte ein demonstratives Frühaufsteherlächeln auf. «Und Sie hatten tatsächlich Teufel vor Ihrem Fenster? So etwas habe ich noch nie gehört. Aber kalte Wadengüsse sollen auch gut gegen Albträume sein. Also, dann wollen wir mal ...»

Er leitete den Strahl auf Ninas Fuß. Wenckes Beine bekamen kalte Spritzer ab, die eisig an ihren Knien hängen blieben, sodass sie schon jetzt nach Luft schnappen musste vor Schreck.

Doch Nina Pelikan schwieg. Nicht ein einziger Ton kam über ihre Lippen. Weder zuckte sie in irgendeiner Weise zusammen, noch verzog sie auch nur einen Millimeter ihres ausdruckslosen Gesichtes. Selbst der Bademeister schaute irritiert. Für ihn gehörten spitze Aufschreie wahrscheinlich zum Job. Und wenn jemand schwieg, war das dann fast erschreckend.

Das Eiswasser traf auf Nina Pelikans Haut, perlte ab, tropfte auf die Fliesen. Und Nina Pelikan schwieg.

«Tapfer!», sagte der Bademeister. «Und nicht abtrocknen. Erst wenn es kribbelt, weil dann die Durchblutung einsetzt. Die Nächste bitte!»

Nina Pelikan ging an Wencke vorbei Richtung Ausgang. Man konnte noch nicht einmal ein stolzes oder triumphierendes Lächeln auf ihren Lippen sehen, weil sie sich bislang als Einzige nicht so hysterisch aufgeführt hatte. Vielleicht war es ja wirklich nur halb so schlimm, überlegte Wencke, die anderen Frauen waren wahrscheinlich überkandidelt oder verweichlicht.

Wenn Nina Pelikan das kann, kann ich das auch. Auch ich werde schweigen, dachte Wencke, auch ich werde mich nicht zu einem lachhaften Gekreische hinreißen lassen. Ein bisschen kaltes Wasser, was ist das schon …

«Die Nächste bitte!», erinnerte der Bademeister.

Wencke stellte sich gegen die Wand. «Scheiße!», jodelte sie. Dreimal hintereinander. Volle Lautstärke.

Schriftliches Dividieren mochte Mattis jetzt gern. Es war so schön logisch und sah auch noch gut aus, wenn der Zahlenweg wie eine Treppe zur Lösung führte. Die Schule hier schien wirklich toll zu sein. Nur er und Joy-Michelle saßen in dem gemütlichen Raum, der eher wie ein Kinderzimmer als wie ein Klassenraum aussah. Hunderte Bilder von fremden Kindern, die ebenfalls mal hier auf Kur gewesen waren und den Unterricht der *Sazellum*-Klinik besucht hatten. Viele hatten die Wälder gemalt oder das Hermannsdenkmal auf dem Berg. Man konnte an der Wand fast kein freies Fleckchen mehr ausmachen. Er nahm sich vor, die verschiedenen Bäume im benachbarten *Silvaticum*-Park zu zeichnen und ihre Namen darunter zu schreiben. So eine Art Lehrgalerie für Bäume, die Idee war doch gar nicht so schlecht. Und wenn er drei Wochen hier blieb und man eh nur dienstags und donnerstags an den PC durfte, hatte er auch sonst keine Ablenkung und könnte das wohl schaffen.

Die Lehrerin hieß Frau Möller, war richtig chic und trug einen kurzen Rock. In Bremen hatte Mattis einen alten Typen an der Tafel stehen, der nie in der Lage gewesen war, ihm das Geteiltrechnen vernünftig zu erklären, und anscheinend auch gar keine Lust dazu hatte. Und diese Frau Möller hier hatte es schon in der ersten Stunde geschafft, dass er die Sache endlich kapierte. Konzentriert, mit der Zunge zwischen den Vorderzähnen, machte Mattis sich schon an die dritte Aufgabe. Die ersten beiden waren richtig gewesen.

Die Lehrerin stellte sich neben ihn, und als sie sich zum Heft herunterbeugte, fiel eine blonde Haarsträhne auf sein Mathebuch. «Schön machst du das, Mattis. Was hast du für eine Note in Mathematik?»

«'ne vier.»

«Kann ich mir gar nicht vorstellen. Du kannst das doch ganz toll.»

«Hier ist es aber irgendwie anders.»

«Ja, das sagen einige Kinder.» Sie ging wieder zu ihrem Platz in der Ecke und holte ein altes, schweres Buch aus dem Regal. «Nun ist aber genug gerechnet, Mister Einstein. Joy-Michelle, du kannst auch aufhören. Wir wollen es ja nicht übertreiben mit dem Arbeiten.»

Mann, ist die Frau Klasse, dachte Mattis und grinste. Nun klappte sie den dicken Schinken auf, er hatte sicher mehr als dreihundert Seiten und schien wirklich alt zu sein, wie eine Bibel oder so.

«Ich möchte mit euch noch ganz was Spannendes machen. Etwas Unheimliches, das mit der Gegend zu tun hat. Wisst ihr denn eigentlich, wie die Gegend hier heißt?»

Joy-Michelle meldete sich flink. «Bad Meinberg!»

«Ja», sagte die Lehrerin halb zustimmend. «Aber wie heißt die Landschaft drum herum?»

«Teutoburger Wald», sagte Mattis ziemlich lässig, ohne zuvor den Finger gehoben zu haben.

«Richtig, Mattis. Und das Tolle am Teutoburger Wald sind – neben der schönen Natur, über die wir auch noch reden werden – die alten Sagen und Legenden.»

Nun drehte sie das Buch um und zeigte das aufgeschlagene Bild. Mattis war kein Weichei, trotzdem zuckte er kurz zusammen. Da war ein Teufel zu sehen. Nicht so ein dünner, roter Typ mit Hörnern, Schwanz und Pferdefuß, sondern ein Teufel, wie er ihn in der letzten Nacht vor seinem Fenster gesehen hatte. Er war dunkellila und hatte einen ziemlich breiten Oberkörper. Das Gesicht war vornehm und streng. Mattis hätte vielleicht gar nicht erkannt, dass es ein Teufel sein sollte, wenn ihm seine Mutter nicht in der Dunkelheit zugeflüstert hätte: «Schau, der Wacholderteufel.» Er hatte noch halb geschlafen, und heute Morgen war er sich noch nicht einmal sicher gewesen, ob es nicht doch ein schlechter Traum gewesen war. Und nun las er unter dem Bild in so einer altmodischen Schrift etwas, das ohne weiteres auch *Wacholderteufel* heißen konnte.

«Schaurig, nicht wahr?», sagte die Lehrerin.

Joy-Michelle rückte weiter nach vorn. «Was ist das?»

Die Lehrerin machte ein geheimnisvolles Gesicht und spitzte die Lippen. «In ein paar Tagen ist die Wintersonnenwende. Das bedeutet, dass am 21. Dezember die längste Nacht und der kürzeste Tag ist.»

«Winteranfang», sagte Mattis, ohne sich zu melden.

«Richtig. Und viele Menschen, vor allem die alten Germanen, die vor sehr langer Zeit hier gelebt haben, glaubten, dass in dieser Nacht etwas Besonderes passiert. Angeblich sollen die Tore zur Geisterwelt für zwölf Tage offen stehen.» Sie machte eine kurze Pause. Eine Gruselpause, wollte Mattis wetten, und verschränkte die Arme. «In diesen zwölf Tagen soll nach einer alten Sage an den Externsteinen der Teufel persönlich aus der Tiefe hinaufsteigen und sich in Gestalt eines Menschen unter die Lebendigen mischen.»

«Das glaube ich aber nicht!», nervte Joy-Michelle.

«Sei mal still», sagte Mattis.

«Und er soll sich in den zwölf Tagen eine schöne Jungfrau gesucht haben, die dann in Liebe zu ihm entbrannte und bald darauf ein Kind von ihm bekam. Die Seele der Frau war dann für immer verloren.»

In Liebe entbrannte, die Seele verloren ... Mattis mochte solche komischen Schmachtfetzenworte eigentlich nicht, aber das hier klang spannend. Und war allemal besser als Mathe oder der Unterricht zu Hause.

«Die Menschen hier im Teutoburger Wald wollten dies natürlich verhindern, und so machten sie Feuer mit dem Geäst des Wacholderstrauches, weil dieser dem Glauben nach böse Geister und Krankheiten austreiben sollte. Jedoch ist es ihnen nicht immer gelungen, und so kommt es, dass noch heute die Kinder des Teufels hier in der Gegend leben. Sie werden die Wacholderteufel genannt.»

«Das ist aber jetzt nur ein Märchen, oder?», fragte Joy-Michelle und wickelte sich eine Haarsträhne um den Zeigefinger. Die kleine Streberin hatte ganz vergessen, sich brav zu melden, freute sich Mattis.

«Natürlich ist das nur ein Märchen, oder besser: eine Sage. Ich erzähle sie auch nicht, um euch Angst einzujagen, sondern weil hier übermorgen ein großes Fest zur Wintersonnenwende gefeiert wird und wir dort, wenn ihr Lust habt, ein kleines Stück aufführen wollen.»

Jede Sache hatte einen Haken, stellte Mattis wieder einmal fest. Keine Schauergeschichte, ohne dass eine Aufgabe daran geknüpft war, die wahrscheinlich mit Auswendiglernen und albernen Verkleidungen zu tun hatte.

«In Detmold hat vor zweihundert Jahren ein ganz bekannter Theaterautor gelebt, er hieß Dietrich Grabbe, einige haben ihn den deutschen Shakespeare genannt. Und er hat ein Stück über den Wacholderteufel geschrieben, welches wir übermorgen auffführen möchten.»

«Ich spiel die schöne Jungfrau», sagte Joy-Michelle natürlich. «Und Mattis ist der Teufel.»

«Dann musst du dich in mich verknallen.»

«Macht nichts, ist ja nur Spiel.»

«Ich habe die Teufel heute Nacht vor meinem Fenster gesehen», sagte Mattis dann.

«Klar doch», lästerte Joy-Michelle.

«Ohne Lüge! Da stand so ein lilafarbener Typ rum, neben ihm Männer in Geisterkostümen. Die haben Radau gemacht, und meine Mutter und ich sind aufgewacht.»

«Du spinnst ja! Es gibt die gar nicht in echt!»

«Und wenn ich sie nun mal gesehen habe?»

Frau Möller ließ sie noch ein bisschen zanken, dann klappte sie das Buch zu und legte es zurück ins Regal. «Wir werden heute Nachmittag einen Mann besuchen, der sich sehr gut mit diesen Geschichten auskennt und das kleine Theaterspiel inszeniert. Er ist der Vorsitzende eines Vereins, der übrigens *Die Wacholderteufel* heißt und das Fest zur Wintersonnenwende organisiert. Treffen wir uns um zwei Uhr am Klinikeingang?»

Joy-Michelle nörgelte. «Haben wir etwa auch nachmittags Schule?»

«Ist doch cool», meinte Mattis.

Frau Möller kramte nun ein Buch aus ihrer Tasche, auf dem «Diktate üben» stand, und legte es vor sich auf den Tisch. «Wartet mal ab. Der Mann ist von Beruf Zimmerer, und er baut große Räder, die beim Fest in Brand gesteckt werden. Auch eine alte Tradition. Ich bin sicher, der Besuch in der Werkstatt von Herrn Brampeter wird für euch interessant sein. Und nun holt eure Schreibhefte heraus. Erst noch ein bisschen Arbeit, dann das Vergnügen!»

Eine Couch oder ein Sessel oder ein Stuhl. Sicher hatte es für Ilja Vilhelm schon eine Bedeutung, für welche Sitzgelegenheit Wencke sich bei ihrer ersten Therapiestunde entschieden hatte. Sicher sprach es Bände, dass sie auf dem vergleichsweise unbequemen Stuhl Platz nahm.

«Frau Tydmers», begann er und setzte sich ihr gegenüber hin, blickte ihr in die Augen und lächelte. «Frau Tydmers, Polizistin aus Aurich, soso.»

Wencke fummelte am Reißverschluss ihrer Strickjacke herum.

«Vermissen Sie Ihren Job schon?», fragte Vilhelm.

«Ja, zugegeben, ein wenig.»

«Für einen solchen Beruf entscheidet man sich ja nicht aus Jux und Dollerei. Das muss man wirklich wollen. Ihren Einweisungsbelegen entnehme ich, dass Sie die Mordkommission leiten. Mit Mitte dreißig, alle Achtung. Das spricht auch dafür, dass Sie eine zielstrebige Person sind.» Er lehnte sich zurück. «Und nun kommt ein Baby. Passt Ihnen das ins Konzept? Nein,

nein, nicht misstrauisch werden, ich stelle jeder Kurteilnehmerin diese Frage.»

Wencke ließ den Reißverschluss los und beugte sich vor. Sie fühlte sich stark an die Situation eines Verhörs erinnert. Zwei sich gegenübersitzende Menschen, von denen der eine beim anderen etwas herauskriegen will. Nur, dass sie für gewöhnlich den anderen Part übernahm. Hier sollte *sie* zum Reden gebracht werden.

Er durchblätterte mit seinen schlanken Fingern einen Schnellhefter. «Sie sind inzwischen im fünften Monat. Vor kurzem hatten Sie einen Kreislaufkollaps. Ihr Arzt schreibt, Sie sind nicht bereit, ein wenig kürzer zu treten. Warum, Frau Tydmers? Haben Sie Angst um Ihren Job?»

Sie schwieg.

«Es wäre ganz normal, wenn es so wäre. Schließlich haben Sie sich ganz kontinuierlich eine Karriere aufgebaut. Und nun sollen Sie Mutter werden, sollen sich schonen, sollen – was in Ihrem Job sicher nicht so gefragt ist – die weibliche Seite Ihres Wesens pflegen. Fällt Ihnen das schwer?»

«Ja, natürlich fällt mir das schwer. Wissen Sie, was ich in Aurich zurückgelassen habe? Ein kleines Mädchen, tot im Hafen eines malerischen Sielortes. Wahrscheinlich von den eigenen Eltern zu Tode geprügelt und dann im Wattenmeer entsorgt wie ein Sack Restmüll. Warum sollte ich bei solchen Geschichten meine weibliche Seite pflegen, wie Sie es so schön nennen?»

Er verzog keine Miene. Ilja Vilhelm machte seine Sache ausgezeichnet. «Weil Sie eine Frau sind», sagte er schlicht.

Nun wurde es doch etwas hart auf dem Stuhl, Wencke rutschte hin und her. Sicher, wenn sie eine Verdächtige wäre, würde dieses Gewackel höchst bedenklich erscheinen. Menschen, die nicht still sitzen können, haben etwas auf dem Kerbholz. Sie bemerkte zudem, dass sie schon seit geraumer Zeit den Reißverschlussanhänger ihrer Strickjacke in den Händen hielt und hektisch daran herumfingerte. Als hätte sie eine Wut in sich, die sich kaum bändigen ließ.

«Ich weiß, was Sie jetzt denken», sagte Vilhelm.

«Und?»

«Sie fühlen sich wie bei einem Verhör.»

«Kann sein.»

«Ich sehe Ihnen an, dass Sie geladen sind, innerlich angespannt.»

Wencke ließ die Strickjacke augenblicklich los. «Kann sein», wiederholte sie.

Doch der Therapeut machte weiter. «Etwas in Ihnen will heraus, will erzählt werden ...»

Er hatte ja Recht. Bei Verbrechern war es auch so. Sie konnten es im Grunde auch nicht erwarten, etwas von sich und dem, was sie umtrieb, zu erzählen. Sie war zwar keine Verbrecherin, aber ansonsten ...

«Machen Sie es sich nicht so schwer. Nutzen Sie die Chance, mir ein wenig von sich zu erzählen. Dann geht auch diese Anspannung verloren, Sie werden sehen. Und was Sie sagen, wird – im Gegensatz zu einem Polizeiverhör – nicht aus diesen vier Wänden dringen.»

«Das wäre ja auch noch schöner», zickte Wencke kurz. Dann schwieg sie wieder. Vilhelm sagte nichts. Sie hörte seinen ruhigen Atem und das dezente Ticken der Wanduhr. Draußen auf dem Flur unterhielten sich zwei Frauen im Vorübergehen. Der Wind drückte gegen die Fensterscheibe.

Wencke erhob sich spontan und ging die wenigen Schritte zur Couch. Es tat gut, sich hinzulegen. Nach der schlechten Nacht freute sich ihr Körper auf die entspannende Position. Sie schaffte es sogar, die Augen zu schließen. Gott sei Dank, Vilhelm gab keinen Kommentar von sich. Sie wartete noch einen Moment.

«Wissen Sie, was das ganze Elend an der Sache ist?», sagte sie schließlich.

«Ja?»

Sie spürte ein feines Kitzeln unter ihrem Bauchnabel und legte die Hand darauf.

«Egal, wo ich bin. Immer scheine ich fehl am Platz zu sein. Das war schon immer so.»

«Was meinen Sie damit?»

«Ach …» Wencke wusste, sie hatte ziemlich viel zu erzählen, hier, in diesen vier Wänden.

Das Wappen war fertig. Stefan Brampeter fuhr mit der Hand über das Rot und das Gold der Ornamente, dann wickelte er das gute Stück in einen Bogen Seidenpapier und anschließend in eine alte Zeitung.

Er war müde. Wenn er seinen gewohnten Nachtschlaf nicht bekam, konnte er den Tag darauf so gut wie vergessen. Da er normalerweise nur Mittwochabends länger wach blieb, nahm er sich, wenn es sich machen ließ, am Donnerstag lediglich Aufräumarbeiten und den leidigen Papierkram vor. Der gestrige Dienstagabend, der nach dem Anruf einen solch unvorhersehbaren Verlauf genommen hatte, hatte seinen Turnus durcheinander gebracht.

Er ließ das kurze Telefonat noch einmal Revue passieren. Die Tatsache, dass *sie* nach all den Jahren wieder im Ort war, hatte ihm seine Ruhe genommen. Wahrscheinlich würden noch einige schlaflose Nächte folgen. Und er wusste, er war nicht der Einzige, dem es so erging.

Als er den breiten Paketkleber über das Zeitungspapier rollte, fiel ihm die Schlagzeile der letzten Woche ins Auge: «Junge Frau stürzt sich von Externsteinen – Wärter eilte zu Hilfe, konnte die Tragödie jedoch nicht verhindern».

Stefan Brampeter setzte sich auf den Hocker und las die Titelstory der Samstagausgabe der «Lippischen Landeszeitung» – obwohl er sie schon fast auswendig kannte – noch einmal:

Horn-Bad Meinberg / 16. Dezember / Gestern am späten Nachmittag gab es an den Externsteinen einmal mehr einen tragischen Unglücksfall. Eine dreißigjährige Frau stürzte sich in selbstmörderischer Absicht vom Hauptfelsen und konnte nur noch tot aus dem See geborgen werden. Der Angestellte des Horner Forstamtes Horst T., dem das Verhalten der Frau verdächtig erschienen war, versuchte vergeblich, den Sprung zu verhindern. Die aus Bochum stammende Frau, tragischerweise im siebten Monat schwanger, war seit drei Wochen zur Kur in der «Sazellum»-Klinik untergebracht und wäre in wenigen Tagen wieder zu Mann und dreijähriger Tochter zurückgekehrt. Aus welchem Grund sie den Freitod wählte, ist bislang unbekannt, die Mitpatientinnen gaben jedoch Auskunft, dass ihnen die Frau während des gesamten Kuraufenthaltes «depressiv und niedergeschlagen» erschienen wäre. Man nimmt an, dass eine familiäre Krise am Heimatort der Toten ausschlaggebend für den Suizid war. Der gestrige Fall ist der erste Todessturz an den Externsteinen seit mehr als zwei Jahren. «Wir befürchten jedoch, dass es Fälle der Nachahmung geben könnte», so die Mordkommission Detmold, die in diesem Fall ermittelt. Die Erfahrung habe gezeigt, dass insbesondere an einer öffentlichen Stelle wie den Externsteinen die Todesfälle gehäuft auftreten, wahrscheinlich setze ein Selbstmord die Hemmschwelle derer, die sich schon lang mit lebensmüden Gedanken herumtragen, herunter. Noch dazu stünden der Winter und die Weihnachtstage vor der Tür, eine Zeit, in der die Selbstmordrate deutschlandweit in die Höhe ginge. Man wolle besonderes Augenmerk auf die Externsteine und auch auf das Hermannsdenkmal in Detmold haben, betonten sowohl das Forstamt wie auch die Polizeibehörde.

Stefan Brampeter ärgerte sich über diese Sache. Während er das Paket mit dem Familienwappen weiter einschnürte, dachte er an diese Frau, die sich zu Tode gestürzt hatte, und er fragte sich, warum sie nicht einen anderen Platz hatte wählen können. Es gab so viele Methoden, sich aus dem Leben zu schleichen, warum musste sie ausgerechnet von den Externsteinen springen? Dieser Ort war das Beste, was der Teutoburger Wald zu bieten hatte, und sie besudelte ihn.

Wie sah es denn jetzt aus, wenn übermorgen das Fest dort stattfand, wo noch vor kurzem ein Mensch ums Leben gekommen war? Sie hatten sich alle auf eine fröhliche, phantastische Wintersonnenwende gefreut. Durfte man das jetzt noch?

Heute Abend im Lindenhof würde sicher das Gespräch auf dieses Thema kommen. Wahrscheinlich würden einige dafür plädieren, in irgendeiner Weise des Todessturzes zu gedenken. Aber wo um alles in der Welt sollte man das in das straff durchgeplante Programm einschieben? Die brennenden Räder waren zuerst dran, dann wollte der singende Bäcker von Bad Meinberg ein paar stimmungsvolle Lieder zum Besten geben. Als Höhepunkt wurde ein Ausschnitt aus Dietrich Grabbes Drama «Die Wacholderteufel» gespielt und danach war der Hexentanz ums Feuer geplant. Sollte man diese sorgsam erdachte Choreographie unterbrechen und an eine Frau denken, die keiner kannte?

Es klopfte an der Werkstatttür. Ach ja, das mussten die Kinder sein, die hatte Stefan Brampeter ganz vergessen. Frau Möller, eine der Pädagoginnen in der *Sazellum*-Klinik, hatte bereits letzte Woche ihren Besuch angemeldet und ihm gesagt, dass ein Junge und ein Mädchen, beide um die zehn Jahre, bei ihr zum Unterricht angemeldet seien und sie die beiden gern beim Wintersonnenwendefest mitspielen lassen wollte.

Er hatte nichts gegen Kinder. Beim Rollenspiel wurden sie vom Publikum geliebt, und die meisten der kleinen Schauspieler waren mit einem Enthusiasmus bei der Sache, den er sich bei einigen Erwachsenen wünschte.

Als er die Tür aufschloss, sah er zuerst nur Frau Möller und das Mädchen mit den vielen Haarspangen auf dem Kopf. Als Letzter betrat der Junge die Werkstatt, und Stefan Brampeter fuhr augenblicklich ein Schreck in die Glieder. Wie aus dem Gesicht geschnitten, dachte er sofort. Diese graublauen Augen, die etwas verborgen zwischen den fleischigen Wangen lagen. Die dunkelblonden Haare waren natürlich anders geschnitten, als es damals Mode war, dieser Junge trug die Seiten ausrasiert und das Haupthaar stachelig nach oben, aber die Farbe und die leicht borstige Beschaffenheit waren nahezu identisch. Stefan musste sich an der Hobelbank festhalten und sich zusammenreißen, damit er den kleinen Kerl nicht anstarrte wie einen Geist.

«Das sind Joy-Michelle aus Bodenwerder und Mattis aus Bremen. Sie sind gestern mit ihren Müttern angereist und würden sich sehr freuen, bei Ihrem Rollenspiel mitzuwirken.»

«Ich möchte die schöne Jungfrau sein», sagte das Mädchen und zeigte eine gewaltige Zahnlücke im Oberkiefer. Der Junge sagte nichts. Er hatte sich ohne zu fragen schwerfällig auf einen Stapel Kernholz niedergelassen und blickte wenig interessiert in die Runde. Er war eindeutig zu dick. Stefan Brampeter kannte das Gefühl, ein dicker Junge zu sein. Er selbst hatte in seiner Jugend ebenfalls zu viel auf die Waage gebracht. Seit er jedoch nicht mehr bei seinen Eltern lebte, hatte sich das Problem erledigt. «Herausgewachsen», behauptete seine Mutter stets. Sie war der felsenfesten Überzeugung, dass die Fettleibigkeit in jungen Jahren ein Familienproblem war, sozusagen in der Erbmasse festgelegt und auf das Jugendalter beschränkt. Stefan Brampeters Bruder war noch rundlicher gewesen. Doch er war nie so alt geworden, als dass er hätte «herauswachsen» können.

Stefan räusperte sich. «Und wen willst du spielen?» Es kostete ihn Überwindung, den Jungen anzusprechen. Er bemerkte, dass er leicht schwitzte und es ihm schwer fiel, einen einigermaßen unbefangenen Gesichtsausdruck aufzusetzen. Am liebsten wäre er einen Moment durch die Hintertür verschwunden und hätte in seinem Wohnzimmer kurz durchgeatmet. Doch dort hing ein Foto über dem Fernsehapparat. Das Familienfoto mit Ulrich und ihm, als sie Kinder waren. Das Foto, auf dem er selbst in kurzen Hosen vor seinen Eltern stand. Und neben ihm der Junge mit den graublauen Augen, den fleischigen Wangen und dem dunkelblonden Bürstenhaar. Er hätte es betrachten müssen und wäre dann in seinem Zimmer ebenso wenig zur Ruhe gekommen, wahrscheinlich hätte sein Herz sogar noch heftiger geschlagen. Also sah er dem Kind direkt in die Augen und versuchte, freundlich zu lächeln, obwohl er von seiner Erinnerung niedergedrückt wurde.

«Möchtest du ein Teufelskind sein?»

«Muss ich da viel auswendig lernen?»

«Nein, bestimmt nicht.»

«Dann meinetwegen Teufelskind.» Er scharrte mit den klobigen Turnschuhen durch die Holzspäne am Boden und rieb sich mit dem Daumen über den Oberschenkel. Stefan Brampeter schluckte. Wie lang schon hatte er diese Geste nicht mehr gesehen? War es überhaupt möglich, dass sich eine solche Gewohnheit, diese unbewusste Handbewegung am Bein, tatsächlich vererben ließ, ohne dass sich Vater und Sohn jemals begegnet waren?

«Und was machen wir jetzt?», fragte das Mädchen.

Stefan Brampeter rollte eines der Räder aus der Ecke hervor. Es war das, welches er heute Abend auf der Versammlung den anderen zeigen wollte. Das Sonnengesicht in der Mitte drehte sich um sich selbst. Er griff mit der immer noch leicht zitternden Hand nach einem Heubündel aus der Kiste, fasste es in der Mitte zusammen und steckte es in eines der Löcher. «Das Rad hat in der Nacht der Wintersonnenwende eine ganz besondere Bedeutung», erklärte Stefan Brampeter, und er merkte sofort, dass er nur wenig Talent hatte, kleine Kinder für sein Thema zu begeistern. Das Mädchen blickte enttäuscht zum Fenster hinaus, wahrscheinlich hatte sie eher auf eine Kostümprobe mit Seidengewand als auf einen Vortrag über germanische Bräuche spekuliert. Der Junge bohrte in der Nase. Stefan Brampeter holte ein Feuerzeug aus seiner Hosentasche, wollte es anreißen, doch die Nervosität machte es ihm schwer, erst im dritten Versuch entstand eine Flamme, die er unter das Heu hielt. Zunächst stieg nur gräulicher Rauch auf, in dünnen Fahnen zog er nach oben, dann krümmten sich die ersten trockenen Grasspitzen zu orangeroter Glut zusammen.

Nun schauten die Kinder zu ihm. Feuer war immer interessant. Stefan Brampeter erinnerte sich noch, dass es bei ihm nicht anders gewesen war. Wenn jemand mit Flammen hantierte, wenn Erwachsene zündelten, dann hatten er und sein Bruder ihre Neugierde nicht im Zaum halten können. Ulrich hatte ein Faible für Feuer. Er hatte gern mit Verbotenem hantiert. Auch als er erwachsen geworden war, doch das war eine andere Sache gewesen. Als Kind hatte Ulrich das Zündeln noch ein fasziniertes Augenglänzen entlockt. Genau wie bei diesem Jungen hier, der mit geöffnetem Mund und hochgezogenen Augenbrauen auf die Glut starrte. Die Erinnerung lenkte Stefan ab, er verbrannte sich die Fingerspitzen. «Au, das ist aber heiß!» Zum Glück konnte er einen Fluch unterdrücken. Die Kinder kicherten beide.

«Am Julfest – so nennt man die Wintersonnenwende auch – wurden schon im Mittelalter nach altem Brauch brennende Räder einen kleinen Abhang oder Berg hinuntergerollt. In einigen Gemeinden hier in der Nähe gibt es noch einen vergleichbaren Brauch in der Osternacht.»

Man konnte es schon ein kleines Feuerchen nennen, was an der Speiche des Rades leckte. Das Mädchen schaute respektvoll mit großen Augen zu ihm hinüber.

«Es hat etwas damit zu tun, dass man das Rad als Symbol der ewigen Wiederkehr versteht. Also das Eine ist vergangen und das Neue beginnt, immer und immer wieder.»

Der süßliche Geruch von verbranntem Gras breitete sich aus. Das Mädchen hielt sich die Nase zu.

«Deswegen lassen wir die Räder rollen, und wenn sie brennend am unteren Teil des Abhanges ankommen, wird es einen nicht zu strengen Winter geben, einen schönen Frühling, einen heißen Sommer und einen ertragreichen Herbst.»

Das abgebrannte Heu fiel in pulverisierten Aschefäden zu Boden. Stefan Brampeter trat die restliche Glut mit dem Schuh aus. Das Mädchen schien erleichtert zu sein, dass nichts mehr brannte.

«Die Zuschauer werden jubeln und klatschen, wenn alles gut geht. Die brennenden Räder bringen den Menschen Glück!»

«Wer's glaubt, wird selig», sagte der Junge.

Stefan Brampeter holte tief Luft. *Wer's glaubt, wird selig.* Genau das hätte sein Bruder in diesem Moment auch gesagt.

10

Nina Pelikan hockte im Schneidersitz auf der Parkbank und hielt eine ausgerissene Zeitungsseite in der Hand. Sie schien nicht wirklich zu lesen, und als sie bemerkte, dass Wencke auf sie zukam, wischte sie sich hastig ein paar Tränen aus dem Gesicht. Doch auch ohne feuchte Wangen war nicht zu übersehen, dass sie geweint hatte. Aus welchem Grund sollte man sonst auch freiwillig bei graukaltem Wetter im verlassenen Kurpark hocken und lesen oder spazieren gehen, wenn es einem nicht gerade richtig mies ging. Wieder einmal war Wencke hin und her gerissen. Weitergehen und eigene Probleme durchhecheln oder stehen bleiben und trösten.

Was hatte Ilja Vilhelm eben noch in der Therapie zu ihr gesagt: «Wenn Sie nicht anfangen, sich Zeit für Ihre eigenen Sorgen zu nehmen, dann werden Sie wieder zusammenbrechen. Und dann wird es nicht nur der Kreislauf sein, der sich verabschiedet. Dann könnten es auch die Nerven sein, Frau Tydmers.»

Natürlich hatte er Recht. In der vergangenen Dreiviertelstunde war so allerhand aus ihr herausgebrochen. Schlimme Dinge in ihrem Leben, die sie noch niemandem erzählt hatte. Alte Geschichten aus ihrer Familie, die Wencke längst wie einen abgeschlossenen Fall ganz hinten in ihrem Bewusstsein gelagert hatte. Es hatte wehgetan, sich an einige Sachen zu erinnern. Der Psychologe hatte ihr geraten, durch das *Silvaticum* zu spazieren und ein wenig an gar nichts zu denken. Und diese Vorstellung war ihr verlockend vorgekommen, trotz des Nieselregens. Bis Nina dort unglücklich mit verschränkten Beinen neben einem nordamerikanischen Ahornbaum saß.

«Kann ich was für dich tun?», fragte Wencke und war im gleichen Moment sauer auf sich selbst. Ein dünner Kopfschmerz signalisierte ihr, dass sie hätte vorbeigehen sollen. Sie setzte sich.

Nina nickte, sagte aber nichts, reichte lediglich den zusammengefalteten Zeitungsabschnitt heraus, ohne auch nur ein Wort zu sagen.

Wencke faltete das Papier auseinander und überflog den Artikel. Es ging um eine junge Frau, die sich in der vergangenen Woche von den Externsteinen gestürzt hatte, eine Patientin der *Sazellum*-Klinik, schwanger und lebensmüde. Die Polizei befürchtete Nachahmungstäter. Wencke zerknüllte das Papier. «Was bedeutet das? Kanntest du die Frau?»

Nina schüttelte den Kopf.

«Interessierst du dich für Selbstmorde?»

Nina zuckte die Schultern, es war nicht zu erkennen, ob die Geste ein Ja oder ein Nein bedeuten sollte.

«Dann gibt es für dich keinen Grund, diesen Artikel mit dir herumzuschleppen.»

Wencke warf den Papierball in den Abfalleimer neben der Bank. «Außer, dass sie in derselben Klinik untergebracht und schwanger war, gibt es doch wohl keinerlei Gemeinsamkeiten zwischen ihr und dir.»

«Sie haben ihn mir zugesteckt», sagte Nina leise.

«Wer hat was?»

«Die haben mir den Artikel in die Jackentasche gesteckt, als ich bei der Massage war.»

Wencke wäre fast ein grobes «Schwachsinn» rausgerutscht, welches angesichts der niedergeschlagenen Frau an ihrer Seite sehr unsensibel gewesen wäre. Sie schluckte die Zweifel hinunter.

«Als ich zur Infrarotbestrahlung ging, habe ich meine Strickjacke an die Garderobe gehängt. Da war noch nichts in meiner Tasche. Und nach der Rückenmassage kam ich aus der Kabine und fand diesen Wisch.»

«Dafür gibt es eine plausible Erklärung, möchte ich wetten. Vielleicht hat einer die Klamotten vertauscht, wollte die Zeitung bei jemand anderem verstauen und hat dann danebengegriffen. Hellblaue Strickjacken hängen doch hier in der Klinik an jeder Ecke.»

«Ich bin mir sicher, die wollen mich fertig machen.»

«Wer *die*?»

«Die Teufel von letzter Nacht.»

Schon wieder wollte das unangebrachte Wort Wencke über die Lippen kommen. Stattdessen schaffte sie ein: «Meinst du nicht, du bist ein wenig ... übernervös?»

«Natürlich bin ich nervös. Was meinst du denn? Ich habe in der Nacht kein Auge zugetan, obwohl ich, weiß Gott, hundemüde war, und dann finde ich am nächsten Morgen einen Zeitungsartikel über eine Selbstmörderin in meiner Tasche. Und dabei habe ich mir von der Kur endlich Ruhe erhofft.»

«Warum sollte das der Teufel oder irgendjemand hier tun?»

«Die wollen, dass ich auch springe.»

«Entschuldige bitte, aber mit einem Zeitungsausschnitt hat meines Wissens noch nie jemand einen Menschen in den unfreiwilligen Selbstmord getrieben.»

«Die schaffen das. Wenn sie es drauf anlegen, dann werden sie mich so weit kriegen. Es sind so viele und sie sind so mächtig.» Nina rieb sich aufgeregt mit den Fingern durchs Gesicht.

Wencke beschlich schon wieder dieses ungute Gefühl. Was war, wenn Nina Pelikan depressiv war? Ohne irgendeine Besorgnis erregende Indikation wurde wahrscheinlich niemand in die *Sazellum*-Klinik eingeliefert. Bei Wencke war es der Kreislauf – na ja, und so manches mehr –, und bei Nina Pelikan könnte es eine Depression sein, weswegen sie und ihr Sohn nach Bad Meinberg gekommen waren. Dieser seltsame Spruch gestern Abend, als sie behauptete, sie habe schon einmal einen

Menschen getötet, klang auch nicht gerade nach sonnigem Gemüt. «Warst du schon beim Psychologen?»

«Gleich habe ich meinen Termin.»

«Dann solltest du ihm von deinen ... hm, wie soll ich es sagen, von deinen Ängsten erzählen.»

«Er wird mich für übergeschnappt halten. Genau wie du. Du glaubst auch, dass ich spinne, oder etwa nicht?»

Wencke entschied sich für eine Kopfbewegung, die zwischen Nicken und Schütteln lag und somit nicht zu deuten war. «Ich denke, das Gespräch mit Ilja Vilhelm wird dir gut tun. Ich war auch eben auf der Couch. Und ich hätte nie gedacht, dass es sich so gut anfühlen kann, den ganzen Seelenmüll mal loszuwerden.»

«Ich habe gar keinen Seelenmüll. Mir geht es eigentlich ganz gut. Wenn nicht jemand alles daransetzt, mir Angst zu machen. Diese Sache mit den Teufeln habe ich mir nicht eingebildet, und der Zettel ist mir mit Sicherheit absichtlich zugesteckt worden. Ich weiß überhaupt nicht, was ich diesem Psychoheini erzählen soll.»

«Wart's ab.»

Nina löste den Schneidersitz und schaute auf die Uhr. «Ich muss los», sagte sie und stand auf. Bevor sie endgültig zur Klinik ging, blieb sie einen Augenblick vor dem Abfalleimer stehen. Wencke rechnete damit, dass sie sich im nächsten Moment den Papierknäuel, der einmal ein Zeitungsausschnitt gewesen war, aus dem Müll fischte, doch Nina ging nach einer kurzen, gedankenverlorenen Pause unverrichteter Dinge weiter.

Also war es Wencke, die sich zum breiten Metallkorb herunterbeugte und die Hand hineinsteckte. Sie strich den Artikel wieder flach, faltete ihn zweimal und ließ ihn in die Innentasche ihrer Jeansjacke gleiten. Dann fiel ihr Blick auf den angeknabberten Pappbecher, den Nina am Vorabend hier entsorgt hatte. Sie griff danach. Sie hatte keine Ahnung, warum sie das tat. Zerknülltes Zeitungspapier und einen alten Kaffeebecher aus dem Müll zu bergen stand sicher nicht auf ihrem Kurplan. Vielleicht war es das Thema. Immer wieder das Thema: Mord und Totschlag. Sie zog es an wie ein Magnet. Oder es zog sie an, wie auch immer. Selbst in einem verschlafenen Kurort wie Bad Meinberg wurde sie damit konfrontiert. Der Artikel in der Tasche war eine gute Sache, über die sie grübeln konnte. Sie stand auf, ging am nordamerikanischen Ahorn vorbei Richtung asiatische Pappel. Und sie dachte an die Frau an den Externsteinen, die selbst vielleicht noch vor einer Woche diesen Weg entlangspaziert war und sich den Kopf über ihr Leben zerbrochen hatte. Und die vielleicht genau an dieser Stelle den Entschluss gefasst hatte, sich umzubringen. Und sie dachte an Nina Pelikan, die nun wahrscheinlich schon bei Ilja Vilhelm im Zimmer stand und sich entscheiden sollte, ob sie dem Stuhl, dem Sessel oder der Couch den Vorzug geben sollte. Und dann, auf welchem Platz auch immer, hoffentlich diese seltsamen Verschwörungstheorien von sich gab und sich anschließend helfen ließ.

Wencke dachte mal wieder an alles Mögliche, nur nicht an sich selbst.

TUT– – –TUT– – –TUT– – –TUT

«– *Hier ist der automatische Anrufbeantworter von Wencke Tydmers und Axel Sanders. Wir sind gerade ...* – Ja, hallo, Wencke, bist du's?»

«Axel!»

«Na, Chefin? Wie war der erste Tag im schönen Teutoburger Wald?»

«Gut. Du, Axel, kannst du mir einen Gefallen tun?»

«Definiere erst einmal *gut*!»

«Na ja, es ist nett. Das Essen ist okay, das Wetter so lala. Was ist, kannst du mir einen Gefallen tun, oder nicht?»

«Schonst du dich auch richtig? Du hast schon wieder diesen Tonfall …»
«Welchen Tonfall?»
«Na ja, du klingst, als hättest du in Bad Meinberg eine Zweigstelle der Auricher Mordkommission aufgemacht. Eifrig, chaotisch und alles andere als ausgeruht.»
«Ich habe dir heute was per Post zugeschickt.»
«Eine Ansichtskarte aus Westfalen?»
«Nein, es ist ein Brief. Darin ein Zeitungsausschnitt und ein zerdrückter Kaffeebecher. Könntest du die Sachen auf Fingerabdrücke überprüfen lassen?»
«Wie bitte?»
«Du hast mich ganz gut verstanden.»
«Das glaub ich jetzt nicht.»
«Abgesehen von meinen eigenen müssten auf dem Pappbecher und der Zeitung identische Spuren sein. Ich interessiere mich aber für die dritten Abdrücke auf der Zeitung.»
«Ich glaube kaum, dass so etwas deiner Entspannung dient.»
«Ich kann mich aber besser erholen, wenn ich weiß, was du darauf findest.»
«Ist irgendwas passiert?»
«Nein, nicht direkt. Mach dir keine Sorgen um mich.»
«Und das Kind?»
«Welches … ach ja, dem geht es auch gut. Alles in Butter. Axel, nur diese eine Sache, bitte! Ich habe dir die Anweisungen im Brief nochmal näher beschrieben.»
«Ich weiß nicht, ob ich das machen kann …»
«Und sonst war ich heute ausgiebig spazieren, habe viele Vitamine zu mir genommen, hatte Kneipp'sche Güsse und eine Fußreflexzonenmassage …»
«Wencke, lenk nicht ab …»

«Mach ich doch gar nicht. Oh, es ist schon zwei Minuten nach zehn. Ich muss dann mal ins Bett. Gute Nacht.»
«Wencke, pass auf dich auf ... schlaf schön!»

11

Es war schon weit nach Mitternacht. Sehr weit danach. Stefan Brampeter hatte zu viel getrunken. Manchmal kippte sein Kopf nach vorn, weil er so schwer geworden war. Keine Ahnung, warum, er schluckte das Zeug doch dauernd hinunter, eigentlich müsste sein Schwerpunkt ganz tief unten sein, nach den ganzen Bieren und Schnäpsen. Und nach dem Lippischen Pickert, der bekanntermaßen auch ziemlich schwer im Magen lag. Kartoffeln und Mehl und Hefe und Butter und selbst gemachte Leberwurst. Danach stand so schnell keiner mehr auf. Trotzdem konnte er den Kopf nicht mehr aufrecht auf dem Körper tragen. Vielleicht waren es die verdammten Gedanken, die ihn niederdrückten. Gedanken an Ulrich, immer wieder an Ulrich, den er heute gesehen hatte.

«Du kannst es dir echt nicht vorstellen, wie ähnlich die beiden sich sind. Das ist gespenstisch. Wirklich wahr!»

Konrad Gärtner klopfte ihm auf die Schulter. «Stefan, nimm's nicht so schwer. Trink noch einen Wacholder. Runter damit!» Er machte es ihm vor. Öffnete den Mund so weit wie ein Garagentor und stürzte sich den klaren Schnaps hinein. Stefan Brampeter wusste, ihm würde schwindelig werden, wenn er jetzt den Kopf in den Nacken legte. Trotzdem war er sich diesen einen letzten Schnaps schuldig. Er war heute seinem großen Bruder begegnet. Seinem großem Bruder Ulrich, als dieser zehn Jahre alt gewesen war. Es musste die Zeit gewesen sein, als sie beide in den Schützenverein eingetreten waren und sich ständig gestritten hatten, wer denn das Gewehr des Vaters schultern durfte. Er erinnerte sich noch, wie lang sie damals gequatscht hatten am Abend, Ulrich oben und er unten im Etagenbett, Ulrich mit Schalke-Aufklebern auf der Tapete, Stefan mit Arminia Bielefeld. Worüber hatten sie damals eigentlich gesprochen? Über Mama und Papa, die damals eine schlechte Zeit gehabt hatten, weil die Schulden für das Eigenheim so drückten? Oder über Schule, über den Wunsch nach einem eigenen Hund, über die Ausrede, die sie sich einfallen lassen mussten, wenn Mutter die zerschlissenen Hosenknie entdeckte? Über Mädchen hatten sie damals noch nicht gesprochen. Das war viel später gewesen. Da hatte bei Ulrich dann Samantha Fox gehangen und bei Stefan Madonna. Das musste acht Jahre später gewesen sein. Die Fußballaufkleber hatten sie unter den Plakaten gelassen. Und dann, irgendwann kurz bevor Ulrich die Schule beendet hatte und zur Bundeswehr ging, hatte eine Weile die schwarzweiße Flagge mit dem Reichsadler dort gehangen. Mutter hatte sie beim Putzen ignoriert, kein Wort darüber verloren, genauso wenig über die Schnürstiefel und Ulrichs Kahlschlagfrisur. Dann war Stefans großer Bruder ausgezogen und seine eigenen Wege gegangen. Stefan war ihm nicht gefolgt.

«Ich kann mir vorstellen, dass es einem die Socken auszieht, wenn man auf einmal seinem eigen Fleisch und Blut gegenübersteht. Nach alledem …» Konrad Gärtner war auch nicht mehr ganz allein, er hielt sich am Tresen fest. Auf der Holzplatte schimmerte im filzigen Kneipenlicht ein wirres Muster aus nassen, klebrigen Ringen, kleinen und großen, die von den zahlreichen Gläsern im Laufe des Abends dort hinterlassen worden waren. Eigentlich ging Stefan Brampeter immer als einer der Ersten, heute war es anders. Außer ihm und Konrad saßen nur noch die Skatbrüder in der Ecke. Ihr Spiel lief wie in

Zeitlupe. Contra und Re in verzögertem Tempo, wie alles ringsherum, wie die Wirtin, die das Bier irrsinnig mühsam zapfte, wie der Spielautomat an der Wand, der schläfrig blinkte und halbherzig zum Zocken einlud. Wenn Stefan jetzt nicht aufstand und ging, würde er hier auf dem Barhocker festwachsen, so viel war sicher.

Konrad schob seine Oberarme über die Theke und legte den Kopf darauf. «Das tut schon weh, wenn man einen Bruder verliert und dann noch den eigenen Neffen vorenthalten bekommt. So viele Jahre, was hat die Schlampe sich nur dabei gedacht? So was kann man nicht machen, echt.»

«Lass mal gut sein. Janina war so 'n junges Mädchen ...»

«Aber zum Rummachen war sie alt genug. Und zum Autofahren anscheinend auch. Aber dann die Verantwortung übernehmen, nee, da war sie wieder eine kleine Göre ...» Konrad war ein guter Freund von Ulrich gewesen, vielleicht einer der besten. Sie hatten damals nicht viel über die Sache gesprochen. Im Grunde war es erst jetzt auf den Tisch gekommen, nach elf Jahren, hier im Lindenhof am Mittwochabend. Da hatten viele zum ersten Mal darüber gesprochen, wie schlimm es gewesen war. Und dass sie geheult hatten um Ulrich. «Weiß deine Mutter, dass sie da ist?»

«Die Janina Grottenhauer?»

Konrad nickte, den Kopf immer noch auf dem Tresen.

«Werde ich ihr besser nicht sagen.» Stefan Brampeters Mutter war seit drei Jahren Witwe und jammerte den ganzen Tag, dass sie nichts mehr zu tun hatte. Keinen bettlägerigen Mann mehr im Haus. Ein Sohn unter der Erde, der andere ein Einsiedler ohne Familiensinn. Und keine Gäste mehr, seit Jahren schon, kein Mensch verirrte sich mehr in die kleine Ferienwohnung unter dem Dach, warum auch, wo Bad Meinberg doch wie ausgestorben war. Sicher hatte seine Mutter gute Gründe zu jammern. Doch wenn er sie nun besuchen würde, am Wochenende vielleicht, und wenn er ihr dann von der Begegnung mit dem Jungen erzählte, dann könnte die Wehleidigkeit in tiefe Depression umschlagen. Der verlorene Enkel. Der Grund, noch tiefer zu seufzen. Es war besser, er behielt es für sich. Und er hoffte, dass seine Mutter nicht entgegen ihrer gewohnten Trägheit auf einmal das Haus verlassen würde. Denn täte sie einen Schritt auf die Straße, würde ihr die Geschichte schon entgegenwehen wie ein Haufen ansteckender Grippeviren. Haste schon gehört und so. Vielleicht sollte er vorsichtshalber ein paar Einkäufe erledigen und sie ihr bis zum Küchentisch bringen, damit sie nicht versehentlich zum Edeka marschierte.

«Aber dass du das so tapfer hingekriegt hast, Stefan, alle Achtung!»

Konrad meinte den Nachmittag. Alle *Wacholderteufel* hatten gestaunt, als er ihnen von der Begegnung berichtet hatte, bei der er sich nichts hatte anmerken lassen. Niemand hatte es für möglich gehalten, dass er so einfach mit den Kindern über das Theaterstück gesprochen hatte, als sei nichts geschehen.

«Und dann noch den Kleinen ein Teufelskind spielen lassen, du hast Nerven.»

«Ich war ja dank des Anrufes ein bisschen darauf vorbereitet», nuschelte Stefan. «Nur von dem Kind hab ich nichts gewusst. Zugegeben, das war hart.» Er seufzte.

Als die Wirtin noch zwei Veltins auf den Tresen schob, schüttelten Stefan Brampeter und Konrad Gärtner unisono die Köpfe. Genug war genug. Beide klemmten einen Schein unter den Bierdeckel. Sie hatten die Preise im Lindenhof verinnerlicht und konnten die Zeche in jedem Zustand noch einigermaßen zusammenrechnen.

«Und du konntest dir bestimmt nicht vorstellen, dass der Junge jetzt schon so groß ist, oder?»

«Nee, da haste Recht.» Stefan Brampeter stand auf. Sein Bein war eingeschlafen und hielt dem Gewicht nicht ganz stand. Er kippte leicht zur Seite, bevor er sich fing und Richtung Garderobe schlich.

«Und dafür hast du dich – alle Achtung – gut geschlagen!», sagte Konrad und schob umständlich den einen Arm in die Jacke. «Was machste jetzt?»

«Nach Hause gehen. Was sonst.»

»Oder woll'n wir noch mit der Taxe Richtung Detmold, du weißt schon, das Haus mit dem großen Parkplatz und der rot beleuchteten Hausnummer ...»

«Nee, Konrad, ohne mich. Und du solltest auch besser bei deiner Frau unter die Decke ...»

«Spielverderber ...»

Sie hielten sich gegenseitig fest und fanden die Tür nach draußen.

Die Stufen, die zum Bürgersteig hinunterführten, funktionierten nicht so ganz, doch die kalte Nachtluft wehte die Benommenheit fort, und die nasse Luft ließ den Rausch nicht mehr ganz so gewaltig erscheinen. Stefan Brampeter wurde wieder klarer im Kopf.

Konrad Gärtner schwang sich auf das Fahrrad und fuhr eine enge Runde im Kreis, bevor er in Richtung Ehrenmal in der Dunkelheit der Strom sparenden Kleinstadt verschwand. Hoffentlich kommt er heil an, dachte Stefan.

Dann schlenderte er die Allee bis zum Kurpark entlang, mit langsamen Schritten und vorsichtigem Gang. Er wollte nicht aus Versehen die kleinen, liebevoll angelegten Blumenbeete zertreten, in die ehrenamtliche Stadtpfleger in der Adventszeit rote und weiße Weihnachtssterne gepflanzt hatten.

Manchmal hielt er an und holte tief Luft. Jetzt ging es ihm besser. Er war schon fast an der Werkstatttür, durch die er auch in seine Privaträume gelangte. «Stefan Brampeter – Holzrestaurierung», stand auf dem Schild neben der Pforte.

Erst da fiel ihm auf, dass er das Holzrad in der Kneipe vergessen hatte. Nachdem die Vereinsrunde seine Arbeit gleich zu Beginn des Treffens gebührend bestaunt hatte, hatte er das Werk im kleinen Flur vor der Küche abgestellt. Dort mochte es jetzt noch stehen, sicherlich auch ungefährdet bis morgen früh. Dennoch war Stefan Brampeter nicht wohl bei der Sache. Was, wenn die Putzhilfe morgen früh das Holz mit irgendeinem scharfen Reinigungsmittel abrieb? Ohne bösen Willen sicher, einfach nur, weil sie dachte, es gehöre zu ihrer Aufgabe. Was, wenn einer der betrunkenen Skatbrüder den Weg zur Toilette nicht fand und dummerweise über das Rad fiel oder sich einen Streich ausdachte und daran herumfingerte? Er würde nicht ruhig schlafen können, wenn er das Ding dort stehen ließ. Und eine gute Portion Schlaf hatte er nach der Aufregung der letzten Tage bitter nötig. Also machte er kehrt. Es war nicht so weit bis zum Lindenhof. Nur das kleine Stück durch die schlafende Fußgängerzone. Stefan Brampeter gähnte. Wie sehr freute er sich auf die Ruhe seiner kleinen Wohnung. Morgen würde er lediglich die Auftragsbücher durchgehen und den Materialeinkauf für die nächsten Wochen machen. Zu mehr würde er sicherlich nicht in der Lage sein.

Der Lindenhof war inzwischen stockdunkel. Weder in der Gaststube noch im angrenzenden Restaurant brannte noch Licht. Die Fahrräder der Skatbrüder lehnten auch nicht mehr an der Wand. Er musste sie um wenige Minuten verpasst haben. Ein Versuch, die Tür zu öffnen, schlug natürlich fehl. Die Wirte waren verantwortungsvolle Menschen, sie würden den Eingang nicht unverschlossen lassen. Er traute sich nicht, die Klingel zu benutzen. Wegen eines Rades wollte er niemanden von seinem wohlverdienten Feierabend abhalten.

Stefan Brampeter setzte sich auf die Stufen und stützte seinen Kopf mit den Händen ab. Zu dumm. Wie sollte er nun zur Ruhe kommen? Er sah sich schon das Bett zerwühlen. Eigentlich brauchte er unter diesen Umständen gar nicht erst nach Hause zurückzukehren.

12

Mattis hatte von Bäumen geträumt. Mit einer Laseraxt hatte er eine riesenhafte Tanne nach der anderen gefällt. Ohne Probleme, seine Oberarme waren nämlich ebenso dick gewesen wie die Holzstämme, die Klinge war in einem Hieb durch die Fasern gerauscht. Irgendwann hatte er dann zugeschlagen und zu spät gemerkt, dass er aus Versehen ein Menschenbein durchtrennt hatte. Es hatte so ausgesehen wie ein Baum, aber als er es mit voller Gewalt durchschlug, kam Blut herausgequollen. Mattis hatte aufgeblickt und gesehen, dass es Hartmut war, dem er soeben den Oberschenkel amputiert hatte. Hartmut hatte nur böse geguckt und war dann auf dem anderen Bein davongehüpft. Das war ein komischer Traum, und noch beim Aufwachen hatte Mattis sich fest vorgenommen, ihn seiner Mutter zu erzählen.

Doch als er die Augen aufschlug, war es seltsam kalt in seinem Bett. Er erinnerte sich noch an die kuschelige Wärme beim Einschlafen, an die Hand seiner Mutter auf seinem Oberarm und an ihren gleichmäßigen Atem, dem er noch eine ganze Weile zugehört hatte. Nun war alles still, und als er sich umdrehte, wurde seine Befürchtung bestätigt: Er war allein im Bett. Sie musste bereits aufgestanden sein. Doch im Zimmer war sie nicht. Er richtete sich ganz auf und schaute um die Ecke ins kleine Badezimmer. Das Licht war aus, und kein Geräusch war zu hören.

Vielleicht war sie ja wieder bei diesen komischen Wassergüssen, dachte Mattis. Aber warum hatte sie das Fenster so weit aufgemacht? Eisiger Wind blies die Gardine zu einem buckeligen Etwas auf. Mattis legte sich wieder ins Kissen zurück und zog die Decke bis zur Unterlippe hoch. Was sollte er jetzt tun? Ein Blick auf den Wecker verriet ihm, dass es bereits Viertel nach sieben war. Um acht begann der Unterricht. Und frühstücken musste er auch noch. Also eigentlich …

Aber es war so furchtbar kalt im Zimmer, er hatte die Befürchtung, sich sofort eine saftige Erkältung einzufangen, sobald er nur den großen Zeh unter der Bettdecke hervorstreckte.

«Mama?», rief er, obwohl er ahnte, dass er keine Antwort bekommen würde. Sie war ganz sicher da unten beim Schwimmbad. Und gleich würde die Türklinke heruntergehen, und sie würde hereinkommen und ihm wieder erzählen, dass die anderen Frauen sich alle so angestellt hätten wegen des kalten Wassers. Und dann würde sie ihm sagen, dass es nun aber höchste Eisenbahn wäre, wenn er noch rechtzeitig zur Schule kommen wolle, und dass er eine Schlafmütze sei. Und vielleicht würde sie ihn auch in den Arm nehmen und sagen, wie schön es sei, sie beide allein, endlich Ruhe und viel Zeit. Dann schlief er wieder ein. Kein Traum mehr von Bäumen und Beinen. Nur ein gemütliches, verbotenes Schlummern in den Morgen hinein.

Die alte Martineck wusste, dass in Bad Meinberg schon längst jeder ihren Vornamen vergessen hatte. Sie hieß eben einfach nur «die alte Martineck», was wahrscheinlich daran lag, dass sie schon mit Mitte fünfzig Witwe geworden war und seitdem auch nicht mehr großartig am sozialen Leben im Dorf teilgenommen hatte. Und wozu dann die Haare tönen, sich moderne Kleidung kaufen, womöglich noch etwas gegen die Falten tun? Für wen? Für die wenigen Menschen, die ihr beim morgendlichen Besuch auf dem Friedhof entgegenkamen? Nein. Es machte ihr nichts aus, älter zu sein als die Frau in ihrem Personalausweis.

Ihr Tag begann sehr früh. Schon um fünf schlug sie die Augen auf, an Schlaf war dann nicht mehr zu denken. Sie machte die Betten, zog sich an, brühte sich Kaffee von Hand auf und wartete, bis es acht Uhr war. Dann ging sie zum Friedhof.

Im Sommer war es schön, dann machten die Vögel in den Bäumen Radau. Im Winter, besonders jetzt, Mitte Dezember, war es ungemütlich. Die Sonne ging gerade eben auf, als sie durch den Berggarten ging. Zum Glück wurden die Laternen ab sieben Uhr wieder angestellt, sonst wäre es hier zu dunkel gewesen. Der stufenförmig angelegte Park war mit Naturstein gepflastert, da hätte man bei schlechter Sicht leicht stolpern und sich alle Knochen brechen können. Als die alte Martineck endlich beim Grab ihres Mannes angekommen war, war es schon hell genug, um die Inschrift zu erkennen.

Es war ja gar nicht so, dass sie ihn unendlich geliebt hätte. Nicht deswegen kümmerte sie sich seit mehr als zehn Jahren Tag für Tag um seine letzte Ruhestätte. Vielmehr mochte sie den Friedhof als Ort an sich. Er passte zu ihr. Sie fühlte sich hier wohler als beispielsweise im weiträumigen Kurpark mit seinen Wasserfontänen und verschnörkelten Blumenbeeten. Hier bei der Kapelle war alles schön geradlinig und geordnet, alles hatte seinen Platz, auch ihr Mann dort anderthalb Meter tief unter der Erde.

Sie packte den feuchten Lappen aus der Plastiktüte und wischte über den Stein. Es machte ihr nichts aus, dass ihr Name und das Geburtsdatum bereits ebenfalls eingraviert worden waren. Das war damals beim Steinmetz wesentlich preiswerter gewesen, ab dreißig Lettern kostete es zwanzig Prozent weniger.

Bei der routinierten Putzbewegung ließ sie den Blick über die anderen Grabmäler schweifen. Einige waren verwittert, von Vogelkot bekleckert oder moosig. Die Leute sollten sich schämen, so lieblos mit den Stätten ihrer Verstorbenen umzugehen.

Am Ende der Reihe blieb ihr Blick an etwas hängen, das anders war als sonst. Die gerade Linie der Grabumrandung war unterbrochen. Ein Brocken Erde, wenn sie dies aus der Entfernung richtig erkannte, lag auf der steinernen Einfassung des letzten Grabes. Sie polierte noch ihren Nachnamen fertig, dann ging sie Richtung Friedhofszaun. Ihr Stiefel stieß gegen einen Strauch, der entwurzelt auf dem Weg lag, ein Buchsbaum, noch nicht richtig zurechtgestutzt für den Winter. Nur einen Schritt weiter wäre sie fast über eine zerrupfte Zypresse gestolpert.

Was war hier passiert? Wer hatte hier gewütet und die geliebte Ordnung ihres Friedhofes zerstört? Je näher sie dem hintersten Grab kam, desto heftiger klopfte ihr Herz. Die letzten Schritte getraute sie sich nicht zu machen. Schon aus einiger Distanz war zu sehen, dass das Grab einem Schlachtfeld glich und die Blumen und Gestecke in einem Umkreis von zehn Metern verteilt lagen.

Sie drehte sich um, steckte den Putzlappen und alle anderen Utensilien hastig in die Tüte und machte sich auf den Weg. Die alte Martineck war lang nicht mehr so schnell gelaufen.

14

Wencke saß allein am Frühstückstisch und konnte sich in aller Ruhe vorwerfen, dass sie gestern so übertrieben aufgeregt diesen Brief zu Axel Sanders geschickt hatte. Aus welchem Grund eigentlich? Fingerabdrücke checken! Nur weil eine überspannte Schwangere unter Verfolgungswahn litt?

Axel Sanders sagte oft, wenn sie sich aufregte: «Schlaf eine Nacht drüber. Morgen ist die Geschichte nur noch halb so unheimlich.» Mit diesem Satz hatte er meistens Recht behalten. Aber er war – im Gegensatz zu Wencke – auch sachlich genug, sich an solche Faustregeln zu halten. Sie war heilfroh, ungestört an einem Brötchen mit Himbeermarmelade zu kauen.

Die Kneipp'schen Güsse waren heute Morgen nur noch halb so schlimm gewesen. Bis zu ihrem nächsten Termin bei Ilja Vilhelm hatte sie noch einen halben Vormittag Zeit. Zum Zeitvertreib stand kreatives Gestalten auf dem Programm. Weihnachtliches Basteln mit Salzteig und Serviettentechnik. Vor Wencke lag also ein unspektakulärer Tag. Sie wusste nicht so recht, ob sie ihn fürchten oder sich auf ihn freuen sollte.

Der angekündigte Schnee war noch nicht gefallen, draußen vor dem Fenster standen die kahlen Bäume auf nassem Grund, und es war so ein Nichtswetter, grau und miesepeterig, nicht wirklich warm, aber auch nicht wirklich kalt. Es war, als wäre dem Wetterfrosch die Lust ausgegangen, und er hing nun unentschieden zwischen Sonne und Regen fest.

Wencke trank noch eine weitere Tasse Kräutertee gegen Wassereinlagerungen und blickte in den Park hinter der Fensterscheibe. Es blieben so viele Möglichkeiten, wie sie die nächsten Stunden verbringen könnte. Es gab Fahrräder im Kurheim, sie könnte also Bad Meinberg und Umgebung erkunden. Vielleicht war es eine gute Idee, sich mal ein Buch zu kaufen, möglicherweise einen Krimi. Gab es eigentlich einen Krimi, der in Bad Meinberg spielte? Und dann könnte sie in einem der im Kurort üblichen Tortencafés bei einem ordentlichen Cappuccino darin schmökern. Wann hatte sie so etwas das letzte Mal gemacht? Und wann würde sie in Zukunft dazu kommen? Mit Baby hatte sie sicher überhaupt keine Minute mehr übrig. Auf dem kopierten Blatt, welches ihr die Kurleitung auf den Frühstückstisch gelegt hatte, wurde ein Nachmittagsausflug nach Detmold zum Hermannsdenkmal angeboten. Zum Mittagessen erwarteten sie heute Fleischklopse Königsberger Art oder vegetarische Bratlinge mit Quark. Je mehr sich Wencke mit den Möglichkeiten des Tages beschäftigte, desto mehr sah sie die Tristesse auf sich zukommen. Und dann dieser Kräutertee. Das war nicht ihr Leben. Das war nicht Wencke.

Sie dachte an Aurich, an Axel Sanders und den harten Alltag im Polizeirevier und seufzte tief.

«Du?» Ein spitzes Etwas bohrte sich in ihre Schulter, tippte eindringlich darauf herum, sodass es fast wehtat. «Du?»

Wencke löste ihren Blick vom Wintertag draußen. Es war Mattis, er stand im Schlafanzug vor ihrem Tisch, die borstigen Haare zu einem schrägen Irokesenschnitt zerlegen, Schlafabdrücke im dicken Kindergesicht.

«Was ist?»

«Du?», sagte er wieder nur, pikte ihr noch einmal in den Oberarm und rieb sich dann mit den Händen über die Beine seiner Schlafanzughose, als müsse er etwas Schmieriges daran abwischen.

«Mattis, was ist los?»

«Meine Mama ist weg.»

«Du bist ja noch gar nicht angezogen. Fängt denn der Unterricht nicht bald an?» Wencke blickte, während sie sprach, auf die Uhr. Es war bereits halb neun.

«Ja, aber meine Mama ist doch nicht da.» Er holte tief Luft, als hätte er neben dem Waschen und Kämmen bislang auch das Einatmen verpennt. «Die ist einfach nicht da.»

«Setz dich erst mal», sagte Wencke und klopfte auf den Stuhl, auf dem Mattis normalerweise Platz nahm. «Und dann überleg mal ganz genau. Deine Mutter geht doch nicht einfach so weg, ohne ein Wort. Bestimmt hat sie dir gestern gesagt, wo sie ist, und du hast es nur vergessen.»

«Nein, hab ich nicht», kam es etwas beleidigt. Mattis griff wie instinktiv nach einer Scheibe Kochschinken, die noch nicht den Weg auf Wenckes Frühstücksteller gefunden hatte.

«Vielleicht hat sie vergessen, dir von einem Termin zu erzählen. Hast du nachgeschaut, ob vielleicht irgendwo ein Zettel von ihr hängt?»

Er kaute auf dem Fleisch herum. «Da hing nichts. Aber das Fenster zum Balkon war weit auf.»

«Und du hast gar nichts mitbekommen?»

Er schüttelte den Kopf. «Ich schlafe hier ganz fest. Weil zu Hause ist das nicht so einfach möglich. Und letzte Nacht waren Mama und ich ja schon wach wegen der Teufel. Da habe ich jetzt eben was nachzuholen gehabt.»

«Hast du Durst? Soll ich dir einen Kakao holen?»

Mattis nickte. Wencke stand auf und holte neben dem Milchgetränk auch gleich noch ein weiches Brötchen, Marmelade und Butter für den armen Kerl. Irgendwie war er mit seinem Problemchen genau im richtigen Moment erschienen. Es tat gut, etwas Sinnvolleres zu tun, als aus dem Fenster zu stieren. Als Wencke zurückkam, saß bereits die allwissende Brillenschlange am Tisch. Wencke hatte inzwischen erfahren, dass sie Bettina Kragen hieß und als Journalistin im Ruhrgebiet tätig war. Sie schaute mit strengem Gesicht auf Mattis herunter, sodass der arme Knirps noch kleiner und dicker aussah, als er es ohnehin schon war.

«Das geht nicht. Beim besten Willen nicht», hörte Wencke die Frau sagen. «Sage deiner Mutter, sie soll sich gefälligst anständig um dich kümmern und nicht bis in die Puppen im Bett liegen bleiben. Oder soll ich es ihr sagen?»

«Nein, schon gut, ich mache es!», sagte Mattis kleinlaut.

«Alles okay», sagte Bettina Kragen und machte ein befriedigtes Gesicht. «Nichts gegen dich, Junge, das musst du mir glauben. Du kannst nichts dafür, du bist noch ein Kind. Aber deine Mutter ...»

«Schon klar», traute sich Mattis.

«... deine Mutter ist erwachsen. Und sie hat die Verantwortung für dich. Verstehst du?»

«Ja.» Er ließ den Kopf so weit nach unten hängen, dass er fast mit der Stirn auf dem Teller lag.

Wencke setzte sich zackig auf ihren Platz und warf der Brillenschlange einen giftigen Blick zu. «So, Mattis, dann iss ein bisschen, bevor du diese ansteckende Magen-Darm-Infektion deiner Mutter auch bekommst.»

Mattis schaute erstaunt auf. Bettina Kragen rückte ein Stück ab.

«Wie oft hat sich deine Mutter heute Nacht übergeben müssen?», überspitzte es Wencke noch ein wenig und schaffte es, Mattis unauffällig zuzuzwinkern, damit er das Komplott gegen den ungebetenen Tischgast nicht auffliegen ließ. Endlich grinste er breit.

«Dreimal gekotzt und dann dieser Durchfall», sagte er so trocken wie ein Stück Zwieback. «Und bei mir grummelt es auch schon im Bauch.»

Nun stand die Besserwisserin endlich auf. Sie schaffte ein verklemmtes «Na dann gute Besserung» und verschwand Richtung Toilette, wo neben dem Waschbecken auch ein Behälter mit Desinfektionsmittel stand, welches sie nun sicher gerade über ihre Hände schüttete.

«Danke!», sagte Mattis und beschmierte das Brötchen fingerdick mit Butter und Marmelade.

«Gern geschehen. Was wollte die denn von dir?»

«Sie hat sich aufgeregt wegen dem Schlafanzug. Sie sagte, sie wolle sich nicht einmischen, aber ...»

«Aber sie hat es dann doch getan.»

Mattis nickte.

«Mattis, erkläre mir bitte, warum du der Frau nicht einfach gesagt hast, dass deine Mutter verschwunden ist!»

Er schluckte an seinem Frühstück, sprach dann aber dennoch mit halb vollem Mund: «Die kann Mama nicht ausstehen. Das habe ich gleich gemerkt. Viele Menschen können meine Mutter nicht leiden.» Ein großer Schluck Kakao spülte den Rest Brötchen herunter. «Du bist da anders.»

«Woher willst du das wissen?»

Er zuckte die Schultern. «Ich merke das. Viele Menschen schauen immer weg, wenn meine Mama was erzählt. Sie redet ja auch oft den größten Stuss. Du weißt, diese dämliche Geschichte mit dem Rasenmäher und dem Meerschweinchen.»

«Ich fand das wirklich komisch.»

«Ja, okay. Aber die Sache mit den Teufeln unter unserem Balkon fandest du doch auch ... seltsam. Oder nicht?»

«Zugegeben, ja.»

«Siehst du!», sagte Mattis. Er hatte die eine Brötchenhälfte bereits verputzt und pulte nun das Weiche aus dem anderen Stück, formte einen festen Ball daraus, den er heftig presste und knetete, bevor er ihn im Mund verschwinden ließ. «Ich weiß, dass sie komisch ist. Das braucht dir nicht peinlich sein.» Mitten in den Ausgrabungsarbeiten am Brötchen machte er eine Pause, sah hoch, und Wencke erkannte, wie ernst es ihm war. «Aber jetzt ist sie weg. Und sie hat mir gesagt: Wenn irgendwas passiert, dann wende dich an die Wencke, weil die bei der Polizei arbeitet.»

Wencke schreckte zurück. Sofort kam ihr wieder der Zeitungsartikel in den Sinn und die beunruhigenden Bemerkungen, die Nina daraufhin geäußert hatte. «Sie hat gesagt: Wenn irgendwas passiert?»

Mattis spuckte beim «Ja» ein paar Krumen über den Tisch.

«Aber was könnte sie damit gemeint haben? Weißt du was darüber? Hatte sie Angst oder so?»

«Meine Mutter hat ständig Angst. Aber seit die Teufel da waren, ist es ganz schlimm gewesen. Vielleicht hast du das nicht so gemerkt, aber ich kenne meine Mama wirklich gut. Und als nachts die Teufel da waren, hat sie auch gesagt, dass ich mich an dich wenden soll. Ich habe gedacht, es ist wieder einer ihrer Ticks, aber jetzt ist sie ja wirklich weg. Und da habe ich mich eben an dich gewandt. Schlimm?»

Wenckes Hand wanderte automatisch Richtung Struwwelhaar, und sie hätte ihm fast über den Scheitel gestreichelt, dann erinnerte sie sich an Mattis unglückliches Gesicht, als seine Mutter die gleiche Geste gemacht hatte, und ließ es bleiben, beschränkte es auf ein: «Das hast du genau richtig gemacht.»

Er freute sich sichtlich über das Lob.

«Aber ich habe nicht viel Ahnung von großen Jungs, wie du einer bist. Ich hoffe, du kannst dich erst einmal alleine waschen und anziehen. Und wenn deine Mutter bis dahin nicht aufgetaucht ist, gehen wir zur Kurleitung und fragen nach.»

«Dann erst?»

«Ich bin bei der Polizei. Ich weiß, dass Vermisste oft nach kurzer Zeit wieder auftauchen und die ganze Sorge meist nur auf einem Missverständnis beruht. Also machst du dich jetzt erst salonfähig, und dann sehen wir weiter, okay?»

«Ja, okay!»

«Also hopp, und vergiss deine Schultasche nicht», sagte Wencke und scheuchte den Jungen mit dem Kakao-Marmeladen-Bart Richtung Treppenhaus. Er trottete los, sichtlich beruhigt. Sie war sich unsicher im Umgang mit diesem Kind. Wenn er auch noch so liebenswert und leicht tollpatschig wirkte, sie hatte keinerlei Erfahrung mit Jungen in seinem Alter. Zum Glück war es ihr allem Anschein nach gelungen, sein Vertrauen zu gewinnen. Und er schien keine wirkliche Angst um seine Mutter zu haben.

Da hatte Mattis ihr etwas voraus. Wencke trank die letzte verordnete Tasse Tee und stellte anschließend das Geschirr auf dem Tisch zusammen. Sie dachte an den Zeitungsausschnitt, sie dachte an das gestrige Gespräch mit Nina Pelikan, in dem es um Selbstmord und Ängste gegangen war. Im Gegensatz zu Mattis war Wencke höchst beunruhigt. Und sie war nun froh, gestern so intuitiv die zwei Sachen – den Pappbecher und den Artikel – an Axel Sanders geschickt zu haben. Sie ahnte, dass sie die Informationen, die ihr Kollege hoffentlich bald für sie bereithielt, gut gebrauchen könnte. Diese Ahnungen, diese Handlungen aus einem Bauchgefühl heraus, waren schon immer Wenckes ganz spezielle Eigenart gewesen. Die Erfolgsquote ihrer Intuition lag bei einem ernüchternden knappen Drittel. Oft genug hatten Kollegen – allen voran Axel Sanders – ihr geraten, nicht allzu gefühlsduselig vorzugehen, und mindestens genauso oft hatte Wencke es sich auch fest vorgenommen. Doch wenn ihr diese innere Stimme etwas zuflüsterte, so konnte sie nicht anders, als entsprechend zu handeln. In ihrem Job war das gefährlich. Aber warum in aller Welt sollte diese Ahnung hier in Bad Meinberg einen Schaden anrichten? Entweder irrte sie sich und es gab eine harmlose Erklärung für Nina Pelikans Verschwinden, oder sie lag nicht falsch mit ihren nebulösen Vermutungen und war dann bereits den ersten Schritt in die richtige Richtung unterwegs.

Wencke verließ den Speisesaal und ging zur Rezeption, an der Mattis bereits mit Ranzen bepackt auf sie wartete. Er trug eindeutig die Kleidung vom Vortag, ein Ketchupfleck, bei dessen Entstehung Wencke beim gestrigen Abendessen Augenzeugin gewesen war, prangte wie ein Orden auf seiner Brust. Das Haar hatte nicht wirklich Kontakt mit einer Bürste gehabt. Du großer Held, dachte Wencke, sagte aber nichts. Stattdessen wandte sie sich an die Dame hinter dem Tresen.

«Könnte ich Frau Meyer zu Jöllenbeck sprechen?»

Die Frau griff zum Telefonhörer und fragte nach, dann wies sie mit freundlichem Nicken zur seitlichen Tür, auf der das Schild «Direktion» angebracht war. Wencke klopfte und trat, gefolgt von Mattis, nach dem «Herein» in das Büro.

Viktoria Meyer zu Jöllenbeck war wieder wie aus dem Ei gepellt, diesmal in sahnigem Rosé. Sie blickte von ihrem ordentlichen Schreibtisch auf. «Guten Morgen. Was kann ich für Sie tun? Gibt es Probleme?»

«Ja.»

«Sie wissen schon, dass hier in der *Sazellum*-Klinik für die großen Kinder Schulpflicht besteht, oder?» Mit skeptischem Blick musterte sie Mattis.

«Er ist nicht mein Sohn», erklärte Wencke. «Ich bin Wencke Tydmers, und das ist mein Tischnachbar Mattis Pelikan. Wir suchen nach seiner Mutter. Sie ist heute Morgen nicht auf dem Zimmer gewesen, deshalb hat Mattis auch leider die erste Schulstunde verschlafen.»

«Entschuldigung», murmelte Mattis.

«Aha», sagte die Direktorin und wies ihnen nun zwei Stühle gegenüber ihrem Schreibtisch zu. «Na dann», so recht wollte ihr wohl auch nichts dazu einfallen.

«Können Sie uns Auskunft geben, ob sich Frau Pelikan vielleicht irgendwo abgemeldet hat? Vielleicht wissen Sie ja auch von einem Termin, über den sie ihren Sohn aus Versehen nicht unterrichtet hat.»

Die Direktorin tippte fleißig. «Ja, da habe ich etwas. Soweit ich hier in meinen Unterlagen ersehen kann, hat deine Mutter heute Vormittag schon sehr früh ihren Termin bei unserem Psychologen Dr. Vilhelm in Zimmer 256. Dort müsste sie jetzt seit einer halben Stunde sein.»

Mattis strahlte vor Erleichterung. «Dann hat sie sicher vergessen, es mir zu sagen.»

«Das glaube ich auch, junger Mann.» Sie lehnte sich lächelnd zurück. «Dann kannst du ja jetzt ganz schnell in die Schule. Frau Möller wartet sicher schon. Bei nur zwei Schülern fällt es sofort auf, wenn einer fehlt.»

Mattis sprang auf und schnappte sich seine Schultasche. «Wir machen ein Theaterstück. Ich spiele morgen bei dem Fest ein Teufelskind», sagte er stolz.

Wencke erhob sich ebenfalls. «Geh schon mal vor», sagte sie zu Mattis. «Wir treffen uns spätestens beim Mittagessen.»

Lautstark ließ er die Tür hinter sich zufallen.

Wencke wandte sich wieder an Viktoria Meyer zu Jöllenbeck. Diese zog leicht irritiert die Augenbrauen in die Höhe. «Was gibt es denn noch?»

«Entschuldigen Sie, wäre es möglich, dass Sie sich kurz telefonisch bei Herrn Vilhelm überzeugen, ob Mattis' Mutter tatsächlich dort ist?»

Die Frau gegenüber seufzte. «Während der Sitzung ist im Therapieraum das Telefon abgestellt. Sie würden doch auch nicht gern im Gespräch gestört werden, oder?»

«Na, wenn es denn tatsächlich abgestellt ist, brauchen wir nicht zu befürchten, irgendjemanden zu stören.»

Das nächste Seufzen war noch tiefer, dazu gesellte sich Stirnrunzeln. «Meinetwegen.» Sie tippte auf drei Tasten, und der Telefonhörer klickerte gegen ihren Perlenohrring. Erst als sich am anderen Ende tatsächlich eine Stimme meldete, wandelte sich die zur Schau gestellte Skepsis in Verwunderung. «Ilja, hallo, entschuldige die Störung, Viktoria hier. Sag mal, ich habe gerade eine Frau Tydmers hier, die sich um den Verbleib einer Mitpatientin sorgt. Kannst du mir sagen, war oder ist die Frau ...» Sie machte eine Pause.

«... Pelikan ...», half Wencke auf die Sprünge.

«... die Frau Pelikan zur Gesprächstherapie heute Morgen erschienen?»

Die Verwunderung wurde zu Erstaunen. «Nicht? Hat sie sich denn bei dir abgemeldet?» Das Erstaunen wich der Besorgnis. «Meinst du, wir müssen uns Sorgen machen?» Schließlich legte Viktoria Meyer zu Jöllenbeck auf und schüttelte stumm den Kopf.

«Ich hatte gestern ein längeres Gespräch mit Nina Pelikan», begann Wencke und setzte sich wieder auf den Stuhl. «Es ging um diesen Selbstmord an den Externsteinen. Sie wissen, diese Patientin aus Ihrem Haus.»

«Was ist damit?», fragte Viktoria Meyer zu Jöllenbeck mit gequältem Gesichtsausdruck. Man konnte ihr ansehen, dass sie dieses Thema gut und gern verdrängt hatte und es ihr nun unangenehm aufstieß. «Was hat das mit Frau Pelikan zu tun?»

«Jemand hat ihr gestern einen Zeitungsausschnitt zugesteckt, in dem von dem Vorfall berichtet wurde. Sie fühlte sich deswegen verfolgt und unter Druck gesetzt.»

Etwas unvermittelt stand die Direktorin auf und reichte Wencke die Hand. «Hören Sie, Frau Tydmers, ich danke Ihnen für diese Informationen.» Als sie sich die Hände über dem Schreibtisch schüttelten, klimperten die Armreife der schönen Frau. «Und Sie können sich sicher sein, dass wir entsprechende Maßnahmen in dieser Sache einleiten werden. Bis dahin wäre ich Ihnen dankbar, wenn Sie den kleinen Jungen ein wenig beruhigen. Er scheint Ihnen ja zugetan zu sein. Und zudem wäre es angebracht, die Sache diskret zu behandeln. Sie verstehen, was ich meine?»

«Ja, natürlich», antwortete Wencke. Sie wusste, der entschiedene Blick aus den geschminkten Augen sollte ein höflicher

Rausschmiss sein. Sie ignorierte es und blieb sitzen, bis auch die Direktorin wieder auf den Ledersessel sank. Wencke kannte die untrüglichen Zeichen von Desinteresse nur zu gut. Und dass Viktoria Meyer zu Jöllenbeck soeben begann, die lackierten Fingernägel ihrer rechten Hand zu kontrollieren, sprach nicht gerade dafür, dass sie gleich eine Suchaktion nach Nina Pelikan einzuleiten gedachte.

«Hören Sie, ich habe beruflich oft mit Fällen wie diesem zu tun. Ich denke nicht, dass Frau Pelikan ihren Sohn grundlos allein lässt. Und das mitten in der Nacht ...»

Nun wurde die Manikürearbeit an der linken Hand einer Inspektion unterzogen. «Ich sagte Ihnen doch bereits: Ich werde mich darum kümmern!» Die Ignoranz der Kurleiterin schrie zum Himmel.

«Das werde ich dem kleinen Mattis wortwörtlich so von Ihnen ausrichten, sollte seine Mutter bis Schulschluss nicht wieder aufgetaucht sein. Sie haben doch sicher nichts dagegen ...» Wencke schenkte der Frau hinter dem Schreibtisch noch einen Blick, den sie lange zu Hause vor dem Spiegel geübt und der in der Auricher Mordkommission noch nie seine Wirkung verfehlt hatte. Dann folgte sie der unausgesprochenen Aufforderung, stand auf und verließ das Büro der Klinikleitung.

Der Flur neben der Rezeption war leer. Die meisten Frauen waren jetzt beim Basteln oder in den Anwendungen. Es war Viertel nach neun. Einige an der Decke aufgehängte Papptannenbäume wackelten in der Zugluft. Im Kleinkinderhort am Ende des Korridors sang Rolf Zuckowski mit seinen Freunden das Lied aus der Weihnachtsbäckerei. Eine ältere Frau wischte mit einem fransigen Lappen über die Stufen zum Speiseraum. Hinter der abgetönten Glastür konnte man sehen, wie weiß bekitteltes Personal eifrig das Buffet und die voll gestellten Tische leer räumte.

Alle hatten etwas zu tun. Alles lief seinen gewohnt vormittäglichen Gang. Nur Wencke stand hier, ohne Plan und Aufgabe. Geplagt von der lauter werdenden inneren Stimme, sich auf die Suche machen zu müssen, und der ermahnenden Vernunft, sich diese freie Zeit einfach mal zu nehmen, blieb sie dort stehen, blickte links und rechts, atmete ein und aus und brachte keinen Schritt vor den anderen.

15

Stefan Brampeter legte den Telefonhörer auf die Gabel. Trotz seines dröhnenden Schädels hatte er eben mit der Försterei ein gutes Geschäft in Gang gebracht. Bei den Abholzungen der letzten Woche waren einige fette Stämme aufs Waldlager gekommen. Man hatte ihm angeboten, sich ein paar Hölzer auszusuchen. «Für 'n Appel und 'n Ei», hatte Achim, der Leiter des Horner Forstamtes, versprochen. Und: «So 'ne Qualität musste lange suchen.» Sie hatten einen Termin für die kommende Woche vereinbart. Einer der Angestellten würde ihm noch heute den Lagerschlüssel vorbeibringen, damit er sich am Nachmittag die Stämme schon mal anschauen und bei Bedarf eine Markierung anbringen konnte. So würde er zwei Fliegen mit einer Klappe schlagen. Bei einem Marsch durch den Wald viel frische Luft tanken – genau das Richtige für seinen Kopf – und neuen Vorrat für die Werkstatt besorgen. Es war ein feiner Zug unter den Leuten hier. Erst einmal wurden die Menschen vor Ort gefragt, bevor die Ware nach sonst wohin verschachert wurde und die feinsten einheimischen Hölzer womöglich als Briefpapier endeten. Und wenn im nächsten Monat die Fachwerk-Renovierung der alten Sternklinik anstand, könnte er mit Sicherheit dort einiges von dem Holz gebrauchen.

Stefan blätterte sich durch das Auftragsbuch. Gott sei Dank galt es mehrere Seiten umzuschlagen. Trotz der wirtschaftlichen Depression in dieser Gegend hatte er noch immer genügend zu tun. Notfalls, wenn die interessanten Spezialaufträge ausblieben, könnte er auch noch Carports oder Gartenlauben bauen. Hauptsache, seine Hände hatten etwas zu tun. Er war ja sowieso nicht der Mensch, der Unmengen zum Leben brauchte. Wenn er nur einen Grund hatte, in der Werkstatt zu stehen, ging es ihm gut. Auch nach einer Zecherei wie gestern Abend. Und einer Nacht wie der letzten.

Das Holzrad stand bereits wieder bei den anderen, zum Glück in unversehrtem Zustand. Stefan Brampeter hatte es heute früh aus dem Lindenhof geholt, sobald er sich sicher war, dass er niemanden mehr aus dem Schlaf klingelte. Nun wollte er noch ein bis zwei Telefonate führen wegen der neuen Abbeize für lackiertes Eichenholz, angeblich sollte ein Großhändler die kostspielige Chemikalie zum Einführungspreis liefern, und die Prospekte klangen viel versprechend. Danach wollte er sich – ausnahmsweise – mal für ein paar Minuten aufs Sofa legen und Schlaf nachholen.

Ein Klingeln an der Tür durchkreuzte seine Pläne. Stefan Brampeter erkannte durch das staubige Werkstattfenster Norbert Paulessen, den Dorfsheriff. In waldgrüner Amtstracht stand er vor seinem Gartentor. Paulessen war ein feiner Kerl, etwas jünger als er selbst, der sich zu Recht als Freund und Helfer in seinem Polizeibezirk Bad Meinberg bezeichnen durfte. Mit den ganz großen Verbrechen hatte er nicht allzu viel zu tun, deswegen konnte man ihn auch oft dabei beobachten, wie er für ältere Gemeindemitglieder den schweren Einkauf nach Hause trug oder bei den Kindern schnell selbst die Beleuchtung am Fahrrad reparierte, bevor er für den mangelhaften Zustand des Drahtesels ein Verwarnungsgeld einfordern musste. Er war nicht viel größer als ein Meter siebzig, dabei schmächtig und jungenhaft. Die wenigen Frauen, die kleiner waren als der Ordnungshüter von Bad Meinberg, schwärmten für seinen jungenhaften Charme und seine blauen Augen.

Stefan Brampeter öffnete die Tür.

«Hey, Norbert, komm rein, du weißt doch, dass meine Pforte nie verschlossen ist.»

Der Beamte kam schulterzuckend auf ihn zu. «Wenn ich privat unterwegs wäre, würde ich natürlich ohne weiteres bei dir reinschneien.»

«Ach», sagte Stefan nur. Dann schloss er die Werkstatttür hinter ihnen.

Paulessen nahm die Mütze vom Kopf. «Ich hab was Unangenehmes, Stefan.»

Wenn ein Polizist die Mütze abnimmt, geht es um Leben oder Tod, dachte Brampeter. Er bot dem Beamten den einzigen Stuhl neben dem Telefon an und setzte sich selbst auf die Arbeitsbank. «Also?»

«Ich weiß, morgen ist das Wacholderteufelfest und du hast sicher genug um die Ohren. Aber in diesem Fall ...»

«Schieß schon los!»

«Die alte Martineck kam heute Morgen zu mir aufs Revier. Sie war auf dem Friedhof und hat ihren Mann gepflegt, also, entschuldige, das Grab ihres Mannes natürlich.»

«Ja?»

«Und da hat sie gesehen, dass ... also, weißt du, wo der alte Martineck begraben ist?»

Brampeter schnaubte. «Nein, keine Ahnung. Warum sollte ich das wissen?»

«Er liegt in derselben Reihe wie Ulrich.»

«Ach.»

Paulessen fühlte sich offensichtlich unwohl. «Also, das Grab vom alten Martineck ist relativ weit am Gang, und dein Bruder liegt ja ganz außen am Rand.» Der Polizist griff sich einen Stechbeitel und ließ das kleine Werkzeug in seinen unruhigen Händen hin- und herwandern. «Auf jeden Fall hat die alte Martineck bemerkt, dass da was nicht stimmt. Und als sie näher hingegangen ist, na ja, da hat sie eben gesehen, dass sich jemand daran zu schaffen gemacht hat.»

«An Ulrichs Grab?»

«So ist es.» Er legte den Stechbeitel wieder auf den Tisch. Nun, wo es raus war, brauchte er wahrscheinlich kein Irgendwas mehr, an dem er nervös herumfingern konnte. «Grabschändung», sagte er noch.

«Inwiefern?»

«Na ja, für einen schlechten Jungenstreich war es eindeutig zu viel des Guten. Wer immer es auch war, er hat nicht nur die Blumen herausgerissen und quer über den Friedhof geschleudert, sondern auch ...» Nun musste die Schere von Stefans Schreibtisch als Ablenkung für Paulessens Finger herhalten. «... sondern auch etwas ziemlich Unrühmliches hinterlassen.»

«Jemand hat auf Ulrichs Grab geschissen?»

Norbert Paulessen nickte und schnippelte mit der Schere an der lose herumliegenden Werbebroschüre für Abbeize herum, bevor er es selbst merkte. «Entschuldige, ich hoffe, der Zettel war nicht wichtig.»

Stefan Brampeter kümmerte sich nicht um das Blatt Papier. «Aber wer sollte so etwas machen?»

«Wir haben bereits nach Zeugen gesucht. Gestern Abend war noch alles okay, sagte die Frau vom Küster, sie sei persönlich gestern gegen fünf auf dem Friedhof gewesen, um nach den Komposthaufen zu schauen, also, ob die geleert werden müssen, und da sei ihr nichts aufgefallen. Und die alte Martineck war um halb neun als eine der Ersten auf dem Gelände. Es muss heute Nacht passiert sein. Schrecklich, nicht wahr?» Er rieb sich vor lauter Unwohlsein an der Nase. «Also, ich bin noch nicht so lange im Amt, aber so etwas habe ich noch nie gesehen; und wenn ich ehrlich bin, will ich so etwas auch nicht nochmal erleben. Nicht in einem friedlichen Ort wie Bad Meinberg, wo doch jeder jeden kennt und wo jeder weiß, wie schlimm die Sache mit deinem Bruder damals gewesen ist.» Die letzten Sätze hatte Paulessen in einem Tempo aufgesagt, dass Stefan sich sicher war, er hatte genau diese Worte in genau dieser Reihenfolge an diesem Morgen bereits mehrmals gesagt oder zu hören bekommen. Es war ja auch was Wahres dran. Wer immer Ulrichs Grab geschändet hatte, musste genau gewusst haben, um wessen Ruhestätte es sich handelte.

«Nun sag mal was», sagte Paulessen.

«Meine Mutter?», fragte Stefan.

«Wir hoffen, die Leute sind schlau genug, sie nicht darauf anzusprechen. Obwohl ich gerade bei der recht mitteilungsfreudigen Frau des Küsters meine Zweifel habe. Hast du eine Ahnung, wie oft und wann deine Mutter die Grabpflege macht?»

«Ich mache das bei Ulrich», sagte Stefan. «Mein Vater hat ja nur ein kleines Urnengrab ganz vorn bei der Kapelle, das ist dann ihre Aufgabe. Wir haben uns das so aufgeteilt. Nur an den Todes- und Geburtstagen besuchen wir jeweils die anderen. Und am Totensonntag. Also war meine Mutter ja erst vor ein paar Wochen da. Ich glaube nicht, dass sie sich vor Weihnachten nochmal auf den Weg macht. Du weißt, mit ihrem Übergewicht ist es eine Strapaze für sie, den Hügel raufzukommen.»

«Zum Glück. Wir haben die Schandtat fotografiert und versuchen auch, entschuldige, wenn es etwas abstoßend klingt, die Herkunft des Haufens zu analysieren. Aber ansonsten hat der Küster sich bereit erklärt, das Gröbste wieder zu richten. Du müsstest dich dann nur wieder um neue Pflanzen kümmern.»

«Ist gut. Muss ich eigentlich Anzeige erstatten?»

«Nein, laut Gesetzbuch ist Grabschändung als Störung der Totenruhe eine Straftat und wird nach der Meldung der alten Martineck ohnehin polizeilich weiterverfolgt. Für alle Dinge, die mit Leben und Tod zu tun haben, ist das 1. Dezernat in Detmold zuständig. Die Kollegen sind schon informiert. Ich habe mich allerdings angeboten, die nötigen Ermittlungen vor Ort schon mal einzuleiten. Damit die Sache schnell aus der Welt ist.»

«Soll ich sonst irgendwas machen?»

Stefan sah genau, dass Paulessen wieder versucht war, nach etwas zum Herumfummeln zu greifen. «Ich hab gehört, die Janina ist da.» Als Stefan nicht reagierte, fügte der Polizist hinzu: «Hat mir Konrad Gärtner erzählt. Mit dem warst du doch gestern bei den *Wacholderteufeln*, stimmt's? Er war nämlich heute Morgen bei mir wegen einiger zertretener Blumenbeete in der Fußgängerzone. Ich habe ihm dann von der Sache auf dem Friedhof erzählt, na, und da fing er mit der alten Geschichte an und erzählte, dass Fräulein Grottenhauer wieder in Bad Meinberg aufgetaucht ist. Sie soll als Patientin in der *Sazellum-Klinik* sein.»

«Das habe ich auch schon gehört.»

«Soweit ich weiß, ist es das erste Mal nach dem Unfall, dass sie wieder hier ist. Ich war ja damals gerade bei der Bundeswehr, kann mich also nicht richtig erinnern, aber das Theater im Ort, als Ulrich tot war und die Grottenhauer das Weite suchte, das werde ich nie vergessen.»

«Ich auch nicht.»

«Kann es ein Zufall sein, dass diese Frau wieder auftaucht, nach all den Jahren, und just in der ersten Nacht, nachdem sich diese Neuigkeit unter den Leuten verbreitet hat, wird das Grab deines Bruders verwüstet?»

«Ja, aber du glaubst doch nicht im Ernst, dass ...»

«Du hast Recht, Stefan. Sie wird so eine Schweinerei nicht gemacht haben. Ich glaube auch eher, dass der Vandalismus in der Innenstadt etwas mit der Grabschändung zu tun haben könnte. Dass da einer ausgerastet ist und dann eben so einen derben Unfug angestellt hat.» Paulessen wandte den Kopf und blickte Stefan das erste Mal an diesem Tag richtig ins Gesicht. «Wann warst du denn heute Nacht zu Hause?»

Stefan gelang es problemlos, keine Miene zu verziehen. «Ich bin mit Konrad aus dem Lindenhof. So gegen halb zwei muss das gewesen sein.»

«Und dann bist du nach Hause?»

«Ja, aber da war noch alles in Ordnung auf der Allee. Nichts zertrampelt oder auseinander gerissen. Da bin ich mir sicher, denn ich hatte schon gut einen in der Krone und habe mich mächtig angestrengt, nicht irgendwelchen Schaden anzurichten.»

«Und bist du denn der Janina in den letzten Tagen schon begegnet?»

«Nein, und darauf bin ich auch nicht scharf!»

«Das glaube ich dir.» Er griff nach seiner Mütze und drehte sie in der Hand. «Sonst gehen deine Geschäfte gut?», fragte Paulessen und machte klar, dass nun kein Grund mehr bestand, länger zu bleiben. Während Stefan knapp von seinen Holzrädern und dem geplanten Theaterstück berichtete, stand der Polizist auf und stahl sich Schritt für Schritt Richtung Ausgang. Zum Abschied reichte er nochmal seine Hand. Er war offenkundig froh, dieses Gespräch fürs Erste beendet zu haben, und verließ aufrechten Ganges den Vorgarten Richtung Polizeistation.

16

Damals, tja.

Norbert Paulessen kehrte in den kleinen Flachdachbau zurück, dem schmucklosen Kasten, dessen einzige Dekoration aus Warnplakaten gegen Drogen und Fahrradfahren ohne Helm bestand. Er war nur selten hier auf der Dienststelle. Es gefiel ihm viel besser, mit dem Dienstrad im Ort unterwegs zu sein. Ein Polizist zum Anfassen hatte man ihn mal genannt, und Norbert Paulessen ließ sich gern gefallen, so bezeichnet zu werden.

Nun wühlte er das erste Mal überhaupt im Bad Meinberger Archivschrank. Diese Grabschändungssache, wenn er ihr auf den Grund gehen wollte, dann musste er in der Vergangenheit suchen. Was war damals vor zehn Jahren wirklich mit Ulrich Brampeter geschehen? Es hieß, er sei mit fünfundzwanzig Jahren bei einem Autounfall am Ortsausgang von Detmold ums Leben gekommen. Auf dem Parkplatz einer Diskothek vom eigenen Wagen überrollt. Sturzbetrunken soll er gewesen sein, und daher habe seine minderjährige Freundin den Wagen aus der Parklücke gelenkt, obwohl sie keinen Führerschein besaß. Und nachdem der allseits beliebte junge Bad Meinberger im Krankenhaus seinen schweren Verletzungen erlegen war, soll das junge Mädchen fluchtartig die Stadt verlassen haben, schwanger übrigens. Jeder gab ihr die Schuld am Tod des Schützenkönigs, des Heimatliebenden, des jungen Mannes von nebenan. Ihr Verschwinden erhitzte die Gemüter umso mehr.

In Bad Meinberg wurden Geschichten gern und oft auch recht unterhaltsam umgeschrieben und aufpoliert. Zu Beginn seiner Amtszeit hier in seinem Heimatort hatte es einen skurrilen Fall gegeben: Der Schwanenmann im Kurteich hatte tot im Wasser gelegen, betrauert von der langjährigen gefiederten Lebensgefährtin. Im Nu war eine Geschichte über die Ladentische gereicht worden. Sie wurde in den Restaurants als Wahrheit serviert, floss an den Tankstellen literweise aus den Mündern und ging mit Hinz und Kunz im Kurpark spazieren. Diese Geschichte, dass ein kleiner Türkenjunge dem Schwan den Hals umgedreht hätte. Allen Widrigkeiten zum Trotz, denn einem solchen Tier an die Gurgel zu gehen war lebensgefährlich, so viel wusste Paulessen noch aus seiner Zeit als Autobahnpolizist, als er mal eines der schönen Tiere von der Überholspur hatte evakuieren müssen. Ein neunjähriger Junge sollte es getan haben? Paulessen hatte stets über diese Behauptung gelacht. Doch obwohl er mit lückenloser Beweiskette belegen konnte, dass der Schwan auf den Elektrowagen der Gemeindegärtner losgegangen war und sich dabei schwer verletzt hatte, was letztlich auch zum tragischen Tod des Federviehs geführt hatte – in Bad Meinberg erzählte man sich auch jetzt, nach zwei Jahren, immer noch hartnäckig die Geschichte mit dem kleinen, ungezogenen Jungen, dem Schwankiller.

Diese Tratscherei war anstrengend und liebenswert zugleich. Wahrscheinlich war es in allen Dörfern der Welt dasselbe mit diesen Gerüchten. Paulessen kannte es schon zeit seines Lebens; trotzdem war er vor zwei Jahren gern und mit Stolz an den Ort seiner Kindheit zurückgekehrt.

Norbert Paulessen war das Nesthäkchen seiner Familie. Alle seine Geschwister waren in die Fußstapfen der Eltern getreten und arbeiteten bei dem Holzwerkstoffbetrieb *Hornitex* am Band. Somit stand das gesamte Familieneinkommen auf dem Spiel, seit der Konzern immer rotere Zahlen schrieb. Norbert Paulessen war davon nicht betroffen, Gott sei Dank. Eine Polizeidienststelle in Bad Meinberg würde es immer geben, und somit brauchte er sich um die Versorgung seiner Frau und der Zwillinge und um den Kredit für das Eigenheim keine großen

Sorgen zu machen. Er wusste, er war einer der wenigen hier in der Gegend, denen es so ging. Vielleicht noch Stefan Brampeter, den er eben in seiner Werkstatt besucht hatte. Und die Truppe vom Yoga-Zentrum, die es auch irgendwie richtig zu machen schien und demnächst expandieren wollte. Doch den meisten hier ging es schlecht, und die Stimmung im Ort war seit langem schon auf Talfahrt.

Endlich hatte er im Archiv ziemlich weit hinten den Ordner des betreffenden Jahres gefunden. Dieser Unfall war im Herbst vor elf Jahren passiert, soweit sich Norbert Paulessen erinnern konnte. Da vor dem Herbst bekanntlich der Sommer kam, musste er sich erst durch eine dicke Papierschicht Sommersonnenwende und die Unruhen an den Externsteinen arbeiten. Damals hatten sich noch die Neonazis am 21. Juni zum Feiern getroffen, bis die Einsatzleitung in Detmold mit groß angelegten Maßnahmen diesen braunen Gelagen einen Riegel vorgeschoben hatte. Eine unschöne Geschichte, von der heute in Bad Meinberg niemand mehr sprechen wollte, weder im Laden noch an der Tankstelle, noch sonst wo. Totgeschwiegen. Zu Recht, dachte Norbert Paulessen. Hatte Ulrich Brampeter nicht sogar bei den Braunen, die sich Teufelskinder nannten, mitgemacht? Nicht gerade in den ersten Reihen, schließlich arbeitete er als Angestellter im öffentlichen Dienst, aber wenn Paulessens Erinnerung ihn nicht gänzlich trog, war Ulrich Brampeter doch unter der Hand mit von der Partie gewesen.

Dann fielen ihm die Unterlagen, nach denen er gesucht hatte, in die Hände. Im Ordner waren nur wenige Kopien zu finden, da das Unglück noch im Detmolder Stadtbezirk geschehen war und somit die dortigen Kollegen mit dem Fall betraut waren. Hier lagen nur zwei Zeitungsartikel, die nichts Neues berichteten, ein Foto bestätigte Paulessens schemenhafte Erinnerung vom Unfallopfer: Das Bild zeigte einen beleibten, feisten Kerl mit Glatze und Muskelshirt. Dann die abgehefteten Todesanzeigen der Familie Brampeter, des Schützenvereins, der Grundschule Bad Meinberg und der Gemeindeverwaltung, wo Ulrich Brampeter nach dem Realschulabschluss seine Ausbildung als Verwaltungsfachangestellter absolviert hatte. Ganz hinten zwei Durchschläge von Zeugenbefragungen, die der damalige Kollege hier in Bad Meinberg vor Ort zur Sache aufgenommen hatte. Dies kam nur vor, wenn die Aussagen als nicht ganz so wichtig eingestuft wurden oder die Zeugen aus irgendwelchen Gründen nicht nach Detmold reisen konnten. Paulessens Vorgänger hatte den Chef des Unfallopfers befragt, nichts Relevantes, es reichte, den Bericht zu überfliegen. Margret Brampeter, Ulrichs Mutter, wurde hingegen recht ausführlich befragt. Paulessen wusste nicht, ob die Dame schon damals so unglaublich dick und deswegen nicht «transportfähig» gewesen war, oder ob man die Mutter des Opfers einfach hatte schonen wollen und sie nur deshalb einem Verhör in der gewohnten Umgebung unterzogen hatte. Er schenkte sich eine Tasse Kaffee aus der Thermoskanne ein und packte die Weißbrotstulle aus, die seine Frau ihm heute Morgen nach Wunsch belegt hatte. Eine elf Jahre alte Polizeiakte – noch mit Schreibmaschine geschrieben und an einigen Stellen mit Tipp-Ex korrigiert – als Frühstückspausenlektüre. Norbert Paulessen lehnte sich in den quietschenden Bürostuhl zurück und nahm sich in Acht, das Papier nicht mit der guten Butter zu beschmieren.

Vernehmungsprotokoll Margret Brampeter
vom 29. September 1994, 15.30 Uhr
Ort der Vernehmung: Wohnstube der Zeugin im Fliederweg / Bad Meinberg
Anwesend: Margret Brampeter als Zeugin (Z), ihr Ehemann Gernod Brampeter, derzeit krank und nicht vernehmungsfähig

Vernehmung geführt von Heinz-Dieter Hageloh (P),
Polizeidienststelle Bad Meinberg, i. A. Dezernat für Verkehrsunfälle in Detmold

P: Frau Brampeter, was haben Sie über den bisherigen Unfallhergang gehört?
Z: Ich weiß nur, was die Polizei mir in der Unfallnacht mitgeteilt hat und was man hier im Ort so erzählt: Mein Sohn hat letzten Freitag auf dem Discoparkplatz gestanden oder gesessen, und die Janina Grottenhauer hat ihn mit seinem eigenen Wagen überrollt. Das war vor einer Woche. Ganz früh morgens rief das Krankenhaus an, dass er um halb sechs gestorben ist, ohne das Bewusstsein wieder erlangt zu haben.

P: Frau Brampeter, fuhr Ihr Sohn Ulrich einen Honda Accord, Baujahr 1990, Farbe Rot?
Z: Das Auto von meinem Sohn ist rot. Ich weiß nicht, welche Marke, damit kenne ich mich nicht aus. Es ist ein schnelles Ding.

P: Ihr Sohn hatte einen stark erhöhten Alkoholpegel und war fahruntauglich. Stattdessen ist die sechzehnjährige Janina Grottenhauer, die noch nicht im Besitz eines Führerscheins ist, gefahren, zumindest das kleine Stück aus der engen Parklücke heraus. Kennen Sie dieses Mädchen?
Z: Nein, nicht persönlich. Aber sie ist eine Schlampe. Macht schon mit erwachsenen Männern rum, dabei ist sie noch nicht mal trocken hinter den Ohren.

P: Waren Frau Grottenhauer und Ihr Sohn denn ein Paar?
Z: Ich habe keine Ahnung. Ich glaube, sie hat ihn scharf

gemacht. Mein Ulrich ist doch sonst nicht auf kleine Mädchen angewiesen.

P: Frau Grottenhauer sagt, Ihr Sohn hätte sie genötigt, den Wagen zu lenken, weil er selbst nicht mehr fahren konnte, aber unbedingt nach Hause wollte. Können Sie sich das vorstellen?
Z: Das ist Schwachsinn. Ulrich hat keine Menschenseele an sein Auto gelassen. Noch nicht einmal sein Bruder Stefan durfte fahren, selbst wenn es nur darum ging, die Auffahrt vor dem Haus frei zu machen, da hat der Ulrich absolut was dagegen. Ich kann mir nicht vorstellen, dass er die Grottenhauer ans Steuer gelassen hat. Beim besten Willen nicht.

P: Und was glauben Sie dann?
Z: Das Mädchen hat den Zustand meines Sohnes ausgenutzt und ist unerlaubt mit dem Wagen gefahren. Und weil sie zu blöd dazu war, ist mein Sohn jetzt tot. Sie hat ihn umgebracht. So sieht es aus.

P: Und warum sollte sie das getan haben?
Z: Woher soll ich das wissen? Wahrscheinlich weil sie ein Flittchen ist und mein Sohn nichts von ihr wissen wollte. Könnte doch sein.

P: Hatte Ihr Sohn öfter mit Alkohol zu tun?
Z: So viel oder so wenig wie jeder andere junge Mann in seinem Alter.

P: Ist Ihr Sohn, wenn er getrunken hat, aggressiv oder in anderer Weise auffällig gewesen?
Z: Manchmal hat er einen Fadenriss, oder wie man das

nennt. Er konnte sich ab und zu nicht mehr erinnern, wo er sein Fahrzeug abgestellt hat. Dann musste sein Bruder ihn am nächsten Tag in der Gegend herumkutschieren, bis sie das Auto gefunden hatten. Aber aggressiv ist er nicht, mein Ulli.

P: Wussten Sie, dass Janina Grottenhauer ein Kind von Ihrem Sohn erwartet?
Z: Nein.

Unterschrieben und für richtig befunden
    gez. Margret Brampeter
    gez. Heinz-Dieter Hageloh

Dilettantisches Verhör, ärgerte sich Paulessen. Obwohl es ja damals lediglich darum ging, die Aussage des Mädchens zu prüfen, dass das betrunkene Unfallopfer sie zu der Fahrt genötigt hat und sie nicht absichtlich beim Rückwärtsfahren über den am Rinnstein Sitzenden gefahren ist.

Soweit sich Paulessen erinnerte, war dies auch belegt worden. Ulrich Brampeter hatte das schwangere Mädchen irgendwie unter Druck gesetzt, und sie hatte gegen ihren Willen den Unfallwagen gelenkt, ein Vorsatz konnte nicht nachgewiesen werden. Somit war Janina Grottenhauer vom Vorwurf der fahrlässigen Tötung losgekommen. Es hatte noch nicht einmal einen Prozess gegeben.

Janina Grottenhauer hatte das Kind irgendwo anders zur Welt gebracht und war seines Wissens nie wieder in Bad Meinberg aufgetaucht. Ihre Eltern hatten den Dorftratsch auch nicht lange ausgehalten, auch wenn sie zu ihrer Tochter nicht gerade das innigste Verhältnis hatten, sie waren ein Jahr später ins Schwabenland ausgewandert.

Die Dinge, für die sich Paulessen nun wirklich interessierte, standen natürlich nicht im Protokoll: Was für ein Mensch war Ulrich Brampeter gewesen, dass man zehn Jahre nach seinem Tod in der Nacht auf sein Grab schiss?

Er knüllte das Butterbrotpapier zusammen, warf es in den Mülleimer unter dem Schreibtisch und packte seine Sachen in die Aktentasche. Die *Sazellum*-Klinik war nicht allzu weit entfernt. Vielleicht hatte er Glück und lief dort der Frau über den Weg, von der er sicher mehr erfahren würde. Janina Grottenhauer war fünf Jahre jünger als er. Paulessen erinnerte sich an ein dünnes Mädchen mit aschblondem Haar, eher unscheinbar und schüchtern, aber auch hübsch. Würde er sie wieder erkennen? Er zwickte sich die Klammern an die weiten Beine seiner Diensthose, verschloss die Tür des Flachdachbaus und schwang sich aufs Fahrrad.

Norbert Paulessen, der Polizist zum Anfassen, fuhr die Brunnenstraße entlang und grüßte rechts und links, wie es sich für einen freundlichen Bad Meinberger gehörte: den Friseur neben der Polizeistation, die Frau des singenden Bäckers, den Gastgeber in der kleinen Fahrradpension, die chinesische Kellnerin aus dem Restaurant. Er wusste, sie alle hätten ihn zu gern vom Rad geholt und nach der Grabschändung befragt. Doch er beließ es beim «Hallo», bis er im Wällenweg vor der *Sazellum*-Klinik Halt machte und beinahe einer Schwangeren über den Fuß gefahren wäre.

Die Rothaarige schaute ihn erschrocken an.

«Entschuldigen Sie vielmals. Ist Ihnen etwas passiert? Ich war gerade so in Fahrt ...»

Nun lächelte sie ziemlich breit. «Alles in Ordnung. Fuß noch dran.»

Sie war unglaublich hübsch. Norbert Paulessen war zwar glücklich verheiratet und stolzer Vater eines Zwillingspärchens, dennoch verknallte er sich gern mal ein bisschen heimlich Hals über Kopf. Und diese Frau war genau so eine Erscheinung, bei der ihm das passierte. Er stieg vom Rad und stellte es an die Wand. Ihm fiel kein Spruch ein, so was Dummes, aber wenn diese Gefühlssache mit ihm passierte, war er stets verklemmt wie ein Konfirmand. Wohin mit den Händen? Was sagen? Was nicht?

Sie kam ihm zu Hilfe. «Ist das hier wenigstens eine Einsatzfahrt, bei der es sich lohnt, Leib und Leben von Zivilisten zu riskieren?»

So was Fatales: Sie war auch noch humorvoll. Erst im dritten Anlauf gelang ihm der nächste Satz: «Ich suche nach einer Frau.»

«Privat oder dienstlich?»

«Nun ... dienstlich.» Jetzt musste er sich aber zusammenreißen. «Kennen Sie Frau Grottenhauer, oder noch besser: Wissen Sie vielleicht, wo ich sie finden kann?»

Das Lächeln gegenüber versiegte leider. «Eine Einheimische?»

«Ja. Sie stammt aus Bad Meinberg. Ich suche sie lediglich als Zeugin. Können Sie mir denn weiterhelfen?»

«Ja und nein.»

Frauen wie diese sollten keine solchen Antworten geben. Es verwirrte ihn nur noch mehr. Er klingelte einfach so ein bisschen an der Fahrradglocke herum. Fünf-, sechsmal, bis sie merkte, dass er nicht imstande war, etwas zu erwidern.

«Wissen Sie, ich kenne keine Frau Grottenhauer. Aber ich vermisse meine Tischnachbarin. Sie ist heute noch nicht aufgetaucht.»

«Krank?»

«Nein, ihr Sohn hat sich an mich gewandt, weil Nina Pelikan heute Morgen nicht auf dem Zimmer war. Wir waren schon bei der Rezeption und haben so etwas wie eine interne Vermisstenanzeige aufgegeben. Ich dachte eigentlich, Sie seien deswegen hierher gekommen.»

«Nein, das hat einen anderen Grund. Aber ich finde es sehr, also, interessant, was Sie mir erzählen.»

«Ich mache mir Sorgen um Nina. Sie ist leicht depressiv, glaube ich. Und sie hatte gestern den Zeitungsartikel über diese Selbstmörderin von letzter Woche in der Hand. Mehr kann ich nicht dazu sagen. Ich würde Ihnen aber gern helfen, wenn Sie sich auf die Suche nach Frau Pelikan machen.»

«Das ist, also, sehr nett. Kann ich Sie irgendwie …» Da war der Atem schon wieder zu Ende.

«Ob Sie mich erreichen können?»

Norbert Paulessen nickte.

«Hier ist Handyverbot. Wir sind hier, um uns in aller Ruhe auf unsere Mutterrolle vorzubereiten. Abgeschottet vom Rest der Welt», spottete die Hübsche. «Aber Sie können mir gern Ihre Nummer aufschreiben, für alle Fälle!»

Paulessen kam der Aufforderung unverzüglich nach und fingerte eine Dienststellenkarte aus der Brusttasche. «Ich bin immer viel unterwegs, am sichersten erwischen Sie mich auf dem Mobiltelefon.»

«Gut! Und sollten Sie mich brauchen, können Sie via Rezeption Bescheid geben. Mein Name ist Wencke Tydmers. Können Sie sich das merken?»

«Nein», sagte Paulessen.

«Dann lassen Sie mal das Geklingel und schreiben es sich auf, schlage ich vor.»

Er zuckte ertappt zusammen, nestelte in seiner Aktentasche nach dem Notizblock und schaffte es schließlich, den Kugelschreiber aus dem Gehäuse zu drehen.

Sie nahm ihm den Stift ab. «Lassen Sie mal, ich übernehme das. Mit dem Buchstabieren ist es so eine Sache, wenn man einen Namen mit Y hat.» Sie schrieb schwungvoll ihren Namen auf das Blatt, dann reichte sie ihm seine Sachen zurück.

«Ich muss jetzt rein. Ich habe Termine.»

«Warum?», fragte er und biss sich gleich danach vor Peinlichkeit auf die Zunge. Doch die Frau, deren Namen er sich nicht merken konnte, weil er viel zu durcheinander war, lächelte wieder.

«Ich bin nicht zur Erholung hier», sagte sie, schaute aber so nett, dass er ihr diesen Satz nicht abnehmen wollte. Er beugte sich runter und schloss das Fahrrad ab, als er sich wieder umdrehte, war sie schon im Klinikeingang verschwunden.

17

«Ich bin ein armes Teufelskind
so heiß wie das Feuer, so leicht wie der Wind.
Von keinem geliebt und von keinem geehrt
dem Wacholderrauch einst den Sieg erklärt.
Mein Vater aus den Steinen stieg
zu führen einen alten Krieg
zu lieben eine Jungfrau rein
… hm, zu lieben eine Jungfrau rein …»

Mattis stand in der Mitte des Raumes, hielt seinen Umhang fest um den Hals gezurrt und stockte abermals an dieser bescheuerten Stelle mit der reinen Jungfrau. Die Lehrerin hatte bis zum dritten Versuch noch gelächelt, inzwischen sah man ihr aber doch an, dass sie etwas genervt war von seinem mangelnden Ehrgeiz.

Joy-Michelle wippte auf dem Tisch herum, der eigentlich ein Felsen sein sollte. Sie hatte sich mit Lippenstift den Mund gefärbt, als sei es das wichtigste am ganzen Theaterspiel, dass sie sich endlich mal schminken durfte.

«O Mann, Mattis, du bist aber auch zu blöd», keifte sie. «Zu lieben eine Jungfrau rein, die wartend saß auf kaltem Stein. Und nochmal: Zu lieben eine Jungfrau rein, die wartend saß auf kaltem Stein. Kapiert?»

Alte Zicke, dachte Mattis. So toll, wie der Unterricht gestern begonnen hatte, so ätzend war er heute. Den ganzen Morgen schon, seit seinem zu späten Erscheinen in der Schule, übten sie an diesem komischen Theaterstück, mussten altmodische Sachen auswendig lernen und zerknitterte Gardinen als Umhang tragen. Es machte überhaupt keinen Spaß. Er seufzte.

«Zu lieben eine Jungfrau rein
die wartend saß auf kaltem Stein.»

Jetzt war erst einmal für eine Weile Ruhe. Er war erst wieder gegen Ende des Stückes dran. Nun kam Joy-Michelles große Stunde. Sie riss die Augen auf und starrte in die Luft. Normalerweise sollte sich ihr in diesem Moment ein unheimlicher Teufel nähern, aber da Frau Möller nur mit verstellter Stimme den Text las, musste das Mädchen seine ganze Phantasie einsetzen: «Was willst du, Fremder, sag es mir!»

«Will deine Liebe, gib sie mir.»

«Ich bin noch jung, noch rein und weiß.»

«Ich zahle dafür guten Preis.»

«Du kannst nicht kaufen meine Liebe.»

«Und du nicht stoppen des Teufels Triebe.»

«Ist das nicht ganz schön starker Tobak?», fragte Mattis dazwischen. «Ich meine, ich weiß doch genau, worum es da geht. Der alte Kerl will was von dem jungen Mädchen. Ist das nicht verboten?»

Joy-Michelle, die sich schon ziemlich schauspielerisch auf den Tisch gelegt hatte, quälte sich wieder in Sitzposition. «Mattis, was soll das? Das ist doch nur Theater.»

Mattis hatte aber keine Lust, es auf sich beruhen zu lassen. «Ich weiß von meiner Mutter, dass man ganz vorsichtig sein muss, wenn Erwachsene was von einem wollen. Das hat sie mir tausendmal gesagt. Und dann sollen wir so einen ...» Beinahe hätte er Scheiß gesagt. «... so einen Mist spielen. Was ist, wenn kleine Kinder zugucken?»

«Das ist aber doch gar nicht in echt!», entgegnete Joy-Michelle.

Frau Möller hatte sich die ganze Zeit über zurückgelehnt und die beiden streiten lassen. Jetzt holte sie Luft. «Im Prinzip hast du absolut Recht, Mattis!» Sie kramte wieder das dicke alte Buch hervor und schlug die Seite mit dem Wacholderteufel auf. «Es gibt da immer so ein Problem mit den Märchen, die wir uns erzählen. Die sind ja größtenteils schon sehr alt und werden seit vielen Generationen erzählt und aufgeschrieben. Und da sind oft recht grausame Sachen dabei. Ich erinnere nur an Rotkäppchen ...»

«Da frisst der Wolf die Großmutter und das Mädchen!», wusste Joy-Michelle.

«Und hinterher schneidet der Jäger dem Tier den Bauch auf, holt die Weiber raus und steckt stattdessen Steine rein», ergänzte Mattis.

«Und?», fragte Frau Möller. «Ist das nicht auch grausam?»

Natürlich hatte die Lehrerin nicht Unrecht. Aber komisch, irgendwie konnte Mattis nicht umhin, diese Wacholderteufelstory war trotzdem eine andere Kiste. Sie drückte ihn nieder, diese Sache mit dem Mann, der sich über das kleine Mädchen hermachte. Sie erinnerte ihn an etwas.

«Die Geschichte vom Wacholderteufel ist sicher ebenso alt wie das Märchen von Rotkäppchen, nur nicht so bekannt, weil sie nicht von den Gebrüdern Grimm niedergeschrieben wurde. Aber hier im Teutoburger Wald gibt es einige Menschen, die sie kennen, seit sie klein sind. Die Sage gehört zu dieser Gegend, zu den Externsteinen und zum Teutoburger Wald. Es ist wichtig, dass man sie am Leben erhält, auch wenn sie nicht so berühmt und ein wenig grausig ist. Wegen der Tradition.» Frau Möller klappte das Buch wieder zu und lächelte ihre winzige Schulklasse an. «Weiß einer von euch, was Tradition ist?»

Joy-Michelle wusste es ein bisschen, und Frau Möller hielt eine lange Rede über diese Sache mit den Geschichten der Vergangenheit und so weiter. Doch Mattis hatte längst abgeschaltet. Er dachte an zu Hause. An Bremen.

An Hartmut, den Mann seiner Mutter, der nicht sein Vater war. Hartmut Pelikan war auch ein alter Kerl. Und er war auch ein Teufel. Das war es eben, was ihn an diesem Theaterstück so störte. Es erinnerte ihn an das Leben zu Hause. An die Dinge, von denen er eigentlich nichts mitbekommen sollte – an die Gründe, weswegen seine Mutter ihn abends immer im Zimmer einschloss, aus lauter Fürsorge, wie sie sagte.

Ein alter Mann und ein junges Mädchen. Ein starker Wille und eine schwache Abwehr. Und diese Drohungen, die dazwischen hingen wie tiefe, fette Gewitterwolken.

18

«Frau Tydmers, wissen Sie noch, worüber wir gestern gesprochen haben? Können Sie sich noch daran erinnern? Mir scheint, all Ihre Erkenntnisse und guten Vorsätze sind vom Tisch gefegt.»

Ilja Vilhelm drehte sich auf seinem Bürostuhl einmal um sich selbst. Wahrscheinlich, weil ihm ein schlichtes Kopfschütteln zu mager erschienen wäre angesichts seines Unmutes über Wenckes Verhalten.

«Ich mache mir Sorgen um Nina Pelikan. Verstehen Sie nicht? Das hat rein gar nichts mit der Sache zu tun, von der ich Ihnen gestern erzählt habe.»

«Seien Sie ehrlich: hat es doch!»

Wencke saß ihm wütend gegenüber. Sie hatte sich heute bewusst für die härteste Sitzgelegenheit entschieden. Sollte er doch gleich interpretieren, dass sie es darauf anlegte, unbequem zu werden. Es wollte ihr nicht in den Kopf, warum Ilja Vilhelm das Thema Nina Pelikan vermied. «Es ist freundschaftliches Interesse. Die Frau ist die Einzige hier, die mir ein wenig nahe steht, abgesehen von ihrem Sohn. Ist es da nicht normal, dass ich mir Gedanken mache, wenn sie einfach von der Bildfläche verschwindet?»

«Sehen Sie? Und nun haben Sie den Bad Meinberger Ordnungshüter informiert, er befasst sich vielleicht schon mit dem Fall, sofern es überhaupt so etwas wie einen Fall gibt. Vor diesem Hintergrund sehe ich umso weniger Veranlassung, warum Sie sich auch noch einmischen sollten.»

Trotzig schaute Wencke zum Fenster hinaus. Er hatte ja Recht. Und sie wusste ja zu gut aus leidlicher Berufserfahrung, wie hinderlich Möchtegerndetektive bei polizeilichen Ermittlungen sein konnten. Trotzdem hatte das zufällige Zusammentreffen mit dem netten Kollegen vor der Klinik in ihr eine Energie freigesetzt, die sie nicht zu zügeln vermochte. Es machte sie stark, wie es zehn Stunden Fußreflexzonenmassage und hundert Liter Kneipp'sche Güsse nicht vermocht hätten. Es machte sie gesund und fit.

«Sie werden noch krank werden, Frau Tydmers», sagte Ilja Vilhelm.

«Zerbrechen Sie sich denn nicht den Kopf darüber, warum Nina Pelikan heute Morgen weder in ihrem Zimmer noch bei der Therapiesitzung war? Immerhin ist letzte Woche schon eine Ihrer Patientinnen von den Externsteinen gesprungen.» Langsam fiel es ihr schwer, die Wut auf die Ignoranz der Klinikleitung zu unterdrücken. Am liebsten wäre sie aufgesprungen, hätte sich direkt vor ihn gestellt, ihn grob an den Schultern gefasst und wachgerüttelt. Stattdessen blieb sie sitzen, atmete kurz und flach, als sei sie gerannt, und die Worte kamen nur gepresst zwischen ihren Lippen hervor: «Ich verstehe nicht, warum Sie so gelassen hier sitzen können!»

«Weil ich arbeiten muss, und weil jetzt nicht Frau Pelikan oder sonst wer in meinem Sprechzimmer sitzt, sondern Sie, Frau Tydmers.» Er blieb ruhig, obwohl Wencke ihn angefahren hatte, wie sie in den hitzigsten Momenten im Auricher Polizeirevier ihre Kollegen anfuhr. Sie konnte nichts dagegen tun: Männer wie diese, Typen wie Ilja Vilhelm und Axel Sanders, brachten sie nun mal zur Weißglut. Vor allem, wenn sie Recht hatten. Sie beugte sich nach vorn, legte die Hände flach auf den Schreibtisch und funkelte ihn an. Sie konnte es nicht verhindern, es musste einfach sein. Er blickte ungerührt zurück, hörte sogar mit dem ewigen Bürostuhlgedrehe auf. Dann lächelte er.

Das war zu viel! Wenckes Hände stoben auseinander, irgendwie von selbst, sie wischte gleich einen ganzen Stapel Infobroschüren über die Rechte allein erziehender Mütter auf den Boden. Die kopierten Faltblätter über Angststörungen flogen in hohem Bogen hinterher. Das tat gut! Wencke atmete jetzt wieder normal.

«Passiert Ihnen das öfter?», kommentierte er knapp. Dann stand Ilja Vilhelm ungerührt auf, ließ die zerstreuten Papiere, wo sie waren, und nahm einen kleinen Schlüssel aus der Schublade seines Schreibtisches. Wortlos schloss er damit einen Rollschrank auf und zog daraus eine recht dünne, rote Mappe, auf deren Umschlag Wencke ihren Namen erkennen konnte. Er überflog ein paar Zeilen, als müsse er sich auf diese Weise das Gespräch von gestern ins Gedächtnis rufen. «Vielleicht versuchen wir es mal mit malen», sagte Vilhelm schließlich.

«Wie bitte?»

Er stand auf und holte aus einem Schrank mehrere Farben,

Tuschkästen und Buntstifte, dazu drei verschiedene Papierblöcke. Wortlos legte er alles auf einen Tisch, der vor dem bis zum Boden reichenden Fenster stand.

«Was soll das jetzt werden?», fragte Wencke.

«Ich habe eine Ausbildung zum Kunsttherapeuten. Es gibt viele Menschen wie Sie, die Schwierigkeiten haben, mit ihren Ängsten und ihrer Wut umzugehen. Meist resultiert das aus einer tief sitzenden Furcht, sich selbst und die Lebenssituation zu reflektieren. Der Einsatz von Farben und Formen kann diese Blockaden lösen.»

Wencke erstarrte. Er hatte ihren wunden Punkt gnadenlos erwischt. Formen und Farben und der ganze Kram. Sie spürte den aufkeimenden Widerstand in ihrem Inneren, als würden alle Nerven den Aufstand proben, auf die Barrikaden gehen. Sie blieb sitzen.

«Lassen wir es wenigstens auf einen Versuch ankommen? Sie müssen keinen Rembrandt zaubern. Niemand außer mir wird Ihr Bild zu Gesicht bekommen. Es dient nur als Transformator Ihrer Empfindungen.» Er schaute sie an, ließ ihr ein wenig Zeit, strich auffordernd mit der Hand über das weiße Papier. Als Wencke sich jedoch nach einer Minute noch immer nicht rührte, hakte er noch einmal nach. «Wenn Ihre Mutter die Malerin Isa Tydmers ist – deren Arbeiten ich übrigens schon mal im Kestner-Museum in Hannover bewundern durfte –, dann dürften Ihnen Pinsel und Leinwand doch nicht gerade fremd sein. Oder? Fangen wir mit einem Baum an.»

Wenckes Mutter war Künstlerin, und die Probleme, die für Wencke damit zusammenhingen, hatten sie gestern auf der Sitzung bis ins Detail erörtert. Ihre Familie hatte einer Künstlerkolonie in Worpswede angehört, Wencke war zwischen Farbtöpfen und kreativen Krisen groß geworden. Und sobald sie alt genug gewesen war, hatte sie sich nach dem Abitur für ein anderes Leben entschieden. Für Protokolle und Beamtenstatus, für Uniform und Hierarchie. Seitdem hatte sie keinen Pinsel mehr in der Hand gehalten.

Doch warum sollte sie nicht einfach mal einen Baum malen? Es gelang ihr, ihren inneren Schweinehund zu überwinden. Sie setzte sich auf den Holzstuhl, an dessen Lehne und Sitzfläche die unterschiedlichsten Farbkleckse verewigt waren. Zu Hause hatte es nur solche Möbel gegeben. Bunt und individuell, wie im Bastelraum eines Kindergartens. Und Wencke hatte sich manches Mal einen sterilen Plastikstuhl gewünscht und feste Essenszeiten dazu.

Sie entschied sich für Wasserfarben und den mittelgroßen Malblock. Ein Baum war nicht besonders verfänglich. Sie wusste genau, worauf es ankam, sie durchschaute die Psychologie dieses Spiels ohnehin. Mit gekonnter Beiläufigkeit drehte sie das Blatt hochkant. Feste Wurzeln waren wichtig, sonst würde Vilhelm bemerken, dass sie selbst ziemlich unsicher war, wohin sie eigentlich gehörte. Ein gerader Stamm, der Zielstrebigkeit verkörperte, davon abgehend wie die Finger einer Hand fünf Äste, die in Zweigen und Blättern endeten. Der Vollständigkeit halber pinselte Wencke noch ein Astloch und ein paar Äpfel auf das Bild. Denn ihr war rechtzeitig in den Sinn gekommen, dass sie als Schwangere die Fruchtbarkeit des Baumes herausstellen sollte, wenn sie nicht wieder nach ihrem Verhältnis zum Muttersein befragt werden wollte. Dann gab es nichts mehr zum Malen. Es hatte nicht lange gedauert und auch nicht wehgetan. Sie hängte das Werk an die große Pinnwand gegenüber dem Schreibtisch und betrachtete es aus der Entfernung. Schlecht sah es nicht aus, und es war alles dran, was zu einem anständigen Baum gehörte. Laut Wanduhr blieben noch zehn Minuten bis zum Ende der Sitzung. In dieser Zeit würde es Vilhelm sicher nicht gelingen, aus diesem Gemälde etwas Brauchbares zu interpretieren. Und dann hätte sie endlich genug Zeit, sich um Nina Pelikans Verschwinden zu kümmern.

«Beschreiben Sie Ihren Baum», sagte Vilhelm schlicht.

Wencke stellte sich so hin, wie die vielen Menschen immer vor den Bildern ihrer Mutter gestanden hatten, die in ihrem Wohnzimmer, in ihrer Küche, im Flur und sogar im Badezimmer ausgestellt gewesen waren. Wencke hatte sich das Zuhause nicht selten mit irgendwelchen Kunstinteressierten teilen müssen, die mit schräg gestelltem Kopf und Daumen am Kinn durch die Wohnung geschlichen waren auf der Suche nach einer kaufbaren «Tydmers».

«Ich finde ihn schön.»

«Können Sie mir sagen, warum Sie ihn so gemalt haben und nicht anders?»

«Ja, na klar. Er ist also einfach ein fester, stabiler Baum, der ordentlich Früchte trägt und sich nicht von jedem Sturm entwurzeln lässt.»

«Und das Astloch?»

«Wie? Ach das.» Vorsicht, dachte Wencke, doch sie sprach einfach weiter, als habe sie ihre eigene Warnung nicht gehört. «Da hat man mal was abgeschnitten, damit der Baum mehr Kraft hat, nach oben zu wachsen.»

«Eine Wunde also?»

«Nein. Ja.»

»Frau Tydmers, was hat man bei Ihnen denn mal abgeschnitten, damit Sie genug Kraft zum Wachsen hatten?»

«Meinen Vater», sagte Wencke. Das war ohne ihr Einverständnis geschehen, die letzten beiden Wörter waren eigentlich sicher verschlossen gewesen. Noch nie hatte sie sich dazu hinreißen lassen. Wann hatte sie als Erwachsene jemals über ihren Vater gesprochen? Abgesehen, wenn sie nach ihrem Lebenslauf gefragt worden war und unter der Rubrik «Eltern» seinen Namen und Beruf angegeben hatte. Claus-Peter Tydmers, Verwaltungsfachangestellter.

Sie ließ sich in den Sessel fallen. «Es sei besser für mich, ihn nicht zu kennen. Er sei ein Langweiler, ein Spießer, ein intoleranter Mann mit Hang zum Oberlehrerhaften. Er würde mich in meiner Entwicklung nur bremsen.»

«Und Sie haben diese offensichtlich subjektive Meinung nie hinterfragt?»

«Meine Mutter ist keine Person, deren Meinung man in Frage stellt. Sie hat mir auch einige Ersatzväter präsentiert, immer mit dem Vermerk, dass diese liebevoller und offener und in jeder Beziehung väterlicher als mein wahrer Erzeuger seien.»

«Und? Kennen Sie ihn?»

«Nein. Meine Eltern haben sich getrennt, als ich zwei Jahre alt war. Inzwischen ist er gestorben. Vor ein paar Jahren, als ich noch Streife gefahren bin. Ich habe ihn verpasst.»

Vilhelm trat ans Bild und umkreiste mit dem Zeigefinger das Astloch. «Tut es Ihnen Leid?»

Wencke antwortete nicht.

«Oder macht es Sie wütend?»

«Nein. Ja. Beides.»

19

Das Holzlager war im Wald versteckt, mit einem gewöhnlichen Pkw kam man nur auf einen halben Kilometer heran, danach brauchte man ein geländegängiges Fahrwerk, um den aufgeweichten Waldboden zu bewältigen.

Stefan Brampeter war mit dem Rad gekommen, welches er schon am Eingang des Naturschutzgebietes gegen einen Stapel Tannenstämme gelehnt hatte, um zu Fuß weiterzugehen.

Das Nieselwetter der letzten Wochen hatte selbst die sonst

einigermaßen festen Trampelpfade zu morastigem Matsch werden lassen. Die Stiefel sogen sich bei jedem Schritt in die braune Erde, er musste Kraft aufwenden, um sie wieder herauszuziehen. Immer wieder tropfte es dick und nass von den Bäumen, die sich über Stefans Kopf zu einem undichten Dach aus kahlen Ästen und dem Rest brauner Blätter verwoben. Auf den borkigen Stämmen der Erlen und Buchen lag die Feuchtigkeit des letzten Herbsttages. Stefan streifte das spitze Blatt einer Stechpalme und zerriss dabei ein mit Feuchtigkeit benetztes Spinnennetz, das aussah, als hätte die Schöpferin glänzende Perlen eingewebt. Die Spinne mochte sich jedoch schon vor Wochen zum Überwintern in den Nischen des Waldbodens verkrochen haben. Schon morgen zeigte der Kalender die Sonnenwende an. Den Beginn des Winters. Bald würde der ganze zerflossene Wald wieder fester werden, wenn der Frost nur erst das Wasser erstarren ließ und alles mit einer Eisschicht glasierte.

Der Waldboden klebte zentimeterhoch an den schweren Stiefeln, als er endlich am dunkelgrünen Wellblechschuppen ankam. Das Lager des Forstamtes passte so gar nicht in das verwachsene Dickicht, mit seinen metallenen Kanten und Ecken schien es sich den Platz dort am Hang mit unlauteren Mitteln erworben zu haben.

Stefan zog den Schlüssel aus der Tasche seines Anoraks. Mehrere Dutzend gerader Eichenstämme sollten hinter der Hütte gelagert sein. Stefan wusste, es gab fast nirgendwo besseres Holz als in den Wäldern seiner Heimat. Nicht von ungefähr standen in dieser Gegend zahlreiche Fachwerkhäuser, teils über zweihundertfünfzig Jahre alt, in wunderschönem Schwarz-Weiß kariert, als wären sie erst gestern in die grünen Täler gebaut worden. Vielleicht waren die Inschriften im Türbogen bei einigen verwittert und es bereitete Mühe, die Namen der Hausherren, das Baujahr und den Bibelspruch darauf zu erkennen. Doch wäre es Holz aus einem anderen Teil der Welt gewesen, dann hätten die Jahre rein gar nichts mehr vom Gebäude übrig gelassen. Stefan Brampeter glaubte fest daran, dass jedem Ort das Holz am besten steht, welches vor den Stadttoren wächst. Tropenhölzer wie Afzelia und Bongossi waren ihm, gelinde gesagt, egal, doch für ein gutes Stück hiesige Roteiche konnte er regelrecht ins Schwärmen geraten.

Mit einem Ruck musste er nachhelfen, dann öffnete sich die leicht verzogene Tür, und er trat in die kleine Halle, in der es noch intensiver nach Holz roch als in seiner Werkstatt. Hier wurden die Stämme bearbeitet, bevor sie in dem eingezäunten Bereich hinter der Hütte gelagert wurden. Das Holz, welches in diesem Raum gesägt und zerteilt wurde, schien noch zu leben, zu atmen, jedenfalls war die Luft erfüllt von einem warmen, harzigen Aroma.

Stefan fand auf dem voll gestellten Schreibtisch den Zettel. *Brampeter Holz hinten links,* stand darauf. Er trat durch die Hintertür wieder ins Freie. *Rotweißes Plastikband,* stand da auch noch. Stefan hatte die ihm zugedachte Ladung bald ausgemacht. Er rieb mit den Handflächen über die Rinde, die kaum Astlöcher vorwies. Er strich leicht an der Schnittseite entlang, das Holz hatte eine angenehme Helligkeit, und die Jahresringe waren gleichmäßig, als hätte sie jemand mit dem Zirkel gezogen. Stefan maß mit dem Auge die Dicke des Kernholzes, denn nur den inneren Teil des Ganzen konnte er für seine Zwecke gebrauchen. Es war wunderbare Qualität. Schon auf den ersten Blick wusste er, dass es ein gutes Geschäft sein würde. Er kannte die Preise des Forstamtes; sie waren angemessen und erschwinglich. An der Seite hing ein Brief, sein Name stand auf dem Papier. Vielleicht war dies schon das Angebot über die ganze Fuhre. Er zerriss das Kuvert mit dem Daumennagel. Mit Bleistift hatte der Leiter des Forstamtes ein paar Zeilen auf ein Stück Papier gekritzelt:

Hallo, Stefan,
ich denke, das Holz wird dir gefallen. Ich kann es dir komplett für 850 Euro pro Festmeter geben. Das bleibt aber unter uns – Freundschaftspreis –, ich würde auf dem freien Markt einiges mehr bekommen. Bei der Gelegenheit: Für eure Feier morgen Abend brauchst du noch den Schlüssel zu den Externsteinen. Du findest ihn am Schlüsselbrett über dem Telefon. Der Anhänger ist blau. Lass ihn vorerst noch hängen, wir haben derzeit nur zwei Stück davon und es könnte sein, dass einer meiner Männer ihn morgen noch braucht. Gib ihn bitte nicht an Dritte weiter. Aber ich weiß, ich kann mich auf dich verlassen. Wegen des Holzes telefonieren wir nächste Woche.
Gruß, Achim

Stefan ging wieder hinein und warf einen Blick zum Telefon. Er konnte den Sicherheitsschlüssel mit dem blauen Anhänger am Bord hängen sehen. Wie gut, dass Achim daran gedacht hatte. Die Externsteine waren seit Jahren schon für Unbefugte gesperrt. Nur zu den festen Öffnungszeiten schlossen die Angestellten des Forstamtes die Gittertore an der Treppe auf, zeitgleich mit dem Kassenhäuschen. Bevor die Anlage auf diese Weise gesichert wurde, hatte sich immer wieder Gesindel dort oben aufgehalten. Obdachlose hatten in der Höhenkammer übernachtet, immer öfter musste man leere Flaschen und Essensreste forträumen, einmal sogar Spritzbesteck. Mehrmals hatten Unbekannte Feuerstellen hinterlassen. Eine Sauerei, der man leider nur entgegentreten konnte, indem man den Zugang sperrte.

Morgen brauchte Stefan jedoch die Externsteine für das Spektakel zur Wintersonnenwende. Er hatte sich für das Theaterstück eine geniale Szene überlegt, bei der der Wacholderteufel persönlich erscheinen sollte, als gäbe es eine direkte Verbindung zwischen Hölle und Felsen. Der Schauspieler sollte von ganz oben herabkommen, ausgeklügelte Beleuchtung und Effekte würden dem Ganzen eine überirdische Atmosphäre verleihen. Stefan wollte sich gleich morgen Nachmittag den Schlüssel holen, damit die Jungs von der Technik die Strahler und Nebelmaschinen montieren konnten. Da fiel ihm ein, dass der Förster hinter dem Schuppen für gewöhnlich neben dem Holz auch ein Arsenal an Leitern und Gerüsten aufbewahrte. Er hatte bislang noch gar nicht daran gedacht, diese Ausrüstung vielleicht direkt von hier mitzunehmen. Eigentlich wollte Konrad Gärtner, der als Maler arbeitete, einiges anschleppen, doch wenn diese Sachen bereits hier lagerten, könnte man sich eine Menge Plackerei ersparen. Er trat wieder zwischen die aufgetürmten Baumstämme und schaute sich um. Hinten war eine überdachte Nische, wenn er sich nicht täuschte, war dort ein Großteil der Ausrüstung versteckt. Es wäre besser, genau nachzusehen, was dort hinten vorrätig war. Die Stiefel waren eh verdreckt, der Gang zum Zaun würde nicht mehr viel Schaden an seiner Montur anrichten. Stefan rutschte zum Zaun, tatsächlich lagen unter einem kleinen Holzdach jede Menge Leitern in den verschiedensten Ausführungen. Er würde heute Abend bei Achim anfragen, ob er sie benutzen durfte. Und sich gleichzeitig bedanken, dass ihm der Förster so gut zur Seite stand. Der Gang durch den weichen Waldboden hatte sich also in jedem Fall gelohnt, freute sich Stefan. Prima Holz, den Schlüssel griffbereit und eine ganze Ecke weniger Schlepperei. Stefan ging zufrieden durch die Hütte zum Waldweg zurück und schloss die Tür. Er starrte auf den Weg und wusste erst nicht genau, was ihn eigentlich irritierte. Bis er bemerkte, dass außer seinen Stiefelspuren noch weitere frische Abdrücke im Matsch zu sehen waren, die zur Lagerhalle führten.

«Ist hier jemand?», rief er vorsichtshalber, schließlich wollte er nicht aus Versehen jemanden im Holzlager einsperren. Doch niemand meldete sich. Das Knacken im Unterholz rechts des Weges nahm er wahr. «Hallo?», rief er nochmal. Die Bäume ringsherum schluckten seinen Ruf und antworteten mit Schweigen. «Hallo?»

Es gab im Wald so viele Geräusche, kleine akustische Details in der Stille zwischen den Büschen und Bäumen. Ein sattes Tropfen – «platsch-platsch» – auf den kleinen Findling am Wegrand. Ein Vogelruf, allein und winterlich, irgendwo da oben. Dann nochmal das Knacken im Waldboden, etwas weiter weg. Stefan ging los. Das Schmatzen seiner Stiefel war lauter als die Töne des Waldes.

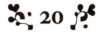

«Fahren wir zusammen zum Hermannsdenkmal?», fragte Wencke.

Der Junge hatte ihr Leid getan. Als der Platz seiner Mutter beim Mittagessen noch immer frei geblieben war, hatte Mattis mit den Tränen kämpfen müssen. Zur Ablenkung hatte Wencke ihn mit ins Schwimmbad genommen. Nicht nur zu seiner Ablenkung, wenn Wencke ehrlich war. Die Stunde bei Ilja Vilhelm hatte ihr wieder einmal zugesetzt. Noch nie hatte Wencke so lang und ausführlich über ihren Vater gesprochen, über einen Mann, den sie im Prinzip nicht kannte. Und von dem sie doch vielleicht einige Charaktereigenschaften vererbt bekommen hatte. Und die anderen Züge suchte sie bei ihren Partnern. Bei Ansgar, bei Axel Sanders, vielleicht auf ganz merkwürdige Weise auch bei so manchem Verbrecher. Der Vater hatte in ihrem Leben schon immer eine Rolle gespielt, wahrscheinlich sogar eine Hauptrolle, nur dass er nie auf der Bühne ihres Daseins erschienen war.

«Lassen Sie sich Zeit, darüber nachzudenken», hatte Vilhelm ihr geraten. «Und verlieren Sie Ihre zukünftige Mutterrolle dabei nicht aus den Augen. Schließlich sollten Sie sich bewusst darüber sein, dass auch Ihr Kind wahrscheinlich ohne anwesenden Vater groß werden wird.»

Wie gut hatte es getan, gemeinsam mit Mattis die ganze Sache erst einmal zu vertagen. Es war eine lustige Stunde mit ihm im Schwimmbad gewesen. Mattis konnte mit seinem Hinterteil jede Menge Wasser verdrängen, wenn er verbotenerweise vom Beckenrand sprang.

«Ich bin der Arschbombenkönig», hatte er gejohlt. Die Brillenschlange, die emsig ihre Bahnen auf und ab schwamm, hatte sich nicht besonders amüsiert. Was für Wencke und Mattis natürlich ein besonderer Reiz gewesen war, es auf die Spitze zu treiben. Weitspucken mit Chlorwasser, Handstand mit Luftanhalten, aus einer der Ruheliegen eine Wasserrutsche bauen. Wencke konnte sich nicht erinnern, wann sie das letzte Mal so viel Spaß gehabt hatte. Der kleine, dicke Junge weckte etwas in ihr. Es war erstaunlich. In einer ruhigen Minute sah sich Wencke das erste Mal mit ihrem eigenen Kind Unfug treiben, ihr inneres Auge zeigte Bilder, auf denen sie um die Wette rannte, bei McDonald's Hamburger futterte und mit Gas gefüllte Luftballons steigen ließ. Sie entdeckte eine andere Wencke. Sie war aufgeregt. Und im Stillen dankte sie Mattis dafür, dass er ihr – trotz der unglücklichen Umstände – ein wenig vom Muttersein beibrachte.

Deswegen fiel es ihr nicht schwer, als sie beide sich gerade abgetrocknet und angezogen hatten, ihm vorzuschlagen, auch den Rest des Tages miteinander zu verbringen.

Zudem hoffte Wencke, ein wenig über Nina zu erfahren. An der Rezeption hatte man ihr lediglich mitgeteilt, dass man immer noch nichts über ihren Verbleib gehört habe, doch dass die Polizei der Sache nachginge. Wencke stellte sicher, dass sie die

Karte mit der Handynummer ihres Bad Meinberger Kollegen noch immer in der Jackentasche hatte. Sie war drauf und dran, einmal von der Telefonzelle aus anzurufen und nachzufragen. Sie war nach wie vor beunruhigt.

«Zum Hermannsdenkmal? Warum?»

«Das steht heute auf dem Programm. Wir könnten ganz nach oben steigen und dann hinunterspucken.»

«Klingt gut. Aber ...»

«Was ist?»

«Ich muss noch den blöden Text auswendig lernen. Für das Theaterstück morgen. So was kann ich leider nur halb so gut wie Arschbomben.»

«Dann werden wir die Busfahrt dazu nutzen», schlug Wencke vor.

Mattis war damit einverstanden. Wencke kam mit auf sein Zimmer und half ihm dabei, frische Kleidung herauszusuchen. Der Kleiderschrank sah sehr ordentlich aus, auf den Bügeln hingen akkurat die Hosen und Pullover von Nina und ihrem Sohn. Nur die hellblaue Strickjacke, in der gestern der Zeitungsartikel gesteckt hatte, konnte Wencke nicht entdecken.

«Mattis, ich will ja nicht neugierig sein, aber weißt du zufällig, welche Kleidungsstücke deiner Mutter hier im Schrank fehlen, außer der Strickjacke natürlich?»

Er stellte sich neben sie und zog sich umständlich eine Jeanshose über. «Ich weiß, sie hatte drei Hosen und drei Pullover dabei, genau wie ich. Weil mehr nicht in einen Koffer gegangen wäre. Und die Winterjacke. Aber das ist alles noch da!»

«Überleg doch mal genau: Was könnte deine Mutter jetzt gerade anhaben?»

Er fuhr mit den Fingern über die verschiedenen Stapel, dann ging er zum Bett und schaute unter die Decke. Er gab einen guten Detektiv ab. «Wenn mich nicht alles täuscht, fehlt sonst nur der Schlafanzug.»

«Wirklich? Alles andere ist da?»

Er überprüfte nochmals. «Ich bin mir ziemlich sicher. Außerdem ist es ja auch logisch, schließlich ist meine Mutter in der Nacht verschwunden. Da hatte sie ihren weißen Pyjama an. Ich glaube nicht, dass sie sich vorher umgezogen ist, davon wäre ich sicher aufgewacht.»

«Hatte sie vielleicht einen Bademantel?», fragte Wencke, denn sie konnte sich nicht vorstellen, dass jemand im Dezember lediglich mit Schlafanzug und Baumwolljäckchen bekleidet spazieren ging.

Mattis schüttelte den Kopf und schaute auf seine Armbanduhr. «Wir müssen los, der Bus zum Hermannsdenkmal fährt in zehn Minuten.»

Sie beeilten sich und trafen gerade rechtzeitig, noch immer mit feuchtem Haar, um halb drei beim Treffpunkt vor der Klinik ein. Sie stiegen dort in den Kleintransporter zu den sechs anderen Frauen, die sich auf die Teutoburger Höhen zum heroischen Denkmal chauffieren ließen.

Irgendwie kamen beide jedoch nicht wie verabredet zum Textlernen. Es gab so viel zu begucken auf der kurzen Fahrt. Uralte Fachwerkhöfe rechts der Bundesstraße, Burger King am Ortseingang von Detmold, in der Ferne – kaum erkennbar in den tief liegenden Wolken – schon das Hermannsdenkmal. Schließlich waren sie da, und Mattis hatte seine Kopien nicht einmal aus dem Rucksack geholt. Der Fahrer ließ sie auf einem leeren Parkplatz aussteigen. Alle verabredeten sich, in zwei Stunden wieder hier zu sein, und stoben auseinander. Nur Wencke und Mattis standen noch einen Moment auf dem von Nieselregen in ungemütliches Grau gefärbten Platz, schauten sich die wenigen verlassenen Autos an. Wer wollte schon im Winter so wenige Tage vor Weihnachten diesen Ort hier besuchen? Wo es doch eigentlich nicht viel mehr als einen überdimensionalen Mann aus Kupferblech zu bestaunen gab. Vor ihnen ging ein Fußweg leicht bergauf. Einige Souvenirshops standen verlassen hier und da. Bei einem waren die Holzläden nicht verschlossen. Eine gelangweilte Frau mit Strickzeug saß hinter der Scheibe und erschrak ein wenig, als Wencke grüßte.

«Haben Sie eine Infobroschüre?»

Mit einem freundlichen Nicken reichte sie ein Faltblatt durch das Fenster. «Kann ich noch was für Sie tun?»

Um die Dame herum war das graue Denkmal in allen erdenklichen Souvenir-Variationen zu sehen: Es gab den Hermann in einer weihnachtlichen Schneekugel, auf Bierkrügen und Fahnenwimpeln. Die Figur mit dem Flügelhelm und dem siegessicher in die Höhe gestreckten Arm prangte auf T-Shirts, die in mehreren Sprachen darauf hinwiesen, dass man sich hier an einem bedeutenden Ort befand.

«Nein danke, vielleicht später.»

Mattis zögerte. «Aber ich …» Er kramte seinen Brustbeutel hervor und suchte umständlich nach Kleingeld. Wencke musste an sich selbst denken, als sie noch ein Mädchen war und auf Klassenfahrten das magere, penibel abgezählte Taschengeld zu verwalten hatte, wenn die angebotenen Souvenirs allzu verlockend schienen.

Er hielt einen Porzellanteller in der Hand und las die Inschrift: «An diesem schönen Orte hab ich an dich gedacht und habe dir zur Freude dies Bildlein mitgebracht.» Er wendete den vermeintlichen Schatz. «Das wäre doch was für Mama.»

«Lass mal, Mattis, wir können immer noch zuschlagen, wenn wir wieder zurückkommen. Dann müssen wir den Einkauf nicht die ganze Zeit mit uns rumschleppen.»

Er schien überzeugt und ließ die Geldbörse wieder unter dem Anorak verschwinden.

Wencke und Mattis schlenderten den Hinweisschildern folgend durch den Park, dessen Wege alle zum Steinkoloss führten. Die anderen Kurteilnehmer waren ihnen weit voraus. Es war unausgesprochen klar, dass Mattis und Wencke unter sich bleiben wollten.

Wencke blätterte im Gehen im Heft und übersetzte die trockenen Informationen simultan in Mattis Sprache. «Arminius der Cheruskerfürst, im Volksmund einfach Hermann genannt, war ein echter Siegertyp. Hat gleich drei römische Legionen in einen Hinterhalt gelockt und bei der legendären Varusschlacht besiegt. Man dankt ihm an dieser Stelle, dass er die Germanen vor der römischen Herrschaft bewahrt hat. Wer weiß, vielleicht wäre ohne ihn heute alles anders.»

«Hier wimmelt es nur vor solchen Typen», sagte Mattis.

Wencke fand den Einwurf merkwürdig. War es nicht so, dass Jungens in Mattis' Alter Helden wie Hermann bewunderten?

«Immer diese Muskelmänner, die irgendwas erobern wollen, in Beschlag nehmen. Genau wie diese Wacholderteufel. Ich kann das nicht ab», sagte er, während er einen kleinen Stein vor sich her kickte. Das Denkmal vor ihnen wurde, je näher sie kamen, immer größer. Der türkisfarbene Soldat mit den strammen Oberschenkeln stand auf einem gotischen Sockel, leicht verwitterte Steinornamente verliehen dem Gebäude einen fast sakralen Charakter.

«Vom Unterbau bis zur Schwertspitze sind es immerhin mehr als fünfzig Meter», las Wencke vor. «Sie haben siebenunddreißig Jahre daran gebaut. Der Architekt hat die letzten Jahre seines Lebens in einer kleinen Hütte direkt hier oben gewohnt, weil sein ganzes Geld für diesen Bau draufgegangen ist.»

«Er hätte was Besseres mit seinem Leben anfangen können», gab Mattis altklug zu bedenken.

«Nun, er war auch Vater von sieben Kindern.»

«Noch schlimmer», sagte Mattis.

Sie stiegen die Treppe zum Sockelbau hinauf. Wenn man nun hinaufblickte, verschwand die Statue nach und nach hinter dem klobigen Unterbau.

«Wollen wir ganz rauf?», fragte Wencke, und als Mattis nun doch endlich etwas interessiert nickte, kaufte sie zwei Eintrittskarten. «Es sind insgesamt über hundert Stufen, aber man kommt sowieso nur bis zum Beginn der Kuppel. Angeblich ist mal jemand dem Hermann durchs Nasenloch geplumpst.»

«Also los!», sagte Mattis mit einer freudigen Energie, von der nach den ersten zwei Umrundungen der Wendeltreppe nicht mehr viel übrig blieb. Auch für Wencke mit ihrem runden Bauch war es kein Pappenstiel, den Turm zu erklimmen, doch ihre Kondition war vorbildlich im Vergleich zu Mattis'. Er schnaufte und schleppte seine Turnschuhe nur mühsam von Stufe zu Stufe. Es war schade, dass er so dick war, eigentlich passten die Trägheit seines Körpers und die mangelnde Kondition gar nicht zu seinem Wesen.

Endlich angekommen, hatte Wencke Sorge um den völlig verschwitzten Jungen. Er stützte sich mit beiden Händen am Geländer ab und hatte die ersten Minuten gar keinen Blick für die Aussicht übrig. Wencke lenkte ihn ab, zeigte in der Ferne die Kamine von *Hornitex*, der großen Fabrik im Partnerstädtchen Bad Meinbergs. Besser zu sehen waren die Kirchtürme von Detmold, deren Namen Wencke nicht kannte.

Als Mattis wieder normal atmen konnte, interessierte er sich trotzdem kein Stückchen mehr für die Umgebung. Ausgerechnet jetzt holte er den Theatertext aus dem Rucksack. «Hier, ich lese dir mal vor, was wir für einen Mist spielen müssen.»

Er las ohne Betonung und viel zu schnell einen Dialog zwischen einem Teufel und einem jungen Mädchen. «Du kannst nicht kaufen meine Liebe. Und du nicht stoppen des Teufels Triebe.» Er schaute von seinem Blatt auf. «Sag mal ehrlich, Wencke, das ist doch ziemlicher Schrott.»

«Nun, es ist eine Legende», lenkte Wencke ein. «Alte Geschichten kommen uns heute manchmal merkwürdig vor.»

«Ich mag es nicht.» Sie liefen am Geländer entlang. «Wie war dein Vater so?», fragte er unvermittelt.

Wencke schaute ihn an. Es kam ihr beinahe so vor, als habe er ihrem Therapiegespräch am Vormittag gelauscht. Jahrelang hatte niemand sie nach Claus-Peter Tydmers gefragt, und nun wurde sie innerhalb weniger Stunden regelrecht gelöchert. «Wie kommst du darauf?»

«Wegen diesem Architekten, der sieben Kinder hatte und trotzdem seine ganze Kohle in ein Denkmal gesteckt hat.»

«Ach so. Na ja, ich habe nur einen Bruder, und mein Vater hat, soweit ich weiß, immer pünktlich seine Alimente gezahlt. Meine Eltern haben nicht zusammengelebt. Ich kannte ihn nicht richtig. Und inzwischen ist er schon gestorben.»

«Ich weiß noch nicht einmal, wer mein Vater ist.»

«Und was ist mit dem Mann deiner Mutter?»

«Er heißt Hartmut. Aber er ist ja nicht mein leiblicher Vater. Den habe ich nie kennen gelernt, und meine Mutter sagt, er sei tot und sie wolle nicht darüber reden.»

«Vielleicht ändert deine Mutter ja hier ihre Meinung. Wenn sie einmal ein bisschen zur Ruhe kommt und darüber nachdenken kann, und dann wird sie dir vielleicht etwas über ihn erzählen.»

«Wer ist denn der Vater von deinem Kind? Ist es dein Mitbewohner?»

Wencke lachte. «Nein, der ist es nicht. Axel Sanders, so heißt mein Kollege, ist nur so etwas wie ein guter Freund. Der Vater von dem Kleinen hier», sie fühlte ihren Bauch, «der ist ein netter Kerl. Aber ich liebe ihn nicht. Warum fragst du das?»

«Ich wüsste manchmal gern, warum ich so bin, wie ich bin.»

«Das kann ich gut verstehen.»

«Manchmal denke ich, wenn der Hartmut nun so was wie mein Vater ist, dann werde ich automatisch später mal so wie er. Und das will ich auf keinen Fall.»

«Wieso, wie ist er denn?»

Sie gingen nun langsam im Kreis um den Hermann herum. Mattis zeigte zu dem Koloss auf. «Hartmut ist auch so ein Typ. So einer wie dieser Held hier oder wie der Wacholderteufel, von dem ich dir gerade vorgelesen habe. So einer, der alles erobern will. Der immer plant und alles gut hinkriegt, aber eigentlich was … nichts Gutes im Schilde führt. Ich kann ihn nicht ausstehen. Und manchmal habe ich Angst vor ihm.»

Sogleich schnürte etwas in Wencke die Luft ab. Sie kannte leider zu viele Geschichten, in denen Kinder Angst hatten vor Männern wie diesem Hartmut. Ihr kam für einen flüchtigen Moment das tote Mädchen in Dornumersiel in den Sinn. Es lag erst ein paar Tage zurück, dass sie sich mit diesem Thema hatte beschäftigen müssen.

«Er hat mir noch nie was getan. Da kann ich mich nicht beschweren. Wir haben auch kaum etwas miteinander zu tun. Obwohl er den ganzen Tag zu Hause ist. Er ist nämlich schon etwas älter, weit über fünfzig. Und wegen seiner gesundheitlichen Probleme ist er schon in Rente. Also liegt er den ganzen Tag im Bett oder hängt vor dem Fernseher ab. Ich gehe ihm meistens aus dem Weg.»

«Aber deine Mutter arbeitet doch den ganzen Tag. Wäre es nicht viel besser …»

«Ich weiß genau, was du jetzt sagen willst», unterbrach er sie und blieb stehen. «Eigentlich könnten wir beide doch ein gutes Team sein, den Haushalt schmeißen, zusammen kochen, Hausaufgaben machen und so weiter.»

Wencke nickte, genau das hatte sie sagen wollen. Sie ahnte, dass dies nicht der beste Vorschlag ihres Lebens war.

«Meine Mutter macht das alles, wenn sie nach Hause kommt.

Und das ist auch gut so. Würde Hartmut es machen, dann gäbe es eine Katastrophe.»

«Also kommt Nina am späten Nachmittag von der Arbeit nach Hause, und dann macht sie Essen, übt mit dir für die Schule, wäscht eure Klamotten, putzt wahrscheinlich noch euren Dreck weg, während ihr Männer den ganzen Tag auf der faulen Haut liegt? Also, Mattis, das hätte ich von dir nicht erwartet.»

Er erwiderte nichts. Man konnte ihm keinen Funken schlechten Gewissens ansehen.

«Wann schläft deine Mutter denn dann überhaupt mal?»

«Meine Mutter schläft nie», sagte er, und es bestand kein Zweifel daran, dass er soeben die volle Wahrheit aussprach. «Wollen wir wieder runtergehen? Mir wird langsam kalt.»

Wencke nickte. Beim Abstieg fragte sie: «Was meinst du eigentlich, wo deine Mutter jetzt steckt?»

Er antwortete wie aus der Pistole geschossen, so, als habe er schon die ganze Zeit auf diese Frage gewartet: «Ich glaube, die ist weg. Sie liegt irgendwo und schläft sich erst mal richtig aus.»

«Hallo, Axel! Hier ist Wencke. Und?»
«Die Post hat sich richtig beeilt. Ich hatte schon heute Vormittag deinen Brief in den Händen. Du hättest wenigstens ein, zwei persönliche Zeilen dazuschreiben können.»
«Es war aber dienstlich, Axel Sanders. War denn unsere Spurensicherung genauso schnell wie die Post?»
«Pass mal auf, Wencke Tydmers. Wir machen das jetzt so. Du erzählst mir, ganz privat bitte schön, wie es dir geht, und dann bekommst du die Informationen, nach denen du so lechzt.»
«Wie bei ‹Das Schweigen der Lämmer›? Quid pro quo?»
«Ich bin aber kein geisteskranker Kannibale und du nicht Jodie Foster.»

«Ich habe mich angefreundet.»
«Oh, schön. Mit einer Mitpatientin?»
«Ich warte …»
«Ach so, also, okay. Die Fingerabdrücke waren registriert.»
«Mit einem Vertreter des männlichen Geschlechts.»
«Du hast mit einem Mann Freundschaft geschlossen? Aha! Aber ich dachte, es sei eine reine Frauenklinik. Oder meinst du etwa Ilja Vilhelm?»
«Welche Fingerabdrücke?»
«Es war außer deinen nur noch eine Sorte zu finden, sowohl auf dem Becher wie auch auf dem Zeitungsausschnitt. Ist das nicht höchst unprofessionell, wenn ein Therapeut sich mit einer Patientin anfreundet?»
«Was ich mit meinem Therapeuten zu bereden hatte, bleibt mein Geheimnis. Ich habe mich mit einem zehnjährigen Jungen angefreundet. Seine Mutter ist verschwunden, und er sitzt an meinem Tisch. Er ist der Sohn von den registrierten Fingerabdrücken.»
«Von Janina Grottenhauer.»
«Janina Grottenhauer?»
«Ja, zumindest hieß sie vor gut zehn Jahren so, als ihre Fingerabdrücke in unserer Kartei gelandet sind. Sie könnte inzwischen geheiratet haben.»
«Du hast Recht. Und dann hat sie ihren Vornamen einfach um zwei Buchstaben verkürzt. Jetzt verstehe ich.»
«Was?»
«Der Polizist hat heute Morgen mit Nina sprechen wollen. Na, wenn das nicht etwas mit ihrem Verschwinden zu tun hat. Ich muss morgen unbedingt zur Dienststelle.»
«Janina Grottenhauer, oder wie auch immer sie nun heißt, ist verschwunden? Nun, vielleicht besucht sie nur ein paar alte Bekannte.»
«Wie meinst du das?»

«Ich möchte erst ein paar Infos von dir.»
«Hör mal, Axel, im Prinzip sind das die einzigen Informationen, die ich dir geben kann und will. Meine Tischnachbarin ist seit heute Morgen verschwunden, und ich mache mir Sorgen, weil sie mir gegenüber Selbstmordabsichten geäußert hat. Dann war heute Vormittag ein Bad Meinberger Kollege hier in der Klinik und hat nach der Frau gefragt. Und ihr Sohn hat mir heute Nachmittag angedeutet, dass es zu Hause in Bremen ziemliche Probleme gibt. Und das ist das Einzige, mit dem ich mich hier auseinander zu setzen habe. Es sei denn, es interessiert dich ernsthaft, dass sie uns hier seit Tagen Schnee versprechen, es aber von morgens bis abends nieselt.»
«Nein, ich wollte wissen, wie es dir geht und deinem Bauch.»
«So weit gut. Warum sollte Janina Grottenhauer hier alte Bekannte besuchen?»
«Weil sie aus Bad Meinberg stammt. Ich dachte, du wüsstest das.»
»Nein, zu mir hat sie gesagt, sie sei noch nie hier gewesen. Aber jetzt wird mir einiges klar: Warum sie so viele Details über Bad Meinberg wusste. Warum sie sich dauernd so verfolgt fühlte.»
«Kein Wunder. Sie hat nämlich eine unrühmliche Vergangenheit. Wir haben ihre Fingerabdrücke beim Verfassungsschutz gefunden. Eigentlich dürften sie nicht mehr gespeichert sein, immerhin war die Grottenhauer noch nicht volljährig, als sie mit den Neonazis in Detmold vor einem Aussiedlerhaus randaliert und sich mit den Antifaschisten Straßenkämpfe geliefert hat.»
«Was?»
«Sie ist mit sechzehn Jahren mal für eine Nacht im Knast gewesen. Die haben in einem Asylantenheim gezündelt,

es gab eine schwer verletzte Afrikanerin. Mehr weiß ich nicht.»

«Ich bin sprachlos.»

«Sie soll damals die Freundin von einem gewissen Ulrich Brampeter gewesen sein. Aus Bad Meinberg, einschlägig vorbestraft wegen brauner Sachen. Aber der ist inzwischen tot. Autounfall vor zehn Jahren. Na, bist du zufrieden mit mir?»

«War ich jemals unzufrieden?»

«Soll ich dir das wirklich beantworten?»

«Oh, warte mal, Axel. Wir müssen aufhören. Ich hab hier was zu tun.»

«Ich habe das Gefühl, du bist eher im Abenteuerurlaub als …»

«Mein neuer Freund Mattis steht gerade vor mir. Er kann nicht schlafen.»

«Wencke, Wencke, Wencke!»

21

«Der Schlüssel, Brampeter! Ich hatte dich ausdrücklich gebeten, ihn bis heute Nachmittag hängen zu lassen.» Achim war verärgert, kein Zweifel. Stefan ahnte schon am Telefon, welches Gesicht der Leiter des Forstamtes gerade zog, er neigte zu Bluthochdruck, sein Teint hatte bereits im Ruhezustand eine auffällige Rotfärbung. Doch Stefan Brampeter war sich keiner Schuld bewusst.

«Ich habe den Schlüssel nicht genommen», betonte er nun bereits zum x-ten Mal.

Das Schnauben am anderen Ende der Leitung ließ darauf

schließen, dass Achim ihm keinen Glauben schenkte. «Wir können die Tore an den Externsteinen nicht öffnen. Ausgerechnet heute, am Morgen der Wintersonnenwende. Es ist bereits eine Busladung rüstiger Senioren aus Paderborn eingetroffen, die stehen jetzt hier wie bestellt und nicht abgeholt.»

«Wenn ich es aber nun mal nicht war? Als ich gestern die Lagerhalle verließ, baumelte der Schlüssel mit dem blauen Anhänger hundertprozentig noch am Brett.»

»Jetzt aber nicht mehr, und außer dir war inzwischen niemand dort im Wald. Wenn es einer meiner Männer gewesen wäre, so hätte er längst gestanden. Ich habe nämlich bereits ein Donnerwetter losgelassen, das niemand so schnell vergisst.»

«Aber es gibt doch einen zweiten Schlüssel, oder nicht?»

«Witzbold. Der hängt bei mir zu Hause in Detmold, den hätte ich also frühestens in einer halben Stunde. Die Seniorenrunde trinkt derzeit einen Kaffee auf unsere Kosten, oder wie stellst du dir das vor?»

Im Kopf war Stefan Brampeter während dieses Telefonates mehr als nur einmal den Besuch im Holzlager durchgegangen. Er hatte die Stämme begutachtet, den Brief gelesen, den Schlüssel gesehen, dann hatte er noch schnell nach den Leitern geschaut und war schließlich, nachdem er die Tür verschlossen hatte, wieder nach Hause spaziert. Es machte ihn wütend, dass Achim ihm misstraute. Eigentlich hatte er heute Besseres zu tun, als sich wegen nichts und wieder nichts beschimpfen zu lassen. Er hatte heute Abend ein großes Fest zu organisieren. Die letzten Proben und der Aufbau sollten heute am frühen Nachmittag vonstatten gehen. Was kümmerte ihn der Altenclub Paderborn? Nur konnte er schlecht so etwas zum Leiter des Forstamtes sagen. Immerhin wollte er etwas von ihm – preiswertes Qualitätsholz und den Zugang zu den Externsteinen –, da konnte er nicht so losblaffen, wie er es gern getan hätte. Nach den Leitern wollte er nun lieber gar nicht erst fragen.

«Brampeter, was ist nun? Hast du den Schlüssel?»

22

Wencke hatte schon lange nicht mehr das Bett mit jemandem geteilt. Und noch nie hatte ein Mensch neben ihr gelegen, der so unruhig schlief wie Mattis. Der kleine Kerl hatte die ganze Palette drauf: Zähneknirschen, laut durch den Mund atmen, keine fünf Minuten ruhig liegen bleiben. Zwischen elf und halb zwölf hatte er sogar im Schlaf gesprochen, unverständliche, aufgeregte Worte, als müsse er im Traum einen Kampf ausfechten. Wencke war klar: Er machte sich große Sorgen um seine Mutter. Und wenn er am Tag den Eindruck erwecken wollte, er ginge ihm gut, so durchlebte er die Angst eben unbewusst im Schlaf. Zu gern hätte Wencke gewusst, was im Kopf des ihr inzwischen ans Herz gewachsenen Jungen vorging. Als er im Traum geweint hatte, hatte Wencke ihn in den Arm genommen und eine ausgedachte Melodie gesummt. Tatsächlich hatte er sich beruhigt. Und weit nach Mitternacht war es dann auch Wencke gelungen, sich auf der übrig gebliebenen Hälfte des Einzelbettes einigermaßen bequem hinzulegen. Ab und zu hatte sie sogar geschlafen.

Der Morgen war gemächlich in Gang gekommen. Noch vor dem Aufstehen hatte Mattis kurz das Thema auf seine Mutter gebracht.

«Aber wenn sie nur im Schlafanzug unterwegs ist, dann stimmt doch was nicht.» Wencke wusste, dass er Recht mit seiner Befürchtung hatte. Genau dieser Sachverhalt war es, der ihr seit dem Verschwinden Kopfzerbrechen bereitete. Ihr fiel beim besten Willen nichts ein, was seine Sorge hätte entkräften können.

«Bei mir macht sie immer einen Riesenaufstand, wenn ich mal meine blöde Wollmütze nicht aufsetze. Und sie geht nachts im Pyjama spazieren und kommt nicht zurück. Da ist was faul!»

«Die Polizei weiß Bescheid, die Kurleitung weiß Bescheid ... lieber Mattis, mehr können wir im Moment nicht machen. Du musst jetzt gleich zur Schule ...»

«Scheiß auf die Schule ...», entfuhr es Mattis. «Ich will sie suchen!»

Wencke konnte ihn verstehen. Auch sie wäre am liebsten direkt aufgesprungen und hätte sich auf die Suche gemacht. «Ich bin doch Polizistin. Und ich weiß, wie es bei solchen Sachen läuft. Die Kollegen hier in Bad Meinberg sind bestimmt schon seit Stunden auf den Beinen und suchen nach deiner Mutter.» Diese kleine Notlüge musste einfach sein, sie wollte den Jungen beruhigen, auch wenn sie nicht wirklich glaubte, dass man bereits Mannschaften zur Suche losgeschickt hatte. So schnell ging das nie.

«Und wenn ...», er fing an, leise zu schluchzen, und Wencke ahnte, dass er sich deswegen genierte, «... und wenn sie nicht wiederkommt?»

«Wir werden sie finden», sagte Wencke mit festem Blick auf den Jungen.

«Versprochen?», brachte er mühsam hervor.

Was sollte Wencke da antworten? Nein, versprechen kann ich dir das nicht. Es gibt auch Fälle, in denen tauchen Menschen nie wieder auf, oder man findet sie, aber sie sind tot. Nein, das konnte sie ihm unmöglich sagen. Auch wenn es die Wahrheit war.

«Versprochen?», hakte er noch einmal nach.

Ihr gelang ein ernster Blick in seine Augen. «Das verspreche ich dir.» Und dann suchte sie schnell nach einem anderen Thema, lenkte das Gespräch auf den Auftritt am Abend und fragte, ob er Lampenfieber hätte.

Nach ein paar Sekunden reagierte Mattis auf ihre Frage, und nach anfänglichem Zögern war er wahrscheinlich auch froh, an etwas anderes zu denken. Während er sich anzog und wusch, rezitierte er seinen Text. Doch es fiel Wencke schwer, seiner Vorstellung zu folgen. Es war zwar gut, Nina Pelikan – oder Janina Grottenhauer, wie auch immer – in Gegenwart des Jungen weitestgehend auszuklammern.

Doch nichtsdestotrotz: Wenckes Sorge um die Mutter ihres Schützlings steigerte sich von Minute zu Minute. Die zweite Nacht, in der die Frau verschwunden war. Ein Versehen, eine Zerstreutheit war nun so gut wie ausgeschlossen. Und die Gefahr, dass Nina etwas zugestoßen sein musste, nahm stetig zu, parallel zu den Befürchtungen, sie könne bei den winterlichen Temperaturen, sollte sie draußen übernachtet haben, inzwischen handlungsunfähig sein. Die Klinikleitung hatte in der Angelegenheit kein Sterbenswörtchen mehr fallen lassen, weder ihr noch Mattis gegenüber. Die Nachfragen an der Rezeption waren ergebnislos geblieben, Viktoria Meyer zu Jöllenbeck hatte sich verleugnen lassen. Einmal, gestern nach dem Abendessen, war Wencke trotzdem in deren Büro gestürmt. Doch der Schreibtisch war aufgeräumt und der Ledersessel leer gewesen.

Aber Mattis hatte Recht, es war nun höchste Zeit zu handeln. Wencke hatte bereits einige Anwendungen hinter sich gebracht. Mattis war in der Schule mit Theaterproben beschäftigt. Bis zum Mittagessen blieb noch genügend Zeit, sich mit dem Leihfahrrad aufzumachen in Richtung Bad Meinberg City, wo sie den netten Polizeibeamten besuchen wollte.

Die Tür zum kleinen Bungalow, in dem die Wache untergebracht war, war verschlossen, an der Glastür klebte ein Zettel «Bin gleich zurück». Ein nettes Bild, dachte Wencke und vermutete, dass in diesem Ort jeder den Ordnungshüter persönlich kannte und achtete.

Die Müdigkeit machte ihr zu schaffen, und der immer noch nervende Nieselregen ließ ein paar Minuten Wartezeit an der frischen Luft wenig verlockend erscheinen. Gegenüber war eine Bäckerei mit angrenzendem Café. Die Lust auf Koffein und einen trockenen Sitzplatz ließ sie das Fahrrad in den Ständer stellen und über den kleinen gepflasterten Platz gehen. Sie bestellte am Tresen ein Puddingteilchen und einen Cappuccino, dann setzte sie sich in den Caféraum, der mit grünem Teppich, grünen Polstern und ebenso grünen Tapeten ausgestattet war. Nur die Stühle und Tische waren braun. Am Kopfende war eine Bühne aufgebaut, ein Bergpanorama auf der Rückwand gab eine volkstümliche Kulisse. «Der singende Bäcker» verkündeten einige Plakate, auf denen ein bärtiger Mann abgebildet war. Eine gemütliche Frau kam herein, stellte das Bestellte auf das gold umhäkelte Deckchen und folgte Wenckes Blick Richtung Poster.

«Das ist mein Chef», verriet sie. «Er wollte immer Sänger werden, musste aber die Bäckerei seines Vaters übernehmen. Da hat er das eine mit dem anderen verbunden. Einmal die Woche tritt er hier auf. Die Veranstaltungen sind immer gut besucht.»

Wencke nickte anerkennend.

«Und Sie sind hier in Kur?», fragte die Angestellte des singenden Bäckers und gab sich sogleich selbst die Antwort: «In der *Sazellum*-Klinik wahrscheinlich, wenn ich mir Ihren Bauch so anschaue.»

«Köstlich», befand Wencke das Puddingteilchen.

«Nicht wahr? Ich weiß auch nicht, was mein Chef besser

kann: Singen oder Backen.» Nun schob die Bedienung ihren beachtlichen Hintern auf einen der Nebentische und verschränkte die Arme. «Aber hören Sie, wenn Sie dort in dem Haus sind, dann kennen Sie doch auch die Janina Grottenhauer, oder?»

Wencke verschluckte sich an einem Gebäckkrümel. Die Frau schlug ihr beherzt mit der flachen Hand auf den Rücken.

«Sie ist ja ein Bad Meinberger Kind, die Janina. Und sie hat wohl auch ihren Sohn mitgebracht, munkelt man …»

Wencke trank einen Schluck Kaffee gegen den andauernden Hustenreiz.

«Das ist der Sohn vom toten Brampeter.»

Jetzt hörte Wencke nur noch zu. Sie hatte längst schon gemerkt, dass sie hier am meisten erfuhr, wenn sie nichts sagte.

«Der Ulrich, eigentlich ein feiner Junge, den hat sie damals in Detmold einfach so über den Haufen gefahren. Sagt man zumindest. Beweisen konnte man es ja nicht, dass es kein Versehen war. Aber hier in Bad Meinberg denkt jeder, sie hat sich an ihm rächen wollen.»

Die Frau schüttelte den Kopf und ging Richtung Küchentür. Jetzt bloß nichts sagen, dachte Wencke. Sie wird sich die Chance nicht entgehen lassen, auch den Rest zu erzählen. Dass sie nun so tut, als habe sie noch etwas zu erledigen, ist nur Show. Sie will es sicher loswerden. Wencke rührte sich Zucker in den Cappuccino.

«Wegen der Sache damals in Detmold. Weil er sie da mit reingerissen hat. Brandstiftung wollten sie ihr anhängen. Sie hätte angeblich den Molotowcocktail durch die Fensterscheibe geschmissen. Also die Janina Grottenhauer.»

Jetzt ging die Frau tatsächlich in das andere Zimmer. Doch zum Glück sprach sie weiter. Wahrscheinlich inzwischen schon eher mit sich selbst als mit Wencke, die ja schließlich nur ein Gast war, eine Fremde, die sich eine Puddingschnecke einverleibte.

«Ich glaube ja, die haben sie nur alle beschuldigt, weil sie die Jüngste war. Und die Einzige ohne Vorstrafenregister. Die hatten alle Flausen im Kopf, aber so ist das wohl bei den jungen Leuten. Und weil die Janina damals unter sechzehn war, konnte man sie strafrechtlich noch nicht belangen. Und da haben alle gesagt, sie wäre das mit dem Brandsatz gewesen.» Wencke konnte durch die offene Tür nicht nur alles gut verstehen, sie hatte die Frau auch im Blickwinkel. Diese belegte mit routinierten Handbewegungen Brötchen mit Schinken, Käse und Salatgarnitur.

«Die ganze Gruppe hat einstimmig gesagt, die verletzte Ausländerin ginge auf Janinas Kosten. Nur das Mädchen selbst hat es abgestritten. Und wenn Sie mich fragen», nun schaute die Frau auf und blickte Wencke direkt an. Sie war sich also doch ihrer interessierten Zuhörerin bewusst. «Wenn Sie mich fragen, hat die Janina das auch nicht gemacht. Aber natürlich blieb diese Sache an ihr hängen. Und ich vermute mal, aber egal ...»

Bitte red weiter, dachte Wencke.

«Die *Wacholderteufel* ...» Nach einem tiefen Seufzen schwieg die Verkäuferin. Sie trug die belegten Brötchen in den Laden, und Wencke beobachtete sie dabei, wie sie die appetitlichen Stullen in der Auslage platzierte. Dann betrat eine Kundin den Laden, die beiden begannen ausgiebig zu tratschen.

Wencke hatte den Cappuccino und den Kuchen schon längst verputzt. Durch die Fensterscheibe sah sie den Polizisten, wie er vom Fahrrad stieg und das Vorderrad am Fahrradständer ankettete. Nun, wenn die Angestellte des singenden Bäckers beschlossen hat, mit einem Mal Diskretion walten zu lassen, dann besuche ich eben meinen sympathischen Kollegen gegenüber, dachte Wencke.

Sie stand auf, ging zum Tresen hinüber, zahlte die Zwischenmahlzeit und legte, gewissermaßen für die Information, noch ein vergleichsweise üppiges Trinkgeld dazu.

Die Frau freute sich. «Heute Abend singt mein Chef bei der Wintersonnenwende an den Externsteinen. Kommen Sie auch?»

«Ja, natürlich», antwortete Wencke. «Und der Sohn von Frau Grottenhauer wird auch dabei sein. Er spielt ein Teufelskind!»

Die beiden Bad Meinbergerinnen starrten sie mit offenen Mündern an. Der Kundin entfuhr ein «Ausgerechnet!».

Wencke verließ mit freundlichem Gruß die Bäckerei. Egal, wo immer sie in den fünfunddreißig Jahren ihres Lebens gewohnt hatte, noch nie hatte sie sich am Dorftratsch beteiligt. Vor allem: Noch nie war sie eine von denjenigen gewesen, die etwas richtig Interessantes dazu beizutragen hatten. Aber jetzt, als die beiden Damen ihr hinterherschauten, wie sie Richtung Polizei marschierte, da fand sie es richtig aufregend, einmal ganz kurz in diese Rolle geschlüpft zu sein.

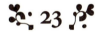

23

«Wer oder was sind oder waren denn die *Wacholderteufel*?», fragte die netteste Besucherin, die Norbert Paulessen sich an diesem Morgen in seinem Büro nur wünschen konnte. Er hatte gerade die Regenhose ausgezogen und zum Trocknen über die Heizung gehängt, als die rothaarige Schwangere die Wache betrat, offensichtlich gut gelaunt und noch ein bisschen attraktiver als gestern vor der *Sazellum*-Klinik.

Als sie sich ihm als Kollegin vorstellte, war er ziemlich perplex. Noch dazu bekleidete sie einen höheren Dienstgrad, was bei ihm ein nervöses Stottern auslöste. Instinktiv schob er den großen Papierlocher vor das Bild mit Frau und Zwillingen.

Sie erzählte ihm kurz und bündig, dass es sich bei der Frau, die er gestern gesucht hatte, um dieselbe Person handelte wie ihre seit gestern verschwundene Tischnachbarin. Darauf war Paulessen inzwischen auch schon gekommen, die Kollegen von der Streife hielten die Augen auf, er stand in ständigem Kontakt zur Klinikleitung, und den Ehemann hatte man auch schon zu verständigen versucht. Sie waren also nicht untätig, was Nina Pelikan anging, aber er sagte nichts dazu, weil diese Wencke Tydmers so herzerfrischend plauderte, dass jede Unterbrechung zu schade gewesen wäre. Sie berichtete von Nina Pelikans depressivem Verhalten, von den Andeutungen ihres Sohnes, was den häuslichen Frieden anging, sie schimpfte leidenschaftlich auf die ignorante Klinikleitung und erwähnte zum Schluss die Geschichte, die ihr in der Bäckerei erzählt worden war. Und dann fragte sie ihn, wer oder was die *Wacholderteufel* seien.

«Ich habe beim Rundgang in der Klinik diesen Begriff bereits gehört. Frau Meyer zu Jöllenbeck sagte, es handle sich dabei um eine Art Heimatverein. Und mein derzeitiger Ziehsohn hat mir von dem Theaterstück und der alten Legende erzählt. Aber warum sollte die Verkäuferin des singenden Bäckers die Gruppe dann im Zusammenhang mit dem rechtsradikal motivierten Überfall auf ein Asylantenheim vor mehr als zehn Jahren erwähnen?»

Paulessen brauchte erst ein paar Sekunden, bis er begriff, dass nun er an der Reihe war, so versunken war er in der Betrachtung der hübschen Frau. «Ich war damals bei der Bundeswehr. Ich hatte mich für ein paar Jahre verpflichten lassen, war im Münsterland stationiert. Deswegen ist mir die ganze Sache nicht so geläufig. Aber wir können ja mal in den Akten nachschauen.»

«Ginge es am PC nicht viel schneller? Sie sind doch sicher mit der Dienststelle in Detmold vernetzt.»

«Schön wär's», seufzte Paulessen. «So weit sind wir hier noch nicht.»

«Aber solche Monster von Papierlocher anschaffen, dafür reicht's dann doch noch.» Sie griff nach dem Gerät, entdeckte natürlich prompt das Familienfoto dahinter und schnappte es sich mit einem «Darf ich?».

«Meine Frau, meine Kinder», sagte Paulessen resigniert.

Sie lächelte das Foto an und stellte es wieder zurück.

Paulessen ging in den Hinterraum und holte die Akte.

Seine Besucherin staunte. «Sie brauchen gar keinen PC, schneller hätte der es auch nicht herausfinden können.»

«Ich habe gestern erst darin geblättert, deswegen musste ich nicht so lange suchen.»

Er legte den Ordner auf den Schreibtisch und schlug die Stelle auf, an der ihm schon gestern die vielen Papiere aufgefallen waren, auf denen von Rechtsradikalismus die Rede gewesen war.

«Warum haben Sie gestern eigentlich nach Nina Pelikan alias Janina Grottenhauer gesucht? Ich glaube nicht, dass Frau Meyer zu Jöllenbeck die lackierten Fingernägel dazu genutzt hat, Sie in dieser Angelegenheit anzuwählen und telefonisch zu unterrichten ...»

«Nun, Ihnen als Kollegin kann ich es ja erzählen. Ohnehin wundert es mich, dass die Dame von gegenüber Ihnen diese Nachricht nicht auch samt Kaffee und Kuchen serviert hat. Immerhin ist es topaktuelles Dorfgespräch. Es geht um Grabschändung.»

»Was?»

Während er Wencke Tydmers von den Verwüstungen rund um Ulrich Brampeters Grab erzählte, überflog er die Akten, suchte nach den Namen Grottenhauer und Brampeter, nach den Begriffen Wacholderteufel und Asylantenheim. Am 21. Juni blieb sein fahndender Finger hängen. «Sommersonnenwende», sagte er. «Ich hab was gefunden. Heute genau vor elfeinhalb Jahren.»

«Was ist da passiert?»

«Ein Mobiles Einsatzkommando hat nach dem Brandanschlag auf das Detmolder Asylantenheim eine rechtsradikale Gruppierung zerschlagen.»

«Ja?»

«Das MEK hatte den Namen *Wacholderteufel*.»

«Ach!»

Paulessen schob die Akte so hin, dass auch Wencke Tydmers mitlesen konnte. Es war kein Schriftstück, welches man unbedingt als Werbebroschüre für den Teutoburger Wald verwenden sollte, vielmehr war es eine Art Armutszeugnis. Dabei ging es nicht in erster Linie um die überschaubare Gruppe kahlköpfiger Jugendlicher, die sich *Teufelskinder* nannte, sich pseudohistorisch auf die Geschichte berief und in den Externsteinen ein Symbol für die deutsche Herrenrasse sah. Eine Gruppe, die Asylbewerber anpöbelte, Brandsätze in deren Behausungen warf und dabei in Kauf nahm, dass eine zwanzigjährige Senegalesin bis an ihr Lebensende von Narben entstellt sein würde. Das war schlimm, dumm und eine Gefahr – zweifelsohne. Aber was Paulessen wirklich beschämte, war, dass er als Bad Meinberger Junge nichts davon gewusst hatte. Dass seine Eltern, seine Kollegen, seine Nachbarn und Freunde diese Geschichte nicht für erzählenswert hielten. Und zu guter Letzt, dass er sich selbst nie wirklich damit auseinander gesetzt hatte. Stets hieß es: Das MEK hat dem Spuk ein Ende bereitet. Und damit basta. Kein Thema mehr. Aus und vorbei.

Wencke Tydmers sah die Sache sicher aus einem anderen Blickwinkel, klar, sie hatte ja keine Wurzeln, die in fauligem Boden verankert waren. Hier und da hakte sie nach, fragte nach Dienstgraden und Strukturen der Detmolder Polizeiverwaltung, wollte mehr über Ulrich Brampeter und die anderen

Bad Meinberger wissen. Bis sie die letzte Seite aufschlug, auf der die Kopie des psychologischen Gutachtens von Janina Grottenhauer alias Nina Pelikan auftauchte.

«Was ist das?», fragte sie. Es war nicht zu übersehen, dass sie bleich wurde, sie tippelte nervös mit den Fingerspitzen auf der Unterlippe.

Paulessen versuchte, auf den ersten Blick herauszufinden, was seine Besucherin auf diesem Blatt Papier so in Aufregung versetzte. Eine Psychologin attestierte Janina Grottenhauer ein gesundes Rechtsempfinden, eine weitestgehend unauffällige und altersgemäße Entwicklung, ein eher unsicheres und wenig aggressives Naturell. Eine ausgeprägte rechtsradikale Gesinnung sei nicht auszumachen. Auffällig sei lediglich die verstörte Reaktion, wenn man sie auf die Sommersonnenwende anspräche. Die Geschehnisse dieser Nacht hätten bei dem fünfzehnjährigen Mädchen eine traumatische Wirkung hinterlassen, sie sei noch nicht in der Lage, über alles zu sprechen. Die Psychologin hielt das Mädchen eher für unschuldig, was die Brandstiftung anging, riet jedoch dringend zu einer weiteren psychologischen Betreuung.

«Was ist damit?», fragte Paulessen, der anhand des Schreibens keinerlei Grund für Wencke Tydmers' plötzlichen Schweißausbruch ausmachen konnte. «Das hört sich doch alles sehr vernünftig an. Die Grottenhauer wird es damals wohl tatsächlich nicht gewesen sein. Sie wurde zum Opfer ihrer wenig kollegialen braunen Clique, die ihr Alter und ihre Unbescholtenheit ausnutzte, um ihr die Schuld in die Schuhe zu schieben.»

«Nein, das ist es nicht», sagte Wencke Tydmers atemlos.

«Es kann natürlich gut möglich sein, dass das Mädchen daraufhin einen Groll gegen ihren Freund Ulrich Brampeter hegte und dies den Verdacht erhärtet, sie hätte ihn dann ein paar Monate später doch absichtlich auf dem Parkplatz überrollt.»

«Das ist es auch nicht.»

«Ja, aber was dann?»

Wencke Tydmers legte ihren Finger auf den Briefkopf. Das Gutachten war von einem freien psychologischen Institut erstellt worden. So etwas kam häufig vor, da sich so kleine Polizeistellen wie Detmold keinen eigenen Polizeipsychologen leisten konnten. Das in diesem Fall beauftragte Institut hatte seinen Sitz in Bielefeld. Eine Diplompsychologin hatte das Attest unterschrieben. Geschäftsführer des Ganzen war ein gewisser ...

«Dr. Ilja Vilhelm», sagte Wencke Tydmers. Sie lehnte sich im Besucherstuhl zurück und hielt sich die Stirn, als habe sie auf einmal heftige Kopfschmerzen bekommen. «Das darf doch nicht wahr sein!»

24

Rasend schnell war Wencke mit dem Fahrrad wieder Richtung *Sazellum*-Klinik unterwegs. Doch sie wusste, ihr Herzklopfen resultierte nicht nur aus der körperlichen Anstrengung, die sie aufwenden musste, um den kleinen grünen Hang zum Wällenweg hinaufzuradeln. In erster Linie lag es noch immer an dem Schrecken, der ihr eben im Polizeibüro in die Glieder gefahren war.

Ilja Vilhelm, natürlich. Hatte er nicht gesagt, dass er vor seiner Tätigkeit als Klinikpsychologe freiberuflich unter anderem für Behörden gearbeitet hatte? Im Grunde ja auch nicht verdächtig, in keiner Weise beunruhigend.

Doch was Wencke stutzig machte, war die Tatsache, dass er weder bei der Vorstellungsrunde noch bei dem gestrigen Gespräch über Ninas Verschwinden erwähnt hatte, dass er sie bereits kannte. Vielleicht waren sie sich damals in der Sache nicht persönlich begegnet, aber wenn Nina ihm vorgestern von ihren Ängsten berichtet hatte, von dem vermeintlichen Mord, den sie begangen hatte, von dem zugesteckten Zeitungsausschnitt, spätestens da hätte er doch schalten müssen. Ilja Vilhelm war ein intelligenter Mann, es war sein Job, Zusammenhänge wie diesen bei seinen Patienten zu erkennen. War ihm das nicht schließlich bei Wencke hervorragend gelungen? Warum sollte er dann bei Nina Pelikan so gar kein psychologisches Feingespür zeigen? Zumal ihm doch die Krankenakte vorlag, auf der mit Sicherheit Geburtsort und -name vermerkt waren. Und spätestens dann hätte er sich daran erinnern müssen, auch wenn nicht er selbst, sondern eine seiner Mitarbeiterinnen das elf Jahre alte Gutachten unterschrieben hatte. Der Fall von damals musste ihm doch zumindest zu Ohren gekommen sein.

Wencke stellte das Fahrrad hastig in den Schuppen am Hintereingang und ging ohne Zögern in den dritten Stock, wo sich Vilhelms Zimmer befand. Sie wollte ihn direkt zur Rede stellen. Auch wenn sie damit verriet, dass sie sich – entgegen der Abmachung – seit ihrer letzten Therapiesitzung nicht gerade geschont hatte. Doch allein der Gedanke daran, wie Vilhelm ihre Ängste um Nina abgetan hatte, als sei die Sache ein normaler oder sogar unwichtiger Fall, machte sie wütend. Er hätte schon längst in Alarmbereitschaft sein müssen. Wencke war überhaupt nicht gewillt, diesem Mann noch ein Sterbenswörtchen über ihre geheimsten Geheimnisse zu erzählen. Nun sollte er erst einmal reden.

Noch mehr ärgerte sie das Verhalten der Klinikleitung. Hatten die Mitarbeiter der *Sazellum*-Klinik nicht täglich eine Teambesprechung? Und musste das Verschwinden einer Patientin nicht Thema gewesen sein? Warum, in Dreigottesnamen, hatte niemand eins und eins zusammengezählt und die alte Geschichte von Janina Grottenhauer mit dem aktuellen Verschwinden von Nina Pelikan in Zusammenhang gebracht? Man konnte fast meinen, sie steckten alle unter einer Decke, sie wollten alle etwas vertuschen, die ganze Bagage, sei es nun die überkandidelte Meyer zu Jöllenbeck oder dieser Scheinheilige namens Ilja Vilhelm.

Die Tür zu seinem Büro stand offen. Wie gut, dann musste Wencke nicht aus Diskretionsgründen warten, bis eine ihrer Mitpatientinnen ihren Seelenstriptease beendet hatte. Sie trat ein, ging durch den kleinen Garderobenflur, überlegte kurz, an die nur angelehnte Tür zu klopfen, und entschied sich dagegen. Sie riss die Tür auf, starrte ins Zimmer, brauchte jedoch ein paar Sekunden, bis sie die Situation erfasst hatte. Brauchte noch länger, bis sie kapierte, dass dies nicht der passende Zeitpunkt war, um mit Vilhelm Tacheles zu reden.

Das Zimmer war nahezu auf den Kopf gestellt. Sämtliche Schubladen waren herausgerissen worden, beinahe alle Akten aus den Regalen geschleudert, man konnte vor lauter herumliegendem Papier kaum den Teppichboden erkennen. Mittendrin stand Vilhelm mit ungläubigem Gesichtsausdruck, die Arme ratlos vom Körper gespreizt wie das rote Männchen auf der Fußgängerampel. Neben ihm stand Viktoria Meyer zu Jöllenbeck, sie sah aus, als habe sie sich eben ziemlich aufgeregt. Beide wandten sich Wencke zu. Als ein loser Ordner zu Boden fiel, kam wieder Bewegung in die drei Menschen.

«Dass Sie sich hierher trauen», sagte Vilhelm, und es dauerte einen Moment, bis Wencke verstand, dass er sie meinte. «Was glauben Sie eigentlich, wer Sie sind? Denken Sie tatsächlich, Sie könnten mit Ihren Schnüfflermethoden hier in unserer Klinik machen, was Ihnen gefällt? Kümmern Sie sich um Ihren eigenen Sch...»

«Ilja!» Viktoria Meyer zu Jöllenbeck fasste ihn beruhigend am Oberarm. Dann sah auch sie vorwurfsvoll zu Wencke. Sicher hätte sie lieber Vilhelms letzten Satz vervollständigt, sie hatte sich lediglich besser unter Kontrolle. «Frau Tydmers, wie konnten Sie nur?»

«Was?», fragte Wencke. Sie konnte es nicht fassen. Eigentlich war sie es doch, die hier vorwurfsvoll schauen sollte. Stattdessen schien sie nun am Pranger zu stehen.

«Es ist eine Unverschämtheit. Sie brechen mein Büro auf und durchstöbern streng vertrauliches Material!»

«Wie bitte?»

«Überlegen Sie mal, wie Sie sich fühlen würden, wenn jemand einfach so in Ihrer Akte wühlte und all das zu lesen bekäme, was Sie mir anvertraut haben.»

«Wie kommen Sie darauf?»

Er lachte humorlos auf. «Wie ich darauf komme? Na, hören Sie mal! Das Schloss ist professionell geknackt. Und das haben Sie doch mit Sicherheit in Ihrem Job gelernt.»

«Das kann jeder gemacht haben!», verteidigte sich Wencke. Was war hier eigentlich los?

«Sie waren scharf auf Informationen über Nina Pelikan. Und genau diese Unterlagen sind verschwunden.»

«Aber ...»

«Und Ihre eigenen. Na klar, weil Sie nicht wollen, dass sie bei der Untersuchung des Einbruchs jemandem in die Hände fallen. Ihren hiesigen Kollegen zum Beispiel. Da haben Sie Ihre Akte einfach mitgenommen.»

«Das ist ausgemachter Blödsinn! So etwas mache ich nicht!»

«Nein?», hakte Vilhelm nach. «Auch nicht, wenn Sie wütend sind? Sich unverstanden und unbeachtet fühlen?»

«Was meinen Sie?»

«Ich erinnere mich an Ihren Ausbruch gestern in der Sitzung. Da haben Sie mit Ihrer ausladenden Handbewegung schon mal demonstriert, dass Sie unter Stress ganz gern Verwüstungen anrichten.» Seine Vorgesetzte schaute ihn fragend an, und er setzte erklärend hinzu: «Frau Tydmers hat etliche Papierstapel zu Boden gefegt, als ich mich weigerte, über den Fall Nina Pelikan zu reden!»

Das war unverschämt und verdrehte die Wahrheit. Wencke merkte, dass sie wieder in dieses flache Atmen verfiel. Das war das Letzte, was nun passieren durfte – von der Wut im Bauch beherrscht zu werden. Sie musste in diesem Moment einen klaren Kopf bewahren. Kurz schloss sie die Augen, versuchte, sich zusammenzureißen. «Und das war alles? Deswegen trauen Sie mir zu, dieses dilettantische Chaos verursacht zu haben?» Zum Glück blieb die Stimme einigermaßen fest und gab nichts von dem Brodeln in ihrem Inneren preis, sie wagte es sogar, ein wenig Spott hinzuzufügen: «Wäre dies ein Verhör, würde ich sagen: Dünne Beweislage, Herr Kollege!»

Viktoria Meyer zu Jöllenbeck musste Acht geben, als sie sich mit ihren hochhackigen Schuhen einen Weg durch die Papierberge bahnen wollte. Sie schaute ernst und zog dabei ihre rot bepinselten Lippen nach unten. «Außerdem haben wir das hier gefunden.» Sie hielt etwas in der Hand, kam auf Wencke zu, erst da konnte sie erkennen, dass es ihr Kurbüchlein war. Das kleine gelbe Heft, welches man als Patient zu jeder Sitzung mitzubringen hatte, in dem alle Termine aufgelistet standen und bei den Behandlungen abgehakt wurden. Bei allem Durcheinander in Wenckes Welt, in diesem Fall wusste sie hundertprozentig, sie hatte das Buch nach der Massage heute Morgen auf ihr Bett gelegt. Wie um alles in der Welt kam es nun in Ilja Vilhelms Therapieraum?

«Das hat jemand aus meinem Zimmer genommen. Hier will mir einer was andichten», sagte Wencke.

Vilhelm schnaubte. «Machen Sie sich doch nicht lächerlich!»

«Aber ...» Natürlich klang es nach einer verdammt faulen

Ausrede, wenn sie sich jetzt auf eine Verschwörungstheorie versteifte. Eigentlich half nur die Flucht nach vorn. Und schließlich war sie es doch, die hier eigentlich mit Vorwürfen um sich werfen wollte. Wie konnte sich das Blatt so schnell wenden? Nein, nicht mit mir, dachte Wencke. «Dr. Vilhelm, es ist mir egal, was Sie oder sonst wer hier zu inszenieren versuchen. Ich würde viel lieber wissen, warum Sie nicht erwähnt haben, dass Ihnen Nina Pelikan keine Unbekannte ist.»

«Nun lenken Sie mal nicht vom Thema ab. Fakt ist ...»

«Vor elf Jahren wurde genau über diese Frau in Ihrem psychologischen Institut ein Gutachten angefertigt. Und ich denke, es war ein durchaus relevanter Fall, immerhin ging es um eine Jugendliche, die von ihren Freunden zu Unrecht beschuldigt wurde, einen Brandsatz gezündet zu haben. Die Akte von Janina Grottenhauer lag auf Ihrem Tisch. Sie können mir nicht weismachen, dass Sie diesen Zusammenhang nicht schon längst erkannt haben.»

Er strich sich mit einer zackigen Bewegung die blonden Haare aus dem Gesicht, doch als er anschließend energisch den Kopf schüttelte, fielen ihm die Strähnen wieder in die Stirn. «Was reden Sie da eigentlich? Dieses Wissen können Sie nur haben, weil Sie die Unterlagen von Frau Pelikan durchgesehen haben. Natürlich wusste ich davon, aber aus welchem Grunde sollte ich es Ihnen auf die Nase binden? Sie sind nichts weiter als eine Patientin, Frau Tydmers, sonst haben Sie hier keinen Auftrag!»

Der smarte Psychologe konnte also richtig laut werden, wenn er sich in die Enge getrieben fühlte, stellte Wencke fest. Es verschaffte ihr einen enormen Auftrieb.

«Wer fragt denn hier nach einem Auftrag? Angesichts der Tatsache, dass eine augenscheinlich depressive Patientin bereits seit zwei Tagen verschwunden ist, mitten im Dezember und nur mit Schlafanzug und Strickjacke bekleidet, angesichts dieser Fakten müssen wir hier doch nicht Erbsen zählen, ob es mir zusteht, mir ganz gewaltige Sorgen zu machen!»

Sie holte tief Luft. Irgendetwas fühlte sich komisch an. Irgendetwas in ihrem Inneren. Instinktiv hielt sie sich an einem der leer gefegten Regale fest. Irgendwie hatte er natürlich Recht, jedes seiner Worte traf zu. Er hatte keinerlei Veranlassung gehabt, ihr von der Sache mit Nina zu erzählen. Genau genommen hätte er sich sogar strafbar gemacht, wenn er auf diese Weise die Schweigepflicht verletzt hätte. Dennoch konnte Wencke nicht glauben, dass sie nun in Verdacht geriet, bloß weil sie sich um eine ... war es eine Freundin? ... sorgte. Sie atmete wieder etwas ruhiger.

«Ich habe die Informationen von der Bad Meinberger Polizei, der ich einen Besuch abgestattet habe. Zuvor war ich beim singenden Bäcker und habe mir einen Kaffee gegönnt. Ich nehme mal an, dieses Durcheinander ist in den letzten Stunden geschehen. Also, wenn Sie mir hier mit Verdächtigungen kommen, wenn Sie sich hier so lächerlich aufführen und darauf bestehen: Ich habe ein wasserdichtes Alibi.» Sie schnaubte, war verärgert, überhaupt einen solchen Satz sagen zu müssen. Vilhelm und Meyer zu Jöllenbeck warfen sich ernste Blicke zu. Als der aufgebrachte Psychologe wieder das Wort ergreifen wollte, kam ihm seine eher gelassene Vorgesetzte zuvor.

«Frau Tydmers, dieses Zimmer ist seit gestern Abend nicht mehr betreten worden. Heute Morgen hatten wir Teamsitzung, dann war Dr. Vilhelm bei den Proben für die heutige Veranstaltung, er hat sich mit den Kindern zum Theaterspielen bei den Externsteinen getroffen. Sie hatten also etwas mehr Zeit für eine Durchsuchung als nur den Vormittag.»

«Reicht es nicht endlich, Frau Meyer zu Jöllenbeck? Ich habe Ihnen gestern schon gesagt, dass Not am Mann ist. Aber Sie haben sich Ihren hübschen Kopf nicht gern zerbrochen wegen einer verschwundenen Patientin. Und wenn ich nachfragen wollte, haben Sie sich schön verkrümelt. Und jetzt sehen Sie selbst, dass etwas nicht stimmt, und haben nichts Besseres zu tun, als absurderweise ausgerechnet mich zu verdächtigen.»

«Nun, wenn Sie bereits gestern in Gegenwart von Herrn Vilhelm gewalttätig geworden sind ...»

«Gewalttätig?», schnaubte Wencke.

«... gut, sagen wir: ausfallend. Aber meinetwegen, beweisen Sie mir das Gegenteil, und ich werde noch im selben Augenblick per Telefon die Polizei anrufen und um verstärkte Suchmaßnahmen nach Frau Pelikan bitten.»

Wenckes Gedanken liefen Amok, sie brauchte schnellstens einen Beweis, der diesen hirnlosen Vorwurf, sie habe Vilhelms Zimmer durchsucht, entkräftete. Endlich fiel ihr der entscheidende Hinweis ein. «Wenn Sie in mein Kurbuch schauen, dann sehen Sie, dass ich es heute morgen bei den Terminen dabeihatte und Ihre Angestellten aus der Physiotherapie ihre Unterschrift geleistet haben. Also muss das Heft erst später hier hingelegt worden sein.»

Mit ausgesuchter Langsamkeit schob Meyer zu Jöllenbeck ihren lackierten Fingernagel zwischen die Seiten des Heftes, dann schlug sie es auf, verfolgte die Zeilen, wiegte den Kopf hin und her. «Sie hat Recht, Ilja», sagte sie schließlich.

Dieser schien in sich zusammenzusacken, als sei er die letzten Minuten zu stark aufgepumpt gewesen und hätte nun endlich das Ventil zum Luftablassen gefunden. Natürlich sagte er nichts. Resigniert bückte er sich und nahm ein paar der Blätter zusammen.

Wencke machte einen Schritt zum Schreibtisch und griff nach dem Telefon. «Frau Meyer zu Jöllenbeck, wenn Sie jetzt so freundlich wären und meinen hiesigen Kollegen etwas Dampf machen würden ...»

Die lackierten Fingernägel fassten nach dem Hörer und tippten die Notrufnummer. Sie hatte anscheinend die Zentrale in Detmold am Apparat und gab kurze, glücklicherweise prägnante Anweisungen. Als sie aufgelegt hatte, zuckte sie kurz die Schultern. «Einige sind schon auf dem Weg zum Fest. Großes Polizeiaufgebot an den Externsteinen. Aber sie wollen ihr Möglichstes tun ...» Tatsächlich bückte sie sich nun und half Vilhelm beim Einsammeln der Akten. Es hatte den Anschein, als wolle sie irgendetwas wieder gutmachen.

Ilja Vilhelm sortierte wortlos die Papiere auf verschiedene Stapel und kroch dabei auf allen vieren durch den Raum. Wencke merkte wieder dieses komische Ziehen unterhalb der Brust. Sie war auf einmal schrecklich müde. Sie spürte eine ungeheure Sehnsucht, sich nur einen Moment auf das Bett zu legen. Stattdessen sank sie auf die Couch und beobachtete die beiden beim Aufräumen.

Es war Viktoria Meyer zu Jöllenbeck, die das peinliche Schweigen schließlich beendete. «Wer war es dann?», fragte sie. «Wer hat dieses Chaos angerichtet?»

Und erst jetzt wurde Wencke richtig bewusst, dass irgendjemand ihre Papiere in der Hand hielt. Dass ein Fremder oder Bekannter, wer auch immer es gewesen war, sich vielleicht jetzt in diesem Augenblick über ihre Geschichte hermachte. Über ihre eigenen, geheimen Probleme mit dem Vater, mit der Mutter, mit dem Baby, mit sich selbst. Sie zog ihre Jeansjacke fester um den Bauch. Trotzdem fühlte sie sich nackt. Ein leiser Schmerz breitete sich aus, erst im Unterleib, dann im ganzen Körper.

25

Die Sonne würde um 16.16 Uhr untergehen. Dann begann die längste Nacht des Jahres, dann begann der Winter, dann begann das Julfest an den Externsteinen. In genau zwei Stunden.

Der Regen hatte gegen Mittag aufgehört und einem – von sämtlichen Wetterstationen nicht vorhergesagtem – trockenen Frost Platz gemacht, der die Luft glasklar und schneidend kalt machte. Es war genau das richtige Wetter für das Fest. Die Menschen, die bereits grüppchenweise auf dem Rasen eintrafen und sich um die brennenden Tonnen versammelten, stießen sichtbaren Atem aus, rieben sich die Hände über der Glut, hüllten sich in dicke Mäntel. Nur wenige sprachen. Die Stimmung war nicht danach. Wenn man sich bewusst machte, dass nun die Dunkelheit für viele Stunden ihre kalte Decke ausbreitete, war jedes Wort zu viel. Zudem wurde anderswo in dieser Zeit so viel gequatscht und palavert. Die Vorweihnachtszeit war unangenehm laut geworden in den letzten Jahren. Die besinnliche Musik, die von Sternen und Schnee und Vorfreude erzählte, erschallte in allen Ecken, auf allen Straßen, im Radio und im Fernsehen. Sie hatte ihren Zauber schon so lange eingebüßt und war nur noch eine Art Hintergrundgeräusch für den hektischen Advent.

Wie schön, dass die Wintersonnenwende noch so unberührt war von dem ganzen Radau, dachte Stefan Brampeter. Dies war sein Fest, genau nach seinem Geschmack.

Er hatte mit dem Lieferwagen die zwölf Holzräder hierher gebracht, für jeden Monat des Jahres eines, oder für jeden der nun folgenden Dutzend Tage, in denen die Tore zur Zwischenwelt angeblich geöffnet waren. Die Räder standen bereits mit Heu gespickt im Wärterhäuschen.

Der Ärger um die verschwundenen Schlüssel hatte sich Gott sei Dank gelegt. Achim hatte sich überzeugen lassen, dass Stefan nichts damit zu tun hatte, und verdächtigte nun einen seiner Männer, was Stefan egal sein konnte. Er hatte sich dann doch noch getraut zu fragen und sich mit Achims Genehmigung die Leitern ausgeborgt. Seit einer Stunde war er gemeinsam mit den anderen *Wacholderteufeln* dabei, alles herzurichten. Zum Glück waren die Talente im Verein gut verteilt, während sich die eine Hälfte um die Beschallung und die Funktionsfähigkeit der ansteckbaren Funkmikrophone kümmerte, waren Stefan und Konrad und ein paar andere damit beschäftigt, die Strahler und Effektgeräte auf und an den Felsen zu platzieren. Am wichtigsten waren dabei die Schattenwürfe. Wenn der Wacholderteufel, umgeben von Dunstschwaden aus der Nebelmaschine, genau zur Sonnenuntergangszeit in der Höhenkammer auftauchte, dann sollte sein Schatten riesig und verzerrt auf dem dahinter liegenden Felsen erscheinen. Bislang gab Konrad zur Stellprobe den Teufel. Stefan richtete den Scheinwerfer, und Achim vom Forstamt gab über das Funkgerät von unten her Kommandos, wie man den Lichtstrahl auszurichten habe. Horst, der als Hilfsarbeiter bei Achims Truppe mitarbeitete, füllte in der Nebelmaschine die Flüssigkeit nach. Die Chemikalie roch irgendwie staubig, und Horst musste husten.

«Das sollte reichen», sagte Stefan. Er wollte keine weiteren Versuche mehr, denn inzwischen hatte sich die Wiese schon zu einem Drittel gefüllt, und es wäre schade, wenn das Publikum die Effekte bereits jetzt schon zu sehen bekam. Auch wenn die Wirkung bei Dunkelheit noch um einiges eindrucksvoller sein würde.

«Warte noch eben einen Moment», kam Achims Stimme aus dem Funkgerät. «Das mit dem Nebel ist noch nicht optimal. Wo steht die Maschine jetzt?»

«Auf dem Boden der Höhenkammer. Wieso, was ist?»

«Von hier unten sieht der Qualm nicht besonders spektakulär aus. Kannst du den Kasten nicht weiter oben hinsetzen? Dann würde der Nebel mehr heruntersinken. Das stelle ich mir besser vor, zumal der Wacholderteufel doch um den Ausguck herumläuft.»

Stefan schaute sich um. Wahrscheinlich hatte Achim nicht ganz Unrecht. Wenn der Schauspieler seinen kleinen, dramatischen Spaziergang um die Spitze des Felsens wagte, wäre ein Rauchschleier von oben sicher wirkungsvoller. Horst hatte schon reagiert, er hob den schwarzen Kasten auf den vorstehenden Stein, der wie ein kleines Dach über dem Sonnenfenster des *Sazellums* stand. «Müsste gehen», sagte er, während er mit einem Fuß auf der bröckeligen Steinbrüstung und mit dem anderen auf der Leiter balancierte.

«Mensch, Horst, pass auf!», rief sein Chef von unten. «Wenn du da runterknallst, siehst du aber nicht so manierlich aus wie die Frau von letzter Woche. Für Stürze von da oben würde ich dir lieber die Seeseite empfehlen.»

Horst wurde blass und zog sich auf die Leiter zurück. «Sehr witzig», sagte er leise. Stefan wusste, er war der Mann, der vor zehn Tagen die Selbstmörderin hatte retten wollen. Besonders sensibel war Achim wirklich nicht im Umgang mit seinen Leuten. Doch die Nebelmaschine stand nun sicher, wo sie hingehörte. Horst betätigte den Schalter am Kabel, und aus dem kleinen Rüssel am Kasten schwollen dicke Wolken hervor.

«Sensationell», war der Kommentar aus der Funke, und unten auf dem Rasen applaudierten einige Zuschauer.

«Jetzt ist es aber genug», meinte Stefan. «Packt die Sachen nach unten und passt auf die Stufen auf. Ist saurutschig hier!»

Horst trug gleich drei Leitern, er war ein kräftiger Kerl.

Konrad, der inzwischen vor den Strahlern blaue und rote Scheiben befestigt hatte, machte sich ebenfalls klar zum Aufbruch. «Meinst du nicht, wir sollten uns bei der Witterung die Kletterpartie an der Außenwand sparen? Die Kälte hat die feuchten Steine ziemlich poliert, könnte ein gefährlicher Spaß für den Wacholderteufel werden.»

Stefan hatte auch schon daran gedacht. Er überprüfte noch einmal das Seil, welches am Metallgeländer befestigt war und an der anderen Seite einen Haken hatte. Mit dem würde der Mann, der um die Hüfte einen Gürtel trug, vor dem Sturz gesichert sein. «Da kann nichts passieren», entschied er schließlich. «Zudem hat der Wacholderteufel sich diesen kleinen Stunt ausdrücklich gewünscht. Er ist durchtrainiert und bestens vorbereitet. Heute Morgen hat er mit den Kindern hier vor Ort noch eine kleine Probe eingelegt. Es kann eigentlich nichts mehr schief gehen.»

Konrad schaute auf die Uhr. «Und warum ist er noch nicht da? In eineinhalb Stunden geht es los.»

Konrad hatte den Satz noch nicht ganz ausgesprochen, da stand er vor ihnen, bereits kostümiert, aber noch ohne Maske. Er musste es lautlos die vielen Stufen hinauf und über die gebogene Brücke geschafft haben. «Tut mir Leid, es gab noch Ärger im Büro, deswegen komme ich erst jetzt.» Als er sah, dass er Stefan und Konrad mit seinem Auftauchen einen richtigen Schrecken eingejagt hatte, lachte er. «Man könnte meinen, ihr wäret soeben dem Leibhaftigen begegnet!»

Stefan lachte mit. «Aber du hättest dir den Weg hinauf sparen können. Wir sind gerade fertig und packen alles zusammen. Dann wird unten abgeschlossen, damit kein Trottel bis zum Beginn etwas von unseren Specialeffects auseinander reißt.»

«Okay», sagte Ilja Vilhelm und drehte sich mit einem Schwung um, sodass sein lilafarbenes Gewand zu gewaltigen Vogelschwingen aufwallte.

26

Die Lehrerin fuhr ein schwarzes Auto. Sehr chic, im Sommer konnte man das Verdeck aufmachen, hatte sie erzählt, dann war es ein Cabrio. Die Sitze waren aus dunkelgrauem Leder und so schön vorgeheizt, dass Mattis ganz wohlig darauf herumrutschte. Er war noch nie in so einem Flitzer gefahren. Frau Möller war eine klasse Frau. Sie trat mit Schmackes auf das Gaspedal, und Joy-Michelle und er wurden tief in die Rückbank gedrückt, sodass sie kichern mussten.

Wäre da nicht diese Angst gewesen, diese schreckliche Sorge, dass mit Mama was nicht in Ordnung war, dann hätte er diese Fahrt im PS-Schlitten richtig genießen können. Zum Glück gelang es ihm manchmal, diese Gedanken zu vertreiben, und er erinnerte sich an Wenckes Versprechen, sie würden schon alles klären, würden Mama finden und alles wäre wieder okay. Er vertraute Wencke. Sie würde ihr Versprechen halten. Hundertprozentig.

Mattis war sehr aufgeregt. Gleich würde er seinen ersten großen Auftritt haben. Wie schade, dass Mama noch immer nicht da war. Wirklich, sie würde etwas verpassen. Aber Wencke hatte ihm hoch und heilig ihr Kommen zugesagt. Obwohl sie vorhin beim Mittagessen etwas durcheinander zu sein schien, hatte sie noch einmal die schwierigen Textpassagen mit ihm geübt. Sie würde ihm später zuwinken, hatte sie versprochen.

Herr Brampeter hatte gesagt, dass man heute mit mehr als tausend Leuten rechnete. Und sie alle würden ihn sehen und hören, ihn beobachten, wie er ein Teufelskind spielte. Und sich über ihn kaputtlachen, wenn er den Text vergaß. Oder darüber reden, wie dick er war.

Mattis wusste, dass er eine blöde Figur hatte. Sein Kinderarzt sagte es immer wieder, er gab ihm bei jeder Untersuchung ein kleines Heftchen mit, in dem etwas über gesunde und vitaminreiche Nahrung stand, und dass zu viel Süßes nicht nur schlecht für die Zähne sei, sondern auch auf Dauer das Blut kaputtmachte und das Herz und die Nieren und überhaupt alles. Mattis war nicht sportlich, er war nicht schnell dabei, er war einfach viele Dinge nicht. Vor allem war er nicht wie seine Mutter.

Gestern beim Hermannsdenkmal hatte er das erste Mal überhaupt davon gesprochen, dass er so gern mal seinen Vater getroffen hätte. Nachgedacht hatte er schon oft darüber, besonders wenn er abends in seinem verschlossenen Bremer Zimmer Hartmut schimpfen hörte. Dann träumte er oft von seinem wirklichen Vater. Aber noch nie hatte er seiner Mutter oder irgendwem sonst gegenüber ein Wort darüber verloren.

Wencke jedoch war eine Frau, der man so etwas anvertrauen konnte. Seiner Mutter hätte Mattis nicht verraten, dass er sich manchmal so halb fühlte. So, als sei er eines dieser Tintenklecksbilder, wo man nur eine Seite bemalte und dann das Blatt zusammenklappte, damit sich auf der anderen Seite ein spiegelverkehrter Abdruck bildete. Das sah dann sicher schön aus, war aber eben doch nur eine Hälfte von dem, was es eigentlich hätte werden können. Wencke hatte das gestern gleich kapiert, sie hatte sogar gesagt, dass sie ein ganz ähnliches Problem habe.

Mattis fingerte an seinem Umhang. Was war eigentlich ein Teufelskind? Er hatte mal gehört, dass Schauspieler sich in ihre Rolle reindachten, indem sie Gemeinsamkeiten mit der Figur suchten. Es war nicht so, dass Mattis nun mit einer Karriere als Hollywoodstar rechnete, aber er wollte trotzdem an diesen unheimlichen Externsteinen seine Sache so gut wie möglich machen. Oder so wenig peinlich wie möglich. Und wenn es schon nicht sein Ding war, den Text zu behalten, so wollte er wenigstens vom Aussehen und von den Bewegungen her ein glaubwürdiges Teufelskind abgeben.

«Ich bin ein armes Teufelskind, so heiß wie das Feuer, so leicht wie der Wind ...», flüsterte er ins Motorengeräusch. Seine Mutter war leicht wie der Wind. Sie war so dünn wie ein Herbstblatt, so müde und verwelkt, dass sie sich schnell und von allen und jedem umpusten ließ. Aber war sein Vater so heiß wie Feuer gewesen? Ein echter Kerl, mutig und stark, so wie der Mann, der heute den Wacholderteufel spielte und auf dem Felsen herumklettern würde? So einen wünschte Mattis sich nicht als Vater, er wollte von keinem echten Helden abstammen. Wenn er ehrlich war, dann malte er sich einen dicken, unsportlichen, netten Kerl aus. Einen, der längst nicht alles hinkriegt, der etwas trottelig ist, aber lieb. So ähnlich wie dieser Tischler, der so etwas wie ein Chef bei diesem Fest zu sein schien. Der war kein toller Typ, kein Held oder so. Aber trotzdem richtig nett. Er wünschte sich, irgendwann einmal seiner fehlenden Hälfte zu begegnen, und sie wäre so ähnlich wie Herr Brampeter.

«Von keinem geliebt und von keinem geehrt ...» Das stimmte nicht. Seine Mutter liebte ihn. Daran gab es keinen Zweifel. Auch wenn sie ihn hier im Stich ließ, wenn sie sich einfach aus dem Staub gemacht hatte und es darauf ankommen ließ, dass er sich auch ein paar Tage allein zurechtfand, er wusste, seine Mutter hatte ihn wirklich gern. Sie hatte viel für ihn in Kauf genommen, damals, als sie mit siebzehn Jahren ein Kind gekriegt hatte, die ersten drei Jahre in einem Heim für jugendliche Mütter lebte und nebenbei noch eine Ausbildung machte. Und er ahnte, dass sie damals auch nur wegen ihm Hartmut geheiratet hatte. Weil sie sich nach einer eigenen Wohnung gesehnt hatte, nach einem geordneten Familienleben. Und Hartmut als Schulhausmeister hatte vieles zu bieten. Mattis konnte den Schulhof am Nachmittag zum Spielen benutzen, den Sportplatz zum Kicken, sogar das Schulschwimmbad hatte er an manchen Tagen für sich allein gehabt, wenn Hartmut es reinigte und den Chlorgehalt im Wasser kontrollierte. Hartmut hatte immer alles gut im Griff gehabt, sein Chef, der Schuldirektor, hatte manchmal gesagt: «Wenn wir Sie nicht hätten, Herr Pelikan!» Dann war Hartmut ziemlich stolz gewesen. Alles war toll gewesen mit Mama, Hartmut und ihm. Solang Hartmut Arbeit hatte. Als er dann aber die Probleme mit dem Zucker bekam, hatte er seinen Job verloren. Und die Wohnung. Da hatte der Schuldirektor Hartmut nicht mehr gelobt. Dann war alles ganz anders geworden, als seine Mutter es sich vorgestellt hatte.

«Was nuschelst du denn da die ganze Zeit?», fragte Joy-Michelle, die sich einen Taschenspiegel mitgenommen hatte, um das geschminkte Gesicht immer und immer wieder zu begutachten. Mattis hatte gar nicht bemerkt, dass er noch immer, tief in Gedanken versunken, seinen Text aufsagte.

«Mein Vater aus den Steinen stieg zu führen einen alten Krieg. Zu lieben eine Jungfrau rein die wartend saß auf kaltem Stein», vollendete er. Joy-Michelle lächelte ihn an. Ihm wurde ganz warm im Gesicht.

«Wir sind da», sagte Frau Möller und trat zeitgleich so zackig auf die Bremse, dass sich der Sicherheitsgurt für einen kurzen Moment über Mattis' Umhang straffte. «Und jetzt wünsche ich euch allen, wie es unter Theaterleuten üblich ist: toi, toi, toi!» Sie spitzte ihren rot geschminkten Mund und tat so, als würde sie dreimal in Richtung Rückbank spucken.

Dann stiegen sie aus. Sie waren noch früh dran. Erst in dreißig Minuten würde es losgehen, und dann standen zunächst auch noch ein paar andere Sachen auf dem Programm, bevor er und Joy-Michelle an der Reihe waren. Sie fanden dennoch nur einen hinteren Parkplatz, von dem aus sie eine ganze Weile latschen mussten. Es war sehr kalt geworden, zum Glück hatte Frau Möller ihn vorhin noch auf das Zimmer geschickt, um den Schal und die Handschuhe zu holen. Sonst wäre er heute Abend sicher erfroren.

Je näher sie den Steinen kamen, desto aufgeregter klopfte Mattis' Herz. Wenn er von weitem die Fackeln, brennenden Metalltonnen und die vielen Zuschauer sah, dann fiel ihm das Einatmen richtig schwer, und er schwitzte trotz der Eiseskälte. Das war bestimmt Lampenfieber. Wenn Mama jetzt da wäre, dann könnte sie ihn beruhigen. Die Gedanken ließen sich nicht abstreifen, sosehr er sich auch bemühte. Wo war sie nur? Warum hatte sie ihn allein gelassen?

Sie passierten das Restaurant und den Kiosk, wo sich viele Leute aufhielten, denen es wahrscheinlich draußen zum Warten zu kalt geworden war. Es roch nach Glühwein und gebrannten Mandeln. Man konnte Musik hören, Geigen und Trompeten und so etwas.

«Das ist das Ensemble der Johann-Brahms-Musikschule aus Detmold», sagte Frau Möller. «Sie spielen heute Abend Stücke von Albert Lortzing, einem berühmten Komponisten, der einige Jahre hier in der Gegend gelebt hat.»

Dieses Orchester machte die ganze Stimmung noch aufregender, fand Mattis. So etwas hatte er noch nie erlebt. Endlich waren sie bei der Wiese angelangt. Links von ihnen erhob sich die graue Wand der Externsteine. Rechts waren sehr viele Leute. Es war fast ganz dunkel, man konnte nur von den Menschen ganz vorn die Gesichter erkennen, die weiter hinten Stehenden wurden bereits von der Dämmerung grau gezeichnet oder verschwammen in der Menge.

Einige lächelten ihm zu, es waren Fremde, aber sie mochten sicher seine Verkleidung und die wilden Haare, die Frau Möller ihm mit viel Gel zum Stehen gebracht hatte. Gegen Schminke hatte er sich vehement gewehrt, er war doch kein Mädchen. Außerdem musste ein Teufelskind nun wirklich keine Farbe im Gesicht haben. Er ging langsam an den Leuten vorbei, es fiel ihm schwer, nicht vor lauter Verlegenheit Löcher in den Boden zu starren. Aber seine Mutter sagte immer: Du musst den Menschen ins Gesicht sehen, sonst denken sie, du hättest etwas zu verbergen. Also strengte er sich an, lächelte manchmal und war froh, dass die Felsen nur noch wenige Schritte entfernt waren und er sich dort verkriechen konnte.

Da trat eine Frau hervor. Sie war sehr dick, Mattis konnte sich nicht erinnern, jemals einen solchen Hintern gesehen zu haben. Sie schaute ihn an, ganz komisch, stellte sich ihm sogar in den Weg. Irgendwie war die Alte merkwürdig, sie trug auch Klamotten, die nach Hexe aussahen, aber das taten viele hier. Die meisten waren verkleidet zum Fest gekommen. Er wollte ausweichen, doch sie griff nach seinem Kinn, ihre weichen Finger legten sich um seine Wangen und drückten sie zusammen, sodass er eine komische Schnute ziehen musste. Die fremde Frau schob seinen Kopf von links nach rechts, sie blickte ihn ernst und eindringlich an. Er bekam es mit der Angst zu tun. Was war hier los?

Dann breitete sich ein Lächeln auf dem Gesicht der Fremden aus. «Es ist Ulrich!», sagte sie, drehte sich zu einer Gruppe anderer Frauen um, die das Ganze neugierig beobachteten, und wiederholte: «Es ist Ulrich. Ihr hattet Recht!»

Endlich kam Frau Möller zu ihm und griff ihn an der Schulter. «Wir müssen los, Mattis. Kommst du?»

Die Frau ließ die Hand fallen, aber Mattis spürte noch immer das heiße Brennen ihrer Berührung, als hielte sie ihn weiterhin umklammert. Er lief mit Frau Möller zu den Steinen. Herr Brampeter stand am Eingang der unteren Kammer. Er hielt zwei heiß dampfende Kakao in seinen Händen und begrüßte Joy-Michelle und Mattis. Man sah ihm an, dass er nervös war.

Mattis setzte sich auf einen Karton und trank den Kakao in kleinen Schlucken. Wer war Ulrich? Warum hatte diese Frau ihn so genannt? Er kannte niemanden mit diesem Namen. Es war gruselig, dass die Alte ihn so seltsam berührt und betrachtet hatte. Alles war seltsam hier, die ganze Stimmung. Trotz des Kakaos war ihm schlotterkalt.

Herr Brampeter bemerkte Mattis' Zittern und legte ihm eine Wolldecke über. «Besser so?», fragte er freundlich. Mattis nickte. Doch als er aufblickte, wurde ihm erneut kalt vor Schreck. Da kam die dicke Frau schon wieder. Mühsam näherte sie sich Schritt für Schritt der Felsenkammer, in der die Mitwirkenden sich versammelt hatten und auf den Beginn des Festes in wenigen Minuten warteten.

Was wollte die bloß? Mattis wandte sich ab, versuchte, die Decke ein Stück höher zu ziehen, damit sie sein Gesicht nicht zu sehen bekam. Am liebsten hätte er sich unsichtbar gemacht.

Herr Brampeter stellte sich vor ihn, schützte ihn zum Glück. «Mutter, du bist hier?», hörte Mattis ihn sagen. «Du machst dich auf den Weg, bei der Kälte?»

«Die Frauen haben mich mitgenommen.»

«Welche Frauen?», fragte Herr Brampeter, und es klang gereizt. Er schien sich nicht gerade zu freuen, dass seine Mutter hier aufgetaucht war.

«Die Frau aus der Bäckerei und ein paar ihrer Freundinnen. Sie haben angerufen und gesagt, ich müsse unbedingt zum Fest kommen, sie hätten eine Überraschung für mich.»

Herr Brampeter machte einen Schritt zurück und wäre fast auf Mattis' Fuß getreten. «Du hättest mir sagen sollen, dass du kommst», entfuhr es ihm.

«Ich hab ihn gleich erkannt!», sagte die Alte.

«Wen?»

«Den Teufelsjungen. Er ist es! Das ist nicht zu fassen.»

«Mutter, beruhige dich.»

«Es ist Ulrichs Sohn, nicht wahr? Der kleine Teufelsjunge, ist er das Kind von meinem Ulrich?»

Mattis dachte: Gleich ersticke ich. Hier unter der Wolldecke. Noch vor meinem Auftritt. Ich kann nicht mehr atmen. Ich werde hier sterben. Die dicke Frau. Sie sagt etwas von meinem Vater!

Versprochen ist versprochen, Wencke Tydmers. Du hast Mattis fest zugesagt, nach seiner Mutter zu suchen, bei ihm zu sein, zu den Externsteinen zu kommen. Er wird enttäuscht sein, wenn du nicht da bist. Der arme Kerl.

Er versuchte ständig, es zu verbergen, aber Wencke spürte genau, wie sehr Mattis seine Mutter vermisste und wie sehr seine Angst um sie ihn belastete. Also durfte nicht auch noch sie – Wencke – fehlen. Obwohl es Überwindung kostete, aufzustehen.

Seit drei Stunden, genau genommen seit kurz nach dem Mittagessen, als sie sich für einen Moment hingelegt hatte, spürte sie ein Ziehen im Bauch. Die kleine Kugel unter der Brust spannte sich, als pumpe jemand Luft in sie hinein. Erst dachte sie, es seien vielleicht Kindsbewegungen. Immerhin hatte sie in den letzten Tagen mehrmals leichte Stöße und Rotationen in sich wahrgenommen, nicht mehr als ein Bläschengefühl, ein Schweben, vielleicht zu vergleichen mit – ach, im Grunde mit nichts zuvor Gefühltem. Aber es war nicht bedrohlich gewesen. Doch dieses Ziehen war nicht gesund. Das spürte Wencke genau.

Sie schaute auf die Uhr. In zwanzig Minuten ging der letzte Transfer von der *Sazellum*-Klinik zu den Externsteinen. Dann würde sie zum Beginn des Festes ohnehin nicht mehr pünktlich erscheinen. Der Fahrdienst richtete sich jedoch bei seinem Einsatz nach den letzten Terminen, die die Patientinnen heute zu bewerkstelligen hatten. Da Ilja Vilhelm beim Theaterstück mitwirkte, fanden ohnehin keine Therapiestunden statt, der Stundenplan in der Klinik war am Tag der Wintersonnenwende nur mäßig gefüllt.

Wencke setzte sich auf die Bettkante. Ihr wurde schwindelig, es fühlte sich an, als drückten unsichtbare Hände sie wieder in die Kissen zurück. Der Druck am Bauch ließ ein wenig nach. Sie strich mit der Hand darüber. Was war, wenn etwas nicht stimmte?

Sie hatte sich heute Vormittag aufgeregt, sie war schnell mit dem Fahrrad gefahren und etliche Treppen hinaufgehastet. Anschließend hatte sie noch ihr Zimmer auf den Kopf gestellt, weil sie wissen wollte, ob der Dieb ihres Kurbuchs noch etwas anderes hatte mitgehen lassen. Alles schien jedoch an Ort und Stelle zu sein. Es sah so aus, als sei diese Person nur schnell bei ihr eingebrochen, um nach irgendeinem Indiz zu suchen, welches man in Vilhelms Praxis platzieren konnte, um den Verdacht auf sie zu lenken. Nicht dumm, aber auch nicht professionell genug, um wirklich hinzuhauen. Das Schloss war nicht aufgebrochen gewesen. Einerseits beruhigend, weil mit weniger Gewalttätigkeit verbunden. Andererseits alarmierend, da es für den Eindringling offensichtlich nicht allzu schwer gewesen sein konnte, den Zimmerschlüssel zu bekommen. Wencke fühlte sich nicht mehr wirklich sicher.

Zudem war ihr Vertrauen in die Leute, die für Ihr Wohlergehen in dieser Kur zuständig waren, empfindlich getroffen. Auch wenn Ilja Vilhelm und Viktoria Meyer zu Jöllenbeck ihr letzten Endes geglaubt hatten, dass nicht sie das Büro durchwühlt hatte.

Der ganze Vormittag war Wencke auf das Gemüt geschlagen.

Sie stand auf. Ihr wurde wieder schwindelig. Nicht umkippen, Wencke, halte dich irgendwo fest.

Was war nur los mit ihr? Sie fasste nach der Schrankkante, atmete tief durch, stellte sich aufrecht hin, wischte mit der freien Hand über die Augen.

Sie musste zum Arzt. Alle Alarmsignale ihres Körpers liefen auf Hochtouren. Das hier war genau die Situation, vor der alle sie gewarnt hatten. Axel Sanders, der Frauenarzt, Ilja Vilhelm; sie sah jede Menge erhobener Zeigefinger vor sich.

Langsam schob sie sich Richtung Stuhl, hob die Jacke von der Lehne und schlüpfte mit den Füßen in die Hausschuhe. Auf dem Tisch stand noch ein Glas Wasser, sie trank es in einem Zug leer, dann schaute sie aus dem Fenster.

Der Regen hatte aufgehört. Die Sonne strahlte mit ihrem gleißenden Winterlicht durch die Scheibe. In den kahlen Bäumen vor ihrem Fenster hüpften Eichhörnchen von Ast zu Ast. So winterlich und friedlich. Doch irgendwo da draußen war Nina Pelikan. Und Wencke hatte Mattis versprochen, nach ihr zu suchen, sie zu finden. Sie möglichst lebendig zu finden, fügte Wencke in Gedanken hinzu. Natürlich hatte sie dem Jungen gegenüber nichts über die Befürchtung gesagt, dass Nina auch tot sein könnte, dass es sogar von Minute zu Minute wahrscheinlicher war. Allein, weil sie ihm diese Gefahr verschwiegen hatte, musste sie alles daransetzen und ihr Versprechen einlösen. Die Zeit drängte. Sie musste jetzt handeln. Sonst würde der kleine Junge nie wieder einem Versprechen trauen.

Das Ziehen begann wieder. Ein leichter Schmerz mischte sich unter den Druck des Bauches. Sie musste nach Luft schnappen. Nicht, weil das Kneifen im Rücken nicht auszuhalten war, sondern weil sie ahnte, dieses Auf und Ab, dieses Kommen und Gehen der Attacken waren keine Lappalie mehr.

Sie ging zum Haustelefon, die Liste mit den Notfallnummern war auf den Apparat geklebt. Sie wählte den Anschluss des Arztes. Es klingelte fünfmal, dann hörte man das leise Knacken in der Leitung, welches einem verriet, dass man auf einen anderen Apparat geschaltet wurde. Nach nochmals drei Freizeichen meldete sich die Rezeption.

«Frau Tydmers, der Doktor ist schon außer Haus. Sie wissen doch, das Fest. In dringenden Fällen kann ich ihn anpiepen. Haben Sie akute Probleme?»

Ja, dachte Wencke. Ich kann mich nicht erinnern, jemals ein so akutes Problem gehabt zu haben.

«Frau Tydmers, soll ich den Arzt rufen? Geht es Ihnen schlecht?»

Wencke hatte Angst vor dem Gefühl in ihrem Bauch. Doch noch mehr Angst hatte sie, sich vielleicht zu irren, den Mediziner unter Umständen wegen ein paar Blähungen aus seinem Feierabend zu holen und sich zu blamieren. Umstände zu machen, Ärger zu verursachen, das war Wencke höchst unangenehm. «Nein, ist schon gut», sagte sie. «Nur Kopfschmerzen.»

«Dann gehen Sie doch ein Stück durch den Park, Frau Tydmers», hörte sie die Stimme am Telefon. «Etwas Sauerstoff wird Ihnen weiterhelfen, da bin ich mir sicher. Und wenn es doch noch schlimmer wird, holen wir den Arzt. Einverstanden?»

Wencke legte auf. Sie wusste, sie würde nicht vernünftig sein. Sie würde keinen Spaziergang machen. Nicht abwarten und in sich gehen. Sie blickte auf die Uhr. Noch fünf Minuten bis zur Abfahrt des Busses. Nicht mehr viel Zeit, um sich an ihr Versprechen zu halten. Es musste schnell gehen, wenn sie Mattis nicht enttäuschen wollte. Sie fischte eilig den roten Pullover aus dem Schrank und warf sich die Jeansjacke über. Vor ihr lagen noch eine Menge Treppenstufen oder eine lange Wartezeit vor dem Lift.

Als sie die Tür öffnete, wäre sie beinahe ausgerutscht. Auf dem Boden lag ein großes Blatt Papier, kein Zweifel, das musste jemand unter der Tür hindurchgeschoben haben, was unmöglich ein gutes Zeichen sein konnte. Wencke hatte mit ihrem Schuh bereits einen Abdruck darauf hinterlassen. Ansonsten war etwas recht unleserlich mit Bleistift an den Rand geschrieben worden. Wencke legte den Kopf schräg und entzifferte ihren Namen, daneben das Datum des gestrigen Tages.

Noch konnte sie es ignorieren. Einfach drüber hinwegsteigen, es vergessen, zur Wintersonnenwende gehen und nicht darüber nachdenken. In dem Moment, wo Wencke das Blatt aufhob, wusste sie schon, sie hätte es wirklich besser liegen lassen. Harmlose Briefe wurden nicht unter der Tür hindurchgeschoben. Sie wendete das Papier.

Es war der Baum. Ihr kleiner, selbst gemalter, persönlicher Baum mit den festen Wurzeln, den reifen Äpfeln und dem Astloch am Stamm. Und an einem der Äste hing ein mit Bleistift gekritzeltes Seil, an dem ein Strichmännchen baumelte.

Wenckes Herz schlug schneller, und sofort nahm der Druck um ihren Bauch wieder zu.

Was war das? Wer hatte ihr diesen üblen Streich gespielt? Oder war es mehr als das? War es eine konkrete Drohung?

Die Zeichnung war einerseits dilettantisch, andererseits hatte sich der «Künstler» dennoch die Mühe gemacht, die erhängte Figur mit einigen Details auszustatten. Kurze Haare, die etwas wirr vom Kopf abstanden. Kurze Arme und Beine. Und ein auffällig dicker Bauch.

Unverkennbar, das sollte sie selbst sein. Oder wenn man es sich genauer ansah, dann konnten die Zickzackstriche am Kopf auch genauso gut das Struwwelhaar eines kleinen, dicken Jungen sein. Mattis!

Wencke ließ die Zeichnung zu Boden segeln. Nur noch eine Minute. Sie musste den Bus erreichen. Sie musste zu Mattis.

Als die Tür ihres Zimmers klackend ins Schloss fiel und der Widerhall den menschenleeren Flur füllte, war Wencke schon beim Lift. Obwohl sie wusste, wie sinnlos es war, drückte sie immer und immer wieder auf den Knopf, der den Fahrstuhl zu ihr bringen sollte. «Verdammt nochmal, komm endlich, du lahmer Kasten!»

Kurz überlegte sie, kehrtzumachen und durch das Treppenhaus nach unten zu gehen. Aber sie musste sich schonen. Und gleichzeitig musste sie alles daransetzen, schnell genug zu sein, um Mattis zu schützen, der vielleicht in Gefahr war. Warum nicht? Wenn es jemand auf Nina abgesehen hatte, warum sollte dann nicht auch ihr Sohn davon betroffen sein?

Es war jetzt nicht die richtige Zeit für Wehwehchen und Schonung, entschied Wencke, es war höchste Zeit zum Handeln.

Sie vernahm das herannahende Summen des Liftes. Die Beleuchtung des Knopfes erlosch, ein feines Rauschen kündigte das Öffnen der Fahrstuhltüren an. Sie zwängte sich durch den gerade geöffneten Spalt und hämmerte mit der flachen Hand auf die mit dem «E» beschriftete Taste. «Mach schon», fluchte Wencke.

Ein Blick auf die Uhr verriet ihr, dass der Kleinbus – sollte er pünktlich sein – in wenigen Augenblicken Richtung Externsteinen abfahren würde. Doch die Türen schoben sich unendlich langsam auseinander und verharrten einen Augenblick, als erwarteten sie noch einen weiteren Fahrgast. Tatsächlich hörte Wencke schnelle Schritte über den Flur hallen, die sich unverkennbar dem Fahrstuhl näherten. Erneut drückte sie den Knopf. Endlich falteten sich die Metallelemente wieder zusammen, sodass sie den Flur nur noch durch einen kleinen Schlitz sehen konnte, gleich würde sich der Aufzug in Bewegung setzen. Wencke atmete erleichtert auf. Vielleicht erreichte sie doch noch rechtzeitig das Erdgeschoss, den Bus, vielleicht war sie früh genug bei Mattis, der auf sie wartete und sicher ständig Ausschau nach ihr hielt. Der leise Schmerz im Unterleib wallte wieder auf, und Wencke musste die Lider schließen, ruhig durchatmen, verharren, sich selbst finden. Wann ratterte der Lift endlich nach unten?

Das Rauschen der sich schließenden Türen wurde mit einem Klacken jäh unterbrochen. Wencke öffnete die Augen und sah einen Fuß im Türspalt. Es war ein Männerschuh, der sich energisch in den Lift zwängte und die Schiebetüren wieder zum Öffnen zwang. Ein Mann mit grimmigem Blick trat zu ihr in den engen Raum, blickte den erleuchteten Erdgeschoss-Schalter an und lehnte sich mit verschränkten Armen gegen die mit dunkler Holzmaserung vertäfelte Fahrstuhlwand.

Es roch auf einmal irgendwie nach Schwimmbad. Oder vielleicht lag dieser Chlorgeruch auch immer in der Fahrstuhlluft, immerhin führte der Lift direkt in den Keller, wo das Hallenbad war. Doch es war Wencke noch nie so aufgefallen, und sie hielt unwillkürlich die Luft an. Der Fremde war sehr groß, seltsam grau im Gesicht. Als er sich räusperte, erkannte Wencke eine tiefe Stimme dahinter, ein lautes Organ, zweifelsohne ein Mann, der nicht gern flüsterte. Sie hatte ihn noch nicht hier in der Klinik oder auf dem umliegenden Gelände gesehen. Vielleicht war er ein Hausmeister, ein Techniker, irgendetwas. Im Grunde genommen gab es keinen Grund, diesen Kerl verdächtig zu finden, nur weil er auf den letzten Drücker zu Wencke in den Fahrstuhl geschlüpft war und so aussah, als wäre er ziemlich schlecht gelaunt. Doch Wenckes Intuition verriet ihr etwas anderes. Ihre Intuition verhieß ihr Gefahr.

Die Kabine setzte sich in eine Abwärtsbewegung. Endlich traute sich Wencke, Luft zu holen. Der Mann hatte bislang ins Nichts gestarrt, seine von tiefen Falten umzogenen Augen hatten auf einem Punkt zwischen der Aufzuganzeige und dem ausgehängten Wochenspeiseplan geruht. Doch urplötzlich bewegte sich sein Kopf, er wandte sich Wencke zu und blickte sie direkt an. Zeitgleich schnellte sein Arm nach vorn, fassten seine kräftigen Finger nach dem kleinen roten Hebel neben der Alarmklingel und legten ihn nach oben. Mit einem Ruck stoppte der Lift.

«Was machen Sie da?», fragte Wencke. Doch der Kerl starrte sie nur weiter an.

«Ich habe es eilig, hören Sie? Bitte legen Sie den Schalter wieder um.»

Wencke war klar, dass der Fremde ihrer Aufforderung nicht nachkommen würde, es war mit Sicherheit kein Versehen gewesen. Wencke wollte selbst nach dem Schalter fassen, oder zumindest den gelben Notruf drücken, um irgendjemanden auf ihre Lage aufmerksam zu machen, doch auf dem Weg zur Schaltleiste griff der Mann ihren Arm und ließ Wencke keine Chance, sich auch nur einen Millimeter zu bewegen.

«Lassen Sie mich sofort los!»

Was wollte er von ihr? Nur kurz kam ihr der Gedanke, in diesem Moment einem Vergewaltiger gegenüberzustehen, der in der Klinik auf ein hilfloses Opfer gelauert hatte. Wencke hatte in ihrem Job mehr als einmal solchen Schweinen begegnen müssen. Doch dieser Kerl hier war ihr nicht zufällig gefolgt. Wer immer er war, er hatte etwas mit der ganzen Geschichte, mit Nina Pelikan und den Wacholderteufeln, mit Mattis und dem Strichmännchen am Baum zu tun. Und er hatte nicht auf irgendein hilfloses Opfer, sondern auf sie, auf Wencke, gewartet. Alles andere wäre hanebüchner Zufall. Diese Gedanken schossen sekundenschnell durch Wenckes Kopf, ebenso die Vorstellung, ihn nach allen Regeln der Selbstverteidigung niederzustrecken. Doch sämtliche Handkantenschläge, Tritte in die Weichteile und Kniffe in die Augenhöhlen waren in einem engen Raum wie diesem genauso sinnlos wie gefährlich. Wenn sie keine Fluchtmöglichkeit hatte, war sie über kurz oder lang seinen ungleich gewaltigeren Kräften ausgeliefert.

Er hielt noch immer ihre Handgelenke fest umklammert, er starrte sie noch immer an, er sagte noch immer kein Wort. Sie war ihm sehr nahe, hatte seinen Atem in ihrem Gesicht, roch, dass er allem Anschein nach keinen Alkohol getrunken hatte, was die Situation noch beängstigender machte: Ihr stand ein Mann gegenüber, der im vollen Bewusstsein handelte. Trotz seiner grobschlächtigen Ausstrahlung merkte man ihm an, dass er nicht dumm war. Irgendwie war klar, dass er einen Plan hatte.

Es irritierte sie, denn neben seinem Geruch nach feuchter Winterluft nahm auch der Geruch nach Schwimmbad zu, je näher er an sie heranrückte. Unangenehm stach ihr der Chlorgeruch in der Nase.

Im Zeitlupentempo legte sie sich den nächsten Satz zurecht, bastelte mit Worten, die zwischen unterwürfigem Flehen und forschem Bestimmen liegen mussten, die keinen Grad von der ungefährlichen Mitte abweichen durften, um den Mann nicht zu reizen. Was sollte sie ihm sagen?

Er kam ihr zuvor: «Wo steckt meine Frau?», fragte er langsam, sie konnte das Vibrieren seiner Bassstimme spüren. «Du weißt es doch sicher ganz genau. Sag mir, wo ich Nina finde!»

«Herr Pelikan?», entfuhr es Wencke. Zuerst dachte sie: Dann ist es nicht so schlimm. Ein eifersüchtiger Ehemann, nun, mit dem würde sie allemal zu Rande kommen. Doch dann schossen ihr Mattis' Worte in den Kopf, die er ihr gestern am Fuße des Hermannsdenkmals anvertraut hatte: «*Hartmut ist auch so ein Typ. So einer wie dieser Held hier oder wie der Wacholderteufel, von dem ich dir gerade vorgelesen habe. So einer, der alles erobern will. Ich kann ihn nicht ausstehen. Und manchmal habe ich Angst vor ihm.*»

«Ich habe keine Ahnung, wo sie steckt», sagte Wencke und verwünschte das verzweifelte Timbre ihrer Stimme. «Wir sind schon seit gestern auf der Suche nach ihr. Glauben Sie mir!»

Der große Mann kam nun so dicht, dass Wenckes Gesicht an einigen Stellen schon den Stoff seiner Jacke berührte. Mit der Masse seines Körpers drängte er sie in die hintere Ecke, dann legte er schwer seine Hände auf ihre Schultern. «Du und dieser Psychoheini. Ihr habt sie in der Mangel gehabt. Ihr habt ihr den Kopf verdreht.»

«So ein Unsinn», brachte Wencke hervor, doch in der Enge verloren sich ihre Worte.

«Es ist meine Frau, kapiert? Und ich war ihr immer ein guter Mann. Ich habe sie damals aus der Scheiße geholt. Und deswegen hat sie kein Recht ...»

Er atmete stoßweise und drängte Wencke gegen die Wand. Mit Entsetzen fühlte Wencke sein forderndes Knie zwischen ihren Schenkeln. Er zog es langsam in die Höhe. Ein Reißen durchbrach ihren Unterleib im selben Moment, als sie sein Bein abbekam. Wie ein Korsett schnürte sich ein Krampf um Wenckes Leib. Sie bekam keine Luft mehr. Schwarze Punkte versammelten sich auf ihrer Netzhaut, bis alles um sie herum dunkel war.

Der Bus, dachte Wencke, er wird ohne mich fahren. Es war ihr letzter Gedanke, bevor sie mit dem Rücken an der Fahrstuhlwand nach unten glitt.

Auf dem Gelände rund um die Externsteine war es nun stockdunkel und still, bis auf eine Mischung aus aufgeregtem Flüstern und dem Geräusch, das entsteht, wenn viele Menschen in dicker Winterkleidung auf engem Raum versammelt sind. Ein Rascheln von winddichten Jacken und aneinander geriebenen Handflächen, ein paar Huster und Schnupfennasen, das Ausstoßen von Atemluft.

Stefan Brampeter stand auf dem Hauptfelsen, seine Hände

ruhten auf dem Schalter des Spotstrahlers. Sobald das Signal ertönte, würde er einen gleißend hellen Lichtkegel zum Turmfelsen herüberschicken. Dort würde dann der Wacholderteufel in Erscheinung treten und das Fest würde beginnen. Noch nie zuvor hatte Stefan eine derartige Anspannung empfunden. Selbst die Begegnung seiner Mutter mit dem völlig verunsicherten Mattis war vergleichsweise entspannt abgelaufen. Es war Stefan gelungen, die Situation zu retten, indem er seine Mutter wieder zu den Tratschweibern zurückgeführt und sie überzeugt hatte, dies sei ein Missverständnis und in der Dämmerung könne man einen kleinen, fremden Jungen schon mal für Ulrichs Sohn halten. Die Mutter hatte es nicht wirklich geglaubt, doch sie war selbst so mit den Nerven und auch mit der Kondition am Ende, dass sie sich dankbar auf einen Klapphocker niedergelassen und sich mit weinerlichem Seufzen zufrieden gegeben hatte.

Ein gewaltiger Paukenschlag um Punkt 16.16 Uhr brachte die eiskalte Luft zum Schwingen, schallte von den zerklüfteten Wänden der Externsteine wider, zog die vielen hundert Leute dort auf dem Rasen in seinen Bann.

Stefan drückte den Knopf. Der scharfe Lichtkegel erfasste die Gestalt gegenüber. Zwanzig Meter weiter stand der große Mann auf dem Felsen, breitete die Arme aus, ließ den Umhang im Wind wehen. Sein Schatten war noch um ein Mehrfaches größer und bildete sich verzerrt auf der steinernen Rückwand ab. Der Wacholderteufel lachte satanisch und wurde vom unter ihm aufspielenden Orchester begleitet.

Die Pauke wirbelte dumpf und ohne erkennbaren Rhythmus, nach und nach setzten die Kontrabässe und Celli ein, Tuba und Posaunen bliesen markante Töne dazu, ein gespenstischer Wirrwarr aus Tönen und Schlägen füllte die Atmosphäre. Es war wunderbar.

Dann erschallte die tiefe Stimme des Teufels, verstärkt und

ein wenig entfremdet brach sie aus den über das ganze Grundstück verteilten Lautsprechern: «Der Winter ist gekommen. Die Zeit der Dunkelheit bricht an. Öffnet die Türen für mich und meine Nachfahren! Zwölf Tage und Nächte wollen wir unter euch sein!»

Planmäßig spielte das Orchester nun sein erstes Stück: die Ouvertüre einer Oper, die ein ehemals in Detmold lebender Komponist geschrieben hatte. Stefan kannte sich mit Musik nicht aus, erst recht nicht mit klassischer, doch diese Klänge passten genau zur Kälte, zur Dunkelheit, kurzum, zur ganzen Stimmung.

Er schaltete den Spot ab. Ilja Vilhelm, der Wacholderteufel, stand wieder im Dunkeln. Er würde nun eine kleine Pause haben, denn nach der Musik kam ein Hexentanz, dann ein Lied vom singenden Bäcker, anschließend würde das Stück mit den Kindern beginnen. Erst dann würde die dramatische Kletterpartie auf dem Felsen den Höhepunkt des Festes bilden. Und als Abschluss kämen die brennenden Räder zum Einsatz.

Stefan hatte keine Zweifel mehr, dass alles glatt gehen würde. Was sollte schon passieren?

Nach den letzten Tagen, wo so vieles geschehen war, wo so viel Verdrängtes wieder zum Leben erwacht war, wo er Dinge getan hatte, die er sich selbst niemals zugetraut hätte – nach den letzten Tagen durfte einfach nichts mehr kommen.

Als Wencke zu sich kam, lag sie über der Schulter des Fremden, der sie durch einen Flur trug. Erst allmählich arbeiteten ihre Sinne gut genug, dass sie das Kellergeschoss erkennen und den Schwimmbadgeruch wahrnehmen konnte. Kurz nach diesen Eindrücken wurde ihr der Schmerz im Bauch bewusst. Der Kerl hatte sie rücksichtslos wie einen Sack geschultert, bei jedem Schritt drückte sie sich mit ihrem Eigengewicht seine Knochen in den Unterleib.

«Lassen Sie mich los!», wollte sie rufen. Doch sie brachte nur ein klägliches Röcheln zustande. Schlaff warf sie ihre kraftlosen Fäuste gegen seinen Rücken. Wenn er es überhaupt bemerkte, dann ignorierte er es gekonnt. Wencke konzentrierte sich, der nächste Satz sollte verständlich sein: «Was wollen Sie eigentlich von mir?»

«Sei still», stieß er hervor.

«Sie tun mir weh! Ich bin schwanger, verdammt nochmal! Mein Bauch!»

«Du sollst endlich still sein!», wiederholte er ruppig, ließ sie jedoch etwas hinuntergleiten, sodass ihr Bauch nicht mehr eingedrückt wurde.

Wencke holte tief Luft. Was hatte er nur vor?

«Hören Sie, Herr Pelikan, eigentlich war ich auf dem Weg zu Mattis. Er hat seinen großen Auftritt. Seine Mutter – Nina – kann nicht kommen, niemand weiß, wo sie steckt. Wollen wir nicht gemeinsam …?»

«Wenn du nicht endlich die Klappe hältst, geschieht ein Unglück!»

Es hatte keinen Sinn, auf ihn einzureden. Sie waren am Ende des gefliesten Ganges angelangt, und der Mann drückte mit dem freien Arm eine Metalltür auf. Dahinter lag ein Lagerraum, in dem es so intensiv nach Chlor roch, dass es Wencke den Atem verschlug. Sie erkannte etliche Utensilien, die man aus den Materialräumen der Bademeister im Freibad kannte: runde Netze mit langem Stil, Schwimmhilfen jeder Art, Bälle und Tauchringe, eine Vitrine, in der Behälter für Chemikalien zu erkennen waren. Wencke registrierte nur am Rande, dass das Schloss des Glasschrankes kaputt und die Tür nur lose angelehnt war. Sie wurde hastig durch den Raum geschleppt, dann öffnete Pelikan eine weitere Tür, und sie befanden sich draußen, hinter der Klinik, umgeben von einem gemauerten Gang, weiter hinten führte eine Steintreppe nach oben.

Ihr Blick fiel auf seine ausgebeulte Gesäßtasche. Wenn sie nicht alles täuschte, dann trug er dort sein Handy. Sie nutzte seine harten Schritte, um mit dem Arm nach und nach ein paar Zentimeter weiter nach unten zu gelangen. Die Hose saß locker, sie könnte ihm das Mobiltelefon mit etwas Glück unbemerkt herausziehen. «Sie tun mir weh», jammerte sie lauter als zuvor, dann trat sie ihm mit der Fußspitze gegen die Brust. Nicht heftig, dazu fehlte die Kraft, doch immerhin gewaltig genug, um im selben Moment das Telefon zu greifen. Auf den ersten Blick erkannte Wencke, dass es sich um ein altmodisches Modell handelte, welches sie vor Jahren einmal selbst benutzt hatte. Zum Glück, dann würde sie sich, wenn es darauf ankam, mit dem Ding zurechtfinden. Und sie war sich sicher, es würde schon bald darauf ankommen. «Verdammt nochmal, ich bin schwanger, Sie schaden meinem Kind!», schrie sie wieder und ließ das Telefon in die Innentasche ihrer Jeansjacke gleiten. «Wie lang soll das noch so gehen?»

Endlich ließ er sie herunter. Wencke spürte, wie das Blut, welches sich bei dem langen Kopfüber-Marsch hinter ihrer Stirn gesammelt hatte, warm in den Körper hinabsank. Ihre Beine fanden nur schwer in den Stand, sie musste sich an der bemoosten Hauswand festhalten.

«Und was jetzt?», fragte sie, obwohl er ihr eigentlich unmissverständlich klar gemacht hatte, dass er keine Worte duldete. Doch irgendwie wusste sie, es wäre bei weitem fataler, seinen Forderungen zu entsprechen, als sich ihnen zu widersetzen. Hatte Mattis seinen Stiefvater nicht mit einem Kriegshelden verglichen? Und begegnete man solchen Feldherren nicht mit einem ebenso großen, wenn nicht sogar größeren Waffenarsenal? Natürlich war Wencke alles andere als in der Lage, es mit ihm aufzunehmen – er war zwei Köpfe größer, wog sicher doppelt so viel und hatte keine vorzeitigen Wehen, die den Körper in Beschlag nahmen. Trotzdem war Wencke sich sicher: Würde sie die weiße Fahne schwenken, hätte sie ihre einzige Chance vertan. Also wagte sie den nächsten Satz: «Was für ein Unglück sollte denn Ihrer Meinung nach geschehen, wenn ich nicht das mache, was Sie von mir verlangen?»

Er hielt ihren Arm fest, und sie spürte seine Wut über ihre Respektlosigkeit, die er anscheinend nicht gewohnt war. Damit hatte er sicher nicht gerechnet. «Du bist genau so eine Person, mit der meine Frau besser nichts zu tun hat. Du und dieser Seelenklempner, dieser Vilhelm.»

Er duzte sie hartnäckig. Obwohl Wencke wusste, er wollte damit demonstrieren, wie klein und hilflos sie neben ihm wirkte, beließ sie es weiterhin bei der förmlichen Anrede. Ein «Du» hätte auch zu vertraut wirken können. Und das wollte sie nicht. Ihr war klar, dieser Mann war ein Stratege. Hier kam es drauf an, dass man nicht falsch reagierte, oder vielmehr: dass man besser taktierte. Eine kleine Schlacht, in der auch mit kleinen Worten gekämpft wurde.

«Sie irren sich! Nina und ich sind lediglich Tischnachbarinnen. Wir hatten kaum etwas miteinander zu tun. Am dritten Kurtag ist sie einfach verschwunden, da habe ich mir Sorgen gemacht. Und mich etwas um Mattis gekümmert, der ganz durcheinander war. Doch inzwischen ist die Polizei in Alarmbereitschaft, sie suchen nach Nina, bestimmt werden sie sie bald ...»

«Du plapperst ununterbrochen!», regte er sich auf und verstärkte den Griff. «Und dann lügst du noch das Blaue vom Himmel herunter. Willst du mich für dumm verkaufen, oder was?»

«Wie kommen Sie darauf?»

«Ich habe mir doch den ganzen Scheiß durchgelesen. Die Akte meiner Frau, von vorn bis hinten, das ganze Gesülze, das meine Frau bei diesem Psychoheini losgelassen hat. Von wegen, ich würde sie ... alles Schrott!»

«Ja, aber Ihre Frau ist hierher gekommen, weil sie für sich und ihr Kind ... Ihr gemeinsames Kind ...»

«Unser gemeinsames Kind? Pah! Einen Bastard schleppt sie mit sich herum.»

«Aber mir hat sie erzählt ...»

Er fuhr zu ihr herum, fasste auch den anderen Arm, noch härter, sie standen wie zwei Tanzpartner voreinander, die die ersten Schritte übten, doch er fügte ihr Schmerzen zu mit seinem Griff. Und er jagte ihr Angst ein mit seinem Blick, der grau und spitz auf sie gerichtet war. «Ich weiß, was sie dir erzählt hat. Stand alles in der Akte. Sie hat gesagt, dass sie dich bewundert, weil du so stark bist und ihr Mut zusprichst, wenn sie verzweifelt ist. Und noch mehr so 'n Quatsch.»

«Jemand hatte Nina einen Zeitungsartikel zugesteckt, um ihr Angst zu machen. Waren Sie das?»

«Nein, ich mache nicht so beschissene Sachen, Zettel verstecken und so. Ich mache es wenn, dann richtig.»

«Daran habe ich keine Zweifel!»

«Ich hätte ihr gleich einen vor den Latz geknallt, wenn ich gewusst hätte, dass sie schwanger ist. Ich verarsche meine Frau nicht.» Selbstgerecht zeigte er seine Zähne, es sollte wohl ein Lächeln sein. «Nicht so wie du, Wencke Tydmers!»

«Wie kommen Sie darauf, dass ich ...»

«Du bist eine lächerliche Person. Überhaupt nicht stark. Überhaupt kein bisschen besser als meine Frau. Lebst mit dem einen Kerl zusammen und treibst es mit dem anderen. Genau wie Nina. Hast auch einen Bastard im Bauch und Schiss davor, wie es weitergehen soll. Frau Hauptkommissarin!» Ironisch schlug Pelikan die Hacken zusammen und salutierte, die andere Hand immer noch fest um Wenckes Arm gedrückt. Er lachte laut und hässlich.

Warum lebt Nina mit diesem Menschen zusammen?, ging es Wencke durch den Kopf. Warum tat sich eine Frau so etwas an? Nina war vielleicht keine Schönheit, aber irgendwie doch ein bisschen hübsch. Und sie war noch jung, in Wenckes Alter, sogar noch jünger, sie hatte einen Job und einen tollen Sohn. Außerdem war sie ein feiner Mensch, auch wenn Wencke das eine oder andere Mal etwas genervt von ihr gewesen war. Sie dachte an den Spaziergang im Park, zu dem sie aufgebrochen war, weil sie sich mit Nina irgendwie verbunden gefühlt hatte. An den ersten Morgen, an dem sie beide zu spät zum Kneipp'schen Guss gekommen und den Blicken der anderen ausgesetzt gewesen waren. Sie waren keine wirklichen Freundinnen, aber vielleicht hätten sie es werden können. Wenn Nina nicht verschwunden wäre.

Sie konnte sich beim besten Willen nicht vorstellen, wie Nina mit diesem Menschen zusammen sein konnte. Es gab nur eine Erklärung: Pelikan hatte zwei Gesichter. Immerhin musste er seine Machenschaften hier in Bad Meinberg – die Observierung seiner Frau, die Durchsuchung der Therapieakten, das Auflauern am Fahrstuhl, wenn niemand mehr in der Klinik war – irgendwie geplant haben. Vielleicht, oder besser wahrscheinlich, war seine direkte Art, die Dinge anzugehen, im normalen Alltag eine Bereicherung für die etwas zerstreute Nina gewesen. Doch in extremen Situationen wie dieser stellte sie eine Gefahr da, machte ihn zu einem harten Gegner. Wencke fiel wieder Mattis Vergleich mit dem Kriegshelden ein. Der Junge hatte nicht verkehrt gelegen. Die wahren Feldherren gingen auch strategisch vor, statt wild um sich zu schlagen. Vielleicht war hier der Punkt, an dem sie ansetzen konnte, an dem Wencke ihn besiegen konnte.

«Warum lassen Sie Ihre Frau nicht einfach ein paar Tage in Ruhe? Warum reisen Sie ihr hinterher, spionieren in den Akten herum, bedrohen ihre Bekannten?»

«Sie hintergeht mich nach Strich und Faden. Ich kann ihr nicht mehr trauen.»

«Nina ist ein ehrlicher Mensch, Sie können nicht ernsthaft behaupten ...»

«Halt endlich die Klappe!», brüllte Pelikan. Wencke hoffte, jemand würde es hören. Doch die Wahrscheinlichkeit, dass in diesem Moment ein Mensch am entlegenen Hintereingang der Klinik entlanglief, war nicht wirklich hoch. Die meisten Leute dieser Stadt standen jetzt gerade bei den Externsteinen und schauten Mattis beim Theaterspielen zu.

«Meine Frau hat mit einem anderen Kerl rumgemacht. Wie kann sie da noch ehrlich sein?» Mit jeder Silbe schubste er Wencke in Richtung Treppe. «Ihren kranken Ehemann betrügen und sich dann aus dem Staub machen. Vielleicht denkst du, dass so etwas nicht schlimm ist. Aber ich habe alles für Nina getan, habe sie damals aus dem Heim geholt, ihr ein Zuhause geboten, mit allem Drum und Dran. Und sie pimpert in der Gegend rum.»

«Vielleicht sind Sie nur etwas zu misstrauisch?»

Die Stöße, die Pelikan ihr versetzte, wurden härter. Wencke musste aufpassen, damit sie sie nicht zu Boden rissen. Sie wusste, würde sie fallen, wäre dies sein Sieg.

«Ich bin überhaupt nicht misstrauisch. Sie ist nur zu dämlich, ihre Eskapaden zu vertuschen. Stell dir das vor: Sie sagt zu mir, sie fährt mit Mattis auf so eine Diätfarm, damit der kleine Fettsack endlich mal abnimmt. Sie hat mir geschworen, sie liefert den Jungen nur ab und kommt dann sofort wieder zurück. Und kaum ist sie weg, eine Stunde erst, da hat sie schon ihr Handy ausgeschaltet, und ich weiß nicht, wo sie steckt. Und dann ...»

Sie stiegen jetzt die Stufen nach oben. Wencke gewann die Übersicht, schaute sich um, keine Menschenseele war zu sehen. Es war eiskalt geworden, die Treppe war glatt, denn die Feuchtigkeit der letzten Tage war zu einer dünnen Eisschicht gefroren. Kurz überlegte sie, Pelikan zu stoßen. Er stand hinter ihr, zwei Stufen tiefer, er würde das Gleichgewicht verlieren, auf den Stufen keinen Halt finden, wahrscheinlich hinunterfallen. Dann hätte sie einen Vorsprung und die Möglichkeit, vor ihm zu fliehen. Vielleicht würde es ihr gelingen, das entwendete Handy zeitig genug im Anschlag zu haben, um Hilfe zu holen. Aber war es nicht so, dass ausgerechnet jetzt und heute alle Teutoburger Einsatzkräfte an den Externsteinen Dienst schoben? Niemals hätte sie schnell genug den Richtigen an der Strippe. Die Telefonnummer vom Bad Meinberger Dorfsheriff musste auch irgendwo in ihrer Jacke stecken. Aber Pelikan würde ihr nicht die Zeit lassen, erst einmal in Ruhe die Visitenkarte herauszukramen. Wencke sah es ein. Flucht war ein verlockender Gedanke. Aber auch ein hirnrissiger Plan. Sie spürte noch immer die Hand an ihrem Arm. Wenn sie ihn stoßen würde, so konnte er sie mit sich reißen. Sie würden beide fallen. Die Treppe war nicht so lang oder steil, als dass es sie hätte umbringen können. Doch Wencke dachte an das Kind. Zum ersten Mal überhaupt dachte sie an das Kind, wie eine Mutter es tun sollte. Denn wenn sie fallen würde, so wäre es in Gefahr. Die Schmerzen im Bauch, die Aufregung, dann ein Sturz – sie wusste, das Kind würde diese Geschichte vielleicht nicht überleben. Und so ging sie weiter, ließ sich drängeln und schubsen, hörte sich Pelikans abgedrehte Vorstellungen von Partnerschaft an.

«Und dann kommt Nina einfach nicht nach Hause. Kein Handy, kein Garnichts. Ich hatte Angst um meine Frau, verstehst du? Sie ist noch so jung und nicht besonders stark. Ich Idiot habe mir ernsthaft Sorgen um Nina gemacht. Bis der Anruf kam.»

«Der Anruf?»

«Die Praxis, Frauenarzt. Sie haben gesagt, dass Nina irgendein Rezept vergessen hätte, aber die Pillen seien wichtig für das Baby. Die Sprechstundenhilfe fragte noch ganz freundlich, ob ich meine Frau in der Kur besuche und den Wisch mit nach Bad Meinberg nehmen könnte, oder ob sie bei der *Sazellum*-Klinik anrufen solle, damit die ihr die Tabletten nochmal verschreiben könnten. Hat sie einfach so gefragt. Am Telefon.»

Wencke sagte nichts. Sie waren durch ein Gebüsch gegangen und liefen nun durch den Park, vorbei an der Bank, auf der sie mit Nina gesessen hatte, vorbei an den amerikanischen Pappeln und asiatischen Kiefern. Niemand kam ihnen entgegen, niemand folgte ihnen. Die menschenleere Lippe-Klinik stand dunkel im Hintergrund, von der Bauruine her war auch keine Hilfe zu erwarten.

Pelikan schnaubte. «Ich erfahre am Telefon, dass meine Frau schwanger ist und mich auch noch von vorn bis hinten verarscht hat. Was soll ich davon halten? Bin ich dann wirklich – wie hast du es so charmant ausgedrückt – etwas zu misstrauisch?»

«Warum sind Sie sich so sicher, dass es nicht Ihr Kind ist?» Keine geschickte Frage, dies wusste Wencke schon im selben Augenblick, in dem sie sie ausgesprochen hatte.

Aber Pelikan reagierte glücklicherweise nicht zu aufbrausend, sein Ton und seine Körperhaltung ließen ihn sogar eine Spur bedrückt erscheinen. «Ich bin Diabetiker. Schon seit meiner Kindheit. Aber es wird von Jahr zu Jahr schlimmer. Wegen der Scheißkrankheit habe ich auch meinen Job verloren. Und ich bin … na ja, was die meisten starken Diabetiker mehr oder weniger sind …»

«Impotent?», rutschte es Wencke heraus.

Er erstarrte, wurde sich wohl der Situation bewusst, dass er hier mit einer Frau durch den Park lief, die er eigentlich überwältigen wollte. Pelikan griff fester zu, als er es je zuvor gewagt hatte, und er ließ keinen Zweifel daran, dass er ein ganzer Mann war. «Sie sagen jetzt keinen Mucks mehr und zeigen mir, wo Nina steckt.» Immerhin, er rutschte auf einmal ins *Sie*. Ein kleiner Sieg, fand Wencke.

«Ich weiß es wirklich nicht!»

«Dann überlegen Sie. Dann überlegen Sie es ganz genau. Denn es bleibt nicht mehr viel Zeit!»

«Nicht mehr viel Zeit bis was?»

«Bis der Wacholderteufel kommt!»

«Was soll das heißen: Bis der Wacholderteufel kommt? Was haben Sie denn damit zu tun? Seit wann schnüffeln Sie schon hier in der Gegend herum?»

«Ich sage Ihnen: Entweder finden wir meine Frau, oder es wird ein Unglück geschehen!»

Es reichte langsam, dachte Wencke. Normalerweise hatte sie ein Gespür für Menschen. Sie wusste intuitiv, ob man sich vor Drohungen fürchten musste oder nicht. Es gab schon Verbrecher, die ihr gedroht hatten, ganz Ostfriesland in eine Kraterlandschaft zu verwandeln, und sie hatte gelächelt, weil sie fühlte, es war nichts als heiße Luft. Ebenso gab es auch die Fälle, in denen nur indirekt ein Unglück angekündigt werden musste, und Wencke setzte alle Hebel in Bewegung, es zu verhindern. Aber bei diesem Mann hier war der Instinkt ausgeschaltet. Sie erinnerte sich an ihr Bild von dem Baum, an die Gestalt, die am Ast baumelte, und die ebenso Mattis wie sie selbst sein konnte. Es lag nahe, dass Pelikan diese Zeichnung gemacht hatte. Ebenso hatte er eben indirekt zugegeben, der Einbrecher in Vilhelms Sprechzimmer gewesen zu sein. Wencke mochte nicht daran denken, dass er ihre intimsten Sorgen und Probleme schwarz auf weiß gelesen hatte. Die Sache mit ihrem Vater, mit der sie sich jahrelang herumgequält hatte, hatte in den Händen dieses Mannes gelegen wie ein billiger

Groschenroman. Vielleicht war das Wissen, dass Pelikan in ihrem Leben herumgeschnüffelt hatte, der Grund für ihre verschobene Wahrnehmung. Wencke war nicht in der Lage, ihn zu durchschauen.

«Immer reden Sie von einem Unglück. Wenn ich nicht meine Klappe halte, wenn wir nicht Ihre Frau finden, wenn sich nicht die Welt auf einmal andersherum dreht, dann ...» Wencke machte eine Geste, die unterstreichen sollte, für wie aufgeblasen sie sein Getue hielt. «... dann geschieht ein Unglück.»

Pelikan blieb stehen und ließ zu Wenckes Überraschung ihr Handgelenk los. Die Stelle, die er so heftig gedrückt hatte, pulsierte brennend. «Ich kann Ihnen sagen, was für ein Unglück ich meine!» Mit seiner rechten Hand fühlte er in der Tasche seiner grauen Windjacke, dann zog er umständlich eine Plastikflasche hervor, milchig weiß mit schwarzem Schraubverschluss. Auf dem Etikett waren etliche chemische Begriffe zu lesen. Wencke kannte sich zwar in Naturwissenschaften grundsätzlich gar nicht aus, doch mit drei Aufschriften konnte sie etwas anfangen: Sie kannte das Zeichen für «ätzend» – die Hand mit dem Loch, auf das ein Tropfen fiel –, für «Gift» – den Totenkopf verstand jedes Kind –, und sie kannte das Wort «Chlor». Sie konnte sich keinen Reim darauf machen, was Pelikan ihr damit sagen wollte. Hinter der Flasche rutschte ein Schlüssel hervor. Pelikan steckte ihn zurück in die Tasche, aber Wencke hatte entziffern können, dass auf dem blauen Schlüsselanhänger «Eingang Externsteine» gestanden hatte.

30

Mattis war verzweifelt. Er stand oben auf halber Höhe des Felsens direkt an der geschwungenen Brücke. Man hatte ihnen eine kleine Sitzbank hingestellt, und Joy-Michelle saß mit angezogenen Beinen, die in eine Wolldecke gehüllt waren, dort und wartete. Sobald er gefunden hatte, was er suchte, wollte er sich neben seine Freundin setzen, sicher war es wärmer, wenn man eng nebeneinander unter einer Decke steckte. Wieder und wieder suchte Mattis mit den Augen die Gesichter im Publikum ab. Keine von beiden war da, und das tat weh. Nun, das seine Mutter nicht kommen würde, damit hatte er sich schon irgendwie abgefunden. Aber dass er keine Spur von Wencke ausmachen konnte, brachte ihn total durcheinander. Wäre sie hier, dann hätte sie sich sicher ganz vorn in eine der ersten Reihen gestellt, weil sie doch wusste, dass er auf sie warten würde. Aber so oft er auch von links nach rechts und wieder umgekehrt schaute, er sah keine Wencke. Und es war schon fünf Uhr. Er musste aufpassen, dass er nicht losheulte.

Unten stand ein bärtiger Mann und sang mit tiefer Stimme ein Lied von den Bergen. Frau Möller hatte ihnen gerade das Zeichen gegeben, dass sie als Nächste an der Reihe waren. Der Wacholderteufel war schon damit beschäftigt, die Sicherheitsleine an seinem Gürtel zu befestigen. Sobald der Mann über das Geländer gestiegen war, würde der Auftritt beginnen. Und er, Mattis, war mit dem ersten Satz dran.

«Ich bin ein armes Teufelskind.»

Er brauchte dringend jemandem, mit dem er über die Sache eben reden konnte. Was war geschehen? Er bekam es nicht wirklich auf die Reihe: Die dicke Frau hatte vorhin behauptet, sie wäre seine Oma. Mattis hatte sich unglaublich erschreckt, und Stefan Brampeter, der die Frau mit Mutter ansprach, hatte die aufgeregte Fremde abgewimmelt. Als sie ging, hatte Mattis ihr hinterhergeschaut und überlegt, wie es wäre, wenn die Frau Recht hatte. Wenn er wirklich ihr Enkelsohn wäre. So etwas Komisches hatte er noch nie gedacht, und noch nie hatte er sich so gefühlt wie in dem Augenblick. Er hatte wirklich gedacht, er müsste sterben, auf der Stelle. Weil sein Herz so pochte und sein Magen kniff, als müsste er sich übergeben. Und er schwitzte wie bescheuert ... wie krank, wie mit Fieber und Masern und allen Krankheiten zusammen, die er bislang in seinem Leben gehabt hatte. Und niemand war bei ihm gewesen. Keine Mama, keine Wencke.

Also hatte er versucht, seine Verwirrung irgendwie in den Griff zu bekommen, und hatte trotzdem weiter nachgedacht. Über die fremde Oma da in der Menschenmenge. Und irgendwann hatte der Gedanke ihm sogar kurz gefallen. Auch wenn er sich seine Großmutter nie so dick vorgestellt hatte. Aber was wäre, wenn ...?

Wenn er hier in Bad Meinberg seine Familie kennen lernte? Und wenn Stefan Brampeter der Sohn dieser Frau war, so bedeutete es, dass er sein Onkel wäre. Wenn er recht überlegte, war es Mattis schon immer merkwürdig vorgekommen, dass der Tischler ihn dauernd so eindringlich beobachtet hatte. Aber unter diesen Umständen, nun, wahrscheinlich hatte der Mann ihn auch irgendwie erkannt. Vielleicht war er deswegen ebenso fertig gewesen und hatte deswegen so gestarrt. Könnte ja sein.

Es war aufregend, darüber nachzudenken. Aber es brachte ihn auch durcheinander.

Bislang hatte es schließlich immer nur ihn und seine Mutter gegeben. Das war alles, was Mattis an Familie kannte. Demnächst würde noch eine Halbschwester dazukommen. Ein kleines Mädchen, na ja, ein Bruder wäre ihm lieber gewesen. Mattis freute sich trotzdem darauf. Doch das Kind tat ihm jetzt schon Leid, weil es keinen Vater hatte. Mattis wusste, dass Hartmut es nicht sein konnte. Denn Mutter hatte ihn schon vor Wochen in ihr kleines Geheimnis eingeweiht und ihn bekniet, dem Stiefvater nichts zu sagen. Auf gar keinen Fall. Und sie würde noch vor der Geburt dafür sorgen, dass sie alle ein besseres Zuhause bekämen. Ganz bestimmt. Ein besseres Zuhause für Mama, Mattis und das Baby. Irgendwo anders. Und Hartmut würde sie alle in Ruhe lassen. Dies war auch der Grund, warum Mattis sich so auf das Baby freute. Weil es seiner Mutter die Kraft gab, endlich was zu ändern.

«Na, aufgeregt, kleiner Mann?», fragte der Wacholderteufel, der sich gerade seine schwarzen Handschuhe anzog, an deren Fingerspitzen lange Krallen angebracht waren. Der Mann spreizte die Hände. «Gruselig, nicht wahr?»

Mattis zuckte die Schultern. «Ich weiß ja, dass Sie in echt nur der Psychologe aus der Klinik sind. Als ich Sie das erste Mal gesehen habe, hat es mich mehr gegruselt.»

«Aber heute Vormittag hatte ich noch nicht das Kostüm an.»

«Das meine ich auch nicht», sagte Mattis. Er setzte sich endlich hin, seine Knie waren vor Lampenfieber ohnehin schon weich wie sonst was, und er gab es jetzt auf, nach Wencke zu suchen. Dann hatte sie ihn wohl vergessen. Oder veräppelt.

Er traute sich nach einiger Überlegung doch nicht, neben Joy-Michelle unter die Decke zu kriechen. Stattdessen setzte er sich auf einen Wollzipfel und drehte sich zum Wacholderteufel, dessen Gesicht ganz lila geschminkt war. Mit einer Art Knete hatte man seine Nase vergrößert, und die Augenbrauen waren tiefschwarze Bögen. «Ich meine in der Nacht, als Sie unter unserem Balkon standen. Da habe ich mich ziemlich gefürchtet. Aber im Vergleich zu meiner Mutter bin ich noch ganz schön cool geblieben. Die hat sich nämlich vor Schiss fast ins Nachthemd gemacht.»

Der Wacholderteufel schaute ihn stirnrunzelnd an. «Was meinst du?»

«In der ersten Nacht hier in Bad Meinberg sind meine Mutter und ich aufgewacht, weil vor unserem Balkon ziemlicher Lärm war. Und da habe ich Sie in Ihrem Kostüm gesehen, daneben waren noch ein paar andere Leute. Und meine Mutter hatte Angst, sie hat gesagt: ‹Das sind die Wacholderteufel, und die wollen was von mir.›»

Einer der Helfer kam zu ihnen und zupfte am Teufelsgewand. «Ilja, mach dich klar. Das Lied ist gleich zu Ende, und dann kommst du …»

Doch der Wacholderteufel reagierte nicht. Nachdenklich schaute er Mattis an. «Ich bin ein Idiot!», sagte er schließlich. Mattis konnte sich keinen Reim darauf machen, doch es schien dem Mann einiges durch den Kopf zu gehen.

«Ich hätte selbst darauf kommen müssen. Natürlich, in der Nacht waren Konrad Gärtner und die anderen bei mir, um das Teufelskostüm zu bringen. Ich war nicht in der Klinik, sie sollten mir die Verkleidung in den Flur beim Pavillon legen. Sicher haben sie ein bisschen mit meinem Umhang und der Gummimaske herumgealbert. Und das war es, was deine Mutter und du gesehen habt. Und ich dachte wirklich, deine Mutter sei ein wenig … überspannt. Meine Güte. Holzklötze wie ich sollten nicht Psychologie studieren …» Dann stand er auf.

«Dann waren die Teufel gar nicht wegen uns da», verstand Mattis.

«Es kann schon sein, dass sie deiner Mutter einen üblen Scherz spielen wollten», entgegnete der Wacholderteufel.

«Aber warum? Wir haben doch niemandem etwas getan!»

«Das erzähle ich dir später. Jetzt ist erst mal Showtime,

okay?» Er schaute auch zu Joy-Michelle und hielt für beide seine Handflächen zum Abklatschen hoch. Mattis fühlte sich plötzlich richtig erwachsen und klatschte erfreut ab, Joy-Michelle tat es ihm gleich.

Das Lied von den Bergen war zu Ende, und der bärtige Mann bekam einen donnernden Applaus, für den er sich mit Verbeugungen bedankte.

Der Wacholderteufel ging über die Brücke und stellte sein rechtes Bein auf einen Felsvorsprung. Die so genannte Höhenkammer – auch Sazellum genannt, wie Frau Möller es im Unterricht erklärt hatte – sah aus wie ein Zimmer aus Stein, in dem die Decke fehlte. Mit dem viereckigen Fenster in der äußeren Wand hatte es auch irgendeine Bewandtnis, man nahm an, dass vor langer Zeit irgendwelche Mönche durch die kleine Luke die Sterne beobachtet hatten. Nun dienten diese Wände, die Ecken und Kanten, dem Wacholderteufel zum Klettern. Mit viel Kraft zog er sich am Ende des Geländers nach oben und umfasste den Stein mit dem Fensterloch. Mit vorsichtigem Schritt begab er sich auf die andere Seite der Wand, hangelte sich von außen an der Höhenkammer entlang. Mattis bewunderte ihn. Es war verdammt weit oben hier. Und der Felsen, auf dem der Wacholderteufel herumklettern wollte, war verdammt schmal.

«Habt ihr die Nebelmaschine angestellt?», fragte der Mann noch, und Mattis sah den Helfer von der Technik beruhigend nicken.

Dann ging wieder das helle Licht an. Die Trommeln setzten ein. Mattis rückte sein Mikrophon am Umhang zurecht, ein komisches Kratzgeräusch aus den Lautsprechern verriet ihm, dass sein Gerät bereits angestellt war.

Er stand auf und trat auf die Brücke. Sie war gebogen, das Geländer hatte ein schönes Muster aus Kreisen und Vierecken. Er musste sich daran festhalten. Da waren so viele Menschen.

Alle schauten zu ihm hinauf. Seine Mutter sah er nicht. Und auch keine Wencke. Tief atmete er durch.

«Ich bin ein armes Teufelskind …»

31

Sie waren immer weitergegangen. Pelikan hatte ihren Arm nicht mehr festgehalten. Ihm war wohl klar, dass Wencke keinen Fluchtversuch machen würde. Schon wegen der immer noch andauernden Schmerzen hätte sie ohnehin keine Chance gehabt. Und nachdem er ihr das Chlor gezeigt hatte, war sie seinen Anweisungen gefolgt. Da brauchte sie nicht mehr so zu tun, als habe sie ihm etwas entgegenzusetzen. Sie musste alles dafür tun, dass er seinen geplanten Anschlag nicht in die Tat umsetzen konnte. Wenn sie nur wüsste, was er vorhatte.

Zum Glück hatte sie in einer unbeobachteten Sekunde die Visitenkarte des Polizisten hervorkramen können und sich die Mobilrufnummer nach und nach eingeprägt. Es war beinahe ein Ding der Unmöglichkeit gewesen, denn die immer stärker werdende Angst vor Pelikan ließ sie keinen klaren Gedanken fassen, geschweige denn eine elfstellige Zahlenkombination auswendig lernen. Alle zehn Schritte wiederholte sie im Kopf die Nummer, doch sie war sich längst nicht mehr sicher, ob sie sich nicht die falsche Nummer eingeprägt hatte.

«Bis der Wacholderteufel kommt … was meinen Sie denn damit?» Wencke hatte diese Frage bereits dreimal gestellt, und Pelikan hatte stets beharrlich geschwiegen. Da sie nicht glaubte, dieses Mal eine Antwort zu erhalten, versuchte sie eine neue Variante: «Was würden Sie mit Nina machen, wenn wir sie tatsächlich finden?»

«Ich würde sie mit nach Hause nehmen. Wo sie hingehört.»
«Und das Kind?»
«Mattis gehört auch nach Hause. Nach allem, was ich für diesen Kerl getan habe, kann ich mit Fug und Recht behaupten, dass er mein Sohn ist. Und als solcher hat er bei mir zu sein.»
«Ich meinte eigentlich das Baby ...»
«Sie soll es zur Adoption freigeben. Irgendwie wird Nina es sicher los. Aber eins ist klar: Ich lasse mir kein Kuckucksei unterjubeln.»

Wäre dies ein normales Gespräch, dann hätte Wencke versucht, ihn zur Vernunft zu bringen. Sie hätte ihm sein unmögliches Verhalten vor Augen geführt und zu bedenken gegeben, dass es vielleicht besser wäre, sich zu trennen und einen Neuanfang zu wagen. Doch dies war kein normales Gespräch.

Eine Weile war es still, und es gelang Wencke, neue Gedanken zu finden. Es lag auf der Hand: Nina Pelikan hatte die Kur genutzt, um sich von ihrem tyrannischen Ehemann zu trennen. Sie hatte sicher keinen anderen Ausweg gewusst, insbesondere, weil sie tatsächlich von einem anderen schwanger zu sein schien. Was auch immer in dieser Familie vorgefallen war, es musste schlimm genug sein, dass Nina keine Möglichkeit gesehen hatte, woanders Hilfe zu suchen. Es gab Frauenhäuser, es gab geschulte Polizeikollegen, es gab Seelsorger jeder Art, die sich mit häuslicher Gewalt auskannten und Nina geholfen hätten. Doch diese Alternativen mussten für sie trotzdem undenkbar gewesen sein. Vielleicht lag es daran, dass Pelikan zwei Gesichter hatte und dass beide überzeugend waren. Wahrscheinlich hatte sie Sorge, er würde ihre Vorwürfe – sollte sie sich bei entsprechenden Stellen melden – auf links drehen und zu Lügen abstempeln. Er wirkte sehr überzeugend, und alles sah danach aus, dass Pelikan seiner Frau nicht nur von der Statur, sondern auch vom Intellekt überlegen war. Zumindest musste Nina das Gefühl gehabt haben, ihm nicht das Wasser reichen zu können.

Und was das Schlimmste war: Irgendwann musste sie angefangen haben, die Drangsalierung als Normalität zu empfinden. Wencke kannte nicht wenige Fälle, in denen Frauen zu Hause die schlimmsten Unterdrückungen hingenommen hatten und dennoch ihren Peinigern glaubten, es sei alles halb so wild. Weil sie innerlich schon den Glauben verloren hatten, sie seien es wert, respektvoll behandelt zu werden.

Nina musste sich einen anderen Weg aus ihrem Unglück suchen. Deswegen hatte sie eine Kur beantragt, allem Anschein nach heimlich. Es war bestimmt nicht Ninas Absicht gewesen, von der Krankenkasse ausgerechnet nach Bad Meinberg geschickt zu werden, von wo sie schon einmal Hals über Kopf hatte flüchten müssen. Aber sie hatte es in Kauf genommen, um dann, schon nach zwei Tagen, das Weite zu suchen. Die Tatsache, dass sie Mattis zurückgelassen hatte, sprach dafür, dass sie unter enormem Druck gestanden haben musste. Hatte Sie Angst? Und sie war im Schlafanzug unterwegs, ein weiteres Indiz, dass ihre Flucht spontan geschehen war. Vielleicht hatte sie irgendwie herausgefunden, dass ihr Mann in Bad Meinberg war und nach ihr suchte. Dennoch konnte Wencke sich nicht vorstellen, dass Nina sich allzu weit entfernt hätte. Auch wenn sie anscheinend Vertrauen zu Wencke gefasst hatte und ihr den Sohn ein paar Tage überließ, sie konnte nicht über alle Berge verschwunden sein. Ohne vernünftige Klamotten am Leib schon gar nicht. Das musste es sein: Sie war aller Wahrscheinlichkeit nach ganz in der Nähe. Und sie wusste, wo sie hingehen konnte und wo man sie nicht vermutete. Schließlich kannte sie sich in dieser Gegend gut aus. Es war ihre Heimatstadt, sie hatte so vieles gewusst und erzählt. Über die Finanzmisere, verschuldet durch die Gesundheitsreform, erkennbar in den leer stehenden Kliniken. Ganz in der Nähe, ging es Wencke immer wieder durch den Kopf. Nina würde Mattis nie allein lassen.

Die Lippe-Klinik, fiel es Wencke ein. Der große, finstere Betonklotz zwischen dem Yoga-Zentrum und der *Sazellum*-Klinik. Hatte Nina nicht erwähnt, das Gebäude stehe leer und solle abgerissen werden? Wencke blieb stehen. Natürlich, wenn sie an Ninas Stelle gewesen wäre, sie hätte sich dort einen Unterschlupf gesucht. Bis heute Vormittag waren die Temperaturen ja auch noch erträglich gewesen, man hätte es auch ohne Heizung ausgehalten. Aber inzwischen waren es sicher unter null Grad. Und wenn Nina tatsächlich nur dürftig bekleidet irgendwo dort in diesem schaurigen Haus saß, dann musste sie erbärmlich frieren. Und es lag in Wenckes Hand, ob und wie sich das Ausharren gelohnt hatte.

«Ich mache Ihnen einen Vorschlag», sagte Wencke. Pelikan drehte sich um. Er hatte gar nicht bemerkt, dass Wencke nicht mehr neben ihm lief.

«*Sie* machen *mir* einen Vorschlag?» Er äffte ihren Tonfall nach und kam drohend auf sie zu.

«Ich will wissen, was Sie im Schilde führen. Ich will das Unglück, von dem Sie die ganze Zeit sprechen, verhindern.»

«Der Vorschlag ist schlecht, mir fehlt die Gegenleistung ...»

«Ich habe eine Idee, wo Nina stecken könnte. Nur eine vage Vermutung, aber ich würde Ihnen beim Suchen helfen.»

Er stieß verächtlich die Luft aus. «Sehr großzügig, Ihr Angebot!»

«Hören Sie, Pelikan, was auch immer Sie vorhaben, es macht die Sache doch nicht anders, als sie ist: Ich weiß nicht, wo Nina steckt. Ich kann Ihnen Nina und Mattis nicht zurückgeben. Ich kann auch nicht ungeschehen machen, was Sie sich gegenseitig in Bremen angetan haben.»

«Und was können Sie überhaupt?»

«Ich kann nur meiner Intuition folgen.»

«Das ist lachhaft!»

«Aber es hat mich bislang in meinem Leben immer weit gebracht. Wenn Sie meine Akten studiert haben, müssten Sie wissen, dass ich Ihnen keine Märchen erzähle.»

Er neigte den Kopf hin und her. Pelikan dachte nach, wägte ab. Für und wider. Ganz der strategisch denkende Tyrann, fiel es Wencke ein. Doch nun spielte sie mit denselben Karten. Natürlich, es entsprach wirklich nicht Wenckes Naturell, mit dem Verstand zu arbeiten, deswegen entschied sie sich für eine Mischung: die Strategie der Gegenleistung, gepaart mit der Spontaneität, mit der sie ihm begegnen würde. Als Gegnerin oder als Mitspielerin. Vielleicht würde sie ihn so weit kriegen, dass er nach ihren Regeln spielte, ohne es zu merken. «Ich sage Ihnen, was ich über Ninas Aufenthaltsort vermute, und Sie sagen mir ...»

«Sie bekommen von mir aber auch nur vage Andeutungen. Dann sind wir quitt.»

Wencke wandte sich etwas ab, tat so, als müsse sie ihre Arme vor Kälte um den Oberkörper schlingen, doch in Wirklichkeit griff sie mit der rechten Hand in die Innentasche ihrer Jacke. Hoffentlich hatte er sein Handy nicht mit der Tastensperre lahm gelegt. «Ich brauche Ihre Hilfe. Schließlich werde ich mich auch mit Ihnen auf die Suche machen.»

«Sie sind wirklich schrecklich», sagte er, und es war klar, diese Meinung kam von ganz tief drinnen. «Nur um eines klarzustellen: Ich bin hier der Gelackmeierte. Meine Frau hat mich hintergangen. Ich musste ihr hinterherreisen, um mein Leben wieder ins Lot zu bringen. Eigentlich brauche ich überhaupt nichts mehr zu tun!»

Wencke fühlte mit den Fingerspitzen nach den Tasten des Telefons. Sie musste sich konzentrieren, diese ewige Handynummer von Paulessen, noch dazu Tippen im Blindflug und gleichzeitig Pelikan irgendetwas erzählen, um ihn abzulenken. Es war fast unmöglich. War die letzte Stelle eine neun oder eine sechs gewesen? «Wir wollen doch beide Nina finden. Wir sollten uns zusammentun!», redete sie nebenbei.

«Und wenn Sie mich verarschen, Frau Polizistin?»

«Entweder Sie spielen mit … oder wir stehen beide einfach nur blöd in der Gegend herum!» Wencke drückte auf den Knopf, der – soweit sie das Modell noch im Kopf hatte – den Rufaufbau startete. Sie konnte kaum noch gerade stehen. Die Bauchmuskeln zogen sich zusammen. Sie hätte sich gern zusammengekrümmt und hingelegt. In ein weiches Bett, unter eine warme Decke. «Sagen Sie mir, was passieren wird. Jetzt sofort!»

Er bemerkte nicht, dass es ihr schlecht ging, zum Glück. Kurz rieb er sein Kinn.

«Sagen wir es so …» Dann schwieg er.

«Ja?» Irrte sie sich, oder hörte sie ganz leise an ihrer Brust ein Freizeichen tönen?

«… der Wacholderteufel wird heute tief fallen. Und alle, die in seinem Umkreis sind, werden auch ihre Ladung abbekommen.»

«Und wann? Pelikan, sagen Sie mir, wie viel Zeit bleibt noch?»

Er lachte kurz. «Solche Sachen geschehen immer bei Nacht und Nebel, oder?»

Bei Nacht und Nebel? Wencke ging schneller, sie war Pelikan ein paar Schritte voraus. Er dachte sicher, sie wolle sich mit der Suche beeilen. Doch in Wirklichkeit schob sie das Handy so weit es ging an ihren Kopf und hoffte, nein, betete, dass sie die richtige Nummer gewählt hatte und genug Zeit blieb, ihrem Kollegen das Nötigste zu sagen.

32

Norbert Paulessen genoss den Abend. Es lief alles wie geschmiert, er und seine Kollegen aus Horn und Detmold konnten recht entspannt der großen Show an den Externsteinen folgen. Die *Wacholderteufel*, allen voran Stefan Brampeter, hatten sich wirklich etwas einfallen lassen. Musik und Tanz und Schauspiel, dazu gekonnte Effekte mit Licht und Schatten. Paulessen hatte sich inzwischen zu seiner Frau und den Zwillingen gestellt, die Kinder aßen Bratwurst, und seine Frau trank mit spitzen Lippen einen Glühwein.

In Sachen Grabschändung hatte es im Laufe des Tages keine neuen Erkenntnisse gegeben, die verschwundene Frau Pelikan war nicht wieder aufgetaucht. Am heutigen Tag keine besonderen Vorkommnisse in Bad Meinberg, wenn man so wollte.

Bis auf ... Na ja, Paulessen dachte kurz an den Besuch der attraktiven Kollegin am Vormittag. Die knappe Stunde, die er gemeinsam mit der eifrigen Wencke Tydmers in seinem Büro über alten Polizeiakten gesessen hatte, würde wahrscheinlich der aufregendste Moment dieses Wintertages bleiben. Es war spannend gewesen, mit ihr nach der alten Geschichte zu forschen. Rechtsradikalismus in Detmold, falsche Schuldzuweisungen von falschen Freunden, ein immer noch nicht ganz geklärter Todesfall vor einer Diskothek. In sechzig Minuten hatte die Rothaarige so viele Kriminalfälle aus seinem Archiv herausgepult, dass sein Schreibtisch es locker mit dem einer Wache im Großstadtrevier aufnehmen konnte. Paulessen seufzte.

«Was ist los, Schatz?», fragte seine Frau und bot ihm einen Schluck ihres Heißgetränkes an, dessen Alkoholaroma ihm schon die ganze Zeit gemein in der Nase kitzelte. Er lehnte trotzdem ab.

«Komm, Norbert, nipp ein bisschen daran. Gegen die Kälte. Heute wird schon kein Einsatz mehr kommen. Das Fest ist doch gleich vorbei.» Während er dann doch nicht widerstehen konnte, ein kleines Schlückchen trank und sich seine Zunge verbrannte, zeigte seine Frau mit dem Finger auf den kleinen, dicken Jungen, der weit oben auf der Brücke stand und nervös seinen Theatertext ins Mikrophon stammelte. «Ein süßer Knirps, schau nur ...»

Der Junge erzählte mit monotoner Stimme die Sage vom Wacholderteufel. Das Publikum applaudierte. Dann setzte dramatischer Trommelwirbel ein, und der helle Spot wurde angeworfen. Man sah einen lila gekleideten Mann, der auf den Felsen vor der Höhenkammer stieg.

Paulessen verdrängte den Gedanken an die Todesstürze, die hier bereits stattgefunden hatten. In diesen Fällen rückten die Diensthabenden aus Horn aus, er brauchte sich die Schreckensbilder zum Glück nicht anschauen. Doch er hatte Abzüge gesehen von einem jungen Mädchen, das sich einen Spaß gemacht hatte und an ebendieser Stelle herumgeklettert war, um ein Foto von ihrem Freund aufzunehmen. Er hatte diesen Anblick, auch wenn er ihn zum Glück nur zweidimensional ertragen musste, nie vergessen. Mit Erleichterung stellte er fest, dass Ilja Vilhelm, der laut Programm den Wacholderteufel spielte, eine Sicherungsleine trug.

«Papa, isst du meine Wurst zu Ende?», fragte eines seiner Kinder. Er beugte sich herunter, sah den Mischmasch aus angekautem Fleisch und Ketchupresten und lehnte dankend ab. In diesem Moment ging ein Ruck durch die vielen Leute, die um ihn herumstanden. Einige gaben erschreckte Laute von sich. Schnell schaute Paulessen in Richtung Felsen.

Der Wacholderteufel stand nun im Scheinwerferlicht, hinter ihm die Steinwand mit dem Fenster, vor ihm nichts. Er lachte. Es sah wirklich zum Fürchten aus. Die Streichinstrumente des

Orchesters gaben alles. Langsam senkte sich von der oberen Steinplatte her ein dichter, watteweißer Nebel herab.

Paulessen hatte das Piepen seines Handys überhört, nur das energische Vibrieren seines Mobiltelefons machte ihn auf einen Anruf aufmerksam. «Entschuldigt mich», sagte er zu seiner Familie und ging einige Schritte zur Seite, um ungestört zu sein. Er nahm das Gespräch an und drückte sich die freie Hand auf das andere Ohr, um etwas zu verstehen.

«Hallo?» Er hörte die Frauenstimme am anderen Ende kaum. «Hallo? Reden Sie lauter und nicht so schnell, ich kann sonst nichts verstehen!»

«Ich habe aber keine Zeit!», sagte die flüsternde Stimme.

«Wer ist denn da überhaupt?»

«Bei Nacht und Nebel, hören Sie? Der Wacholderteufel ist in Gefahr!»

«Wie bitte?» Paulessen blickte wieder zu den Externsteinen. Es war Nacht, eindeutig, und der künstliche Nebel über dem Wacholderteufel blähte sich auf wie eine Kumuluswolke. «Was meinen Sie damit?»

«Unternehmen Sie etwas, Kollege! Der Junge … bitte … da sind irgendwelche Chemikalien … Chlor …» Dann wurde die Verbindung unterbrochen.

Paulessen rief noch ein paar Mal «Hallo», doch das Display verriet ihm, dass ihn niemand mehr hören konnte. Er betätigte die Taste, die ihm eine unbekannte Mobilnummer zeigte. Sofort drückte er auf Rückruf. Was war das nur für eine Warnung gewesen? Hatte er richtig verstanden: Kollege? Es war ringsherum zu laut, um alles gut zu verstehen, aber er war sich sicher, die Frauenstimme hatte «Kollege» gesagt, und er meinte auch, Wencke Tydmers darin erkannt zu haben. Das Freizeichen dauerte an, bis sich eine anonyme Mailbox meldete. Paulessen sprach nichts drauf, beendete die Verbindung mit einem Tastendruck und steckte das Gerät wieder an den Gürtel.

In Gedanken wägte er das Gesagte ab. Wenn es tatsächlich Wencke Tydmers gewesen war, dann hatte sie gesagt, der Wacholderteufel und der kleine Junge seien in Gefahr, es gehe um Nebel und Chemikalien.

Noch immer stand der lila Teufel dort oben und lachte aus vollem Hals. Es waren nur wenige Augenblicke vergangen zwischen Am-Glühwein-Nippen und Alarmstufe Rot. Viel zu wenig Zeit, um wohl durchdacht und besonnen zu reagieren, wie es sonst Norbert Paulessens Art war. Es musste schnell gehen.

Ein kleines Mädchen tauchte nun auf den Felsen auf, legte sich an einer sicheren Stelle auf den Stein. Der Wacholderteufel kletterte am äußeren Rand entlang in ihre Richtung.

«Was willst du, Fremder, sag es mir!», flötete das Mädchen. Ihre Füße wurden von Nebelschwaden eingehüllt.

Nebelschwaden ... Jetzt dämmerte es bei Paulessen, und einen Gedankenblitz später war es klar und deutlich: Bei Nacht und Nebel. Da vorne war der Nebel, und Wencke hatte etwas von Chlor erwähnt. Aber konnte das tatsächlich eine Möglichkeit sein? Konnte der Nebel vergiftet sein? Wo sonst sollte das Chlor sein? Und war Chlorgas nicht ungemein gefährlich? Paulessen ging schnell das wenige, aus der Bundeswehrzeit gebliebene Wissen über Kampfmittel durch. Chlorgas verätzte die Lungen, in hoher Dosis führte es schnell zur Bewusstlosigkeit. Eines war klar: Im Nebel war das Chlor nicht nur schädlich, sondern wahrscheinlich sogar tödlich.

«Ach du Scheiße», entfuhr es Paulessen.

«Will deine Liebe, gib sie mir», hörte er den Wacholderteufel sagen. War da schon ein kratzendes Geräusch in der Stimme?

Paulessen hob das Funkgerät an den Mund und lief gleichzeitig in Richtung Externsteine, er musste sich durch die eng gedrängten Menschen hindurchschlängeln und seine Ellbogen benutzen. «Kollegen, wer ist in der Nähe der Steine? Dringend!» Das Funkgerät knackte.

Er sah das Mädchen, es gab sich solche Mühe, schaute mit großen Augen zum Publikum: «Ich bin noch jung, noch rein und weiß.»

«Ich zahle dafür guten Preis.» Jetzt merkte man deutlich, dass der Wacholderteufel Probleme mit der Luft hatte. Ein asthmatisches Pfeifen war zwischen den Worten zu hören.

«Norbert, was ist los, ich stehe beim hinteren Bierstand», kam die Kollegenstimme endlich.

«Mach dich auf die Socken und komm nach vorn. Schnell. Ich glaube, es hat jemand Chlor in die Nebelmaschine getan.»

«Wie kommst du denn auf den Blödsinn? Scheint doch alles in Ordnung zu ...»

«Ich hatte eine telefonische Warnung. Jemand will den Wacholderteufel fallen lassen!»

Paulessen hatte sich endlich durch die Leute gezwängt und rannte, so schnell er konnte, zur Treppe. Er war nicht mehr in der Lage zu sehen, was dort oben geschah, er konnte nur noch die Stimmen hören. Das kleine Mädchen und der große Teufel. Solange sie sprachen, war es noch nicht zu spät.

«Du kannst nicht kaufen meine Liebe.»

«Und du nicht stoppen des Teufels Triebe.» Ein Hustenkrampf schallte über den ganzen Platz und beendete abrupt den Vortrag. Als das Röcheln nicht aufhörte, stellte dankenswerterweise irgendjemand den Ton leiser.

Paulessen nahm die ersten Stufen, das Funkgerät im Anschlag. «Hörst du das? Er bekommt keine Luft. Mein Gott, er wird fallen.» Paulessen merkte gar nicht, dass er die Stufen im Schnellschritt nahm. «Sag den Leuten von der Feuerwehr Bescheid. Das Sprungtuch, vielleicht ...»

«Er hat doch eine Sicherungsleine ...», sagte der Kollege.

«Wenn sich jemand Zutritt verschafft und die Nebelmaschine manipuliert, dann wird er sicher auch das Zeug haben, an das Seil zu denken …» Paulessen war fast oben, er sah bereits die geschwungene Metallbrücke, auf der der kleine Junge stand, sich am Geländer festhielt und hustete. Das Mädchen war zum Glück vom Stein hinuntergekrochen, sie hatte tränende Augen.

«Aber was soll das Ganze?», wollte der Kollege wissen. Doch Paulessen sagte nichts. Das war im Moment nun wirklich zweitrangig. Er wusste ohnehin keine Antwort darauf, warum ein Mensch es auf den Klinikpsychologen und die beiden Kinder abgesehen haben könnte. Doch er wusste, wenn diese Stimme Wencke Tydmers gewesen war, dann war die Sache reell. Und dann gab es keine Zeit zu verlieren.

Es war nicht mehr weit. Paulessen hatte den Jungen schon hinter sich gelassen, das Mädchen schien ihn gar nicht richtig zu bemerken, als er vorbeihastete. Nur wenige Schritte noch bis zum Teufel. Inzwischen biss sich der Nebel in seine Lungen. «Schaltet die Maschine ab», versuchte er zu schreien, doch mehr als ein heiseres Rufen kam nicht aus ihm heraus. «Die Nebelmaschine! Ausschalten!» Wie mit kleinen Widerhaken ausgestattet enterte das streng riechende Gas seine Lungen und wollte sie nicht mehr verlassen. Der Wacholderteufel krümmte sich im Scheinwerferlicht. Wegen seiner Maskerade konnte man nicht erkennen, was sich auf seinem Gesicht abspielte, doch die fahrigen Bewegungen, die Halt finden wollten und ins Leere griffen, die wankenden Schritte, dies alles ließ keinen Zweifel, er würde bald stürzen. Paulessen stieg auf den Felsen. Im selben Moment hörte er ein Kreischen von unten. Vielleicht war es seine Frau. Er war wirklich verrückt. Kletterte ohne Sicherung in den Nebel. Seine linke Hand umfasste ein Stück Geländer. Doch wenn er Ilja Vilhelm festhalten wollte, müsste er den Metallgriff loslassen. Und dann? «Halten Sie durch. Die Feuerwehr ist unterwegs …», röchelte er. Ein Blick in die

Tiefe zeigte einige blau uniformierte Männer, die hektisch in ihre Funkgeräte sprachen, von weiter hinten näherte sich ein grellroter Wagen mit Blaulicht.

Endlich verebbte der Nebel. «Ich bin hier hinter dir, Paulessen, ich hab den Nebel abgestellt», erkannte er seinen Kollegen.

Und dann erst fiel Paulessen die Stille ringsherum auf. Kein Orchester mehr, kein Kreischen, kein Theater. Es war schrecklich still. Nur der sich nähernde Feuerwehrwagen war zu hören. Und sein Kollege: «Mach keinen Scheiß, Paulessen, den kriegst du nicht zu packen. Warte, ich komme rüber und halte dich fest.»

«Bring du erst die Kinder in Sicherheit», schrie Paulessen zurück.

In diesem Augenblick schabte der Fuß des Wacholderteufels über den Fels, Ilja Vilhelm war zusammengesackt. Ein kurzer Blick verriet Paulessen, dass der Wacholderteufel das Bewusstsein verloren zu haben schien. Wie in Zeitlupe kippte sein Oberkörper nach vorn. Paulessen ließ das Geländer los und machte einen nächsten Schritt auf den Psychologen zu. Freihändig balancierte er über den Stein. Er sah Vilhelm fallen. Ganz langsam. Als würde der Wacholderteufel nach unten gezogen werden, erst der Kopf, dann der Oberkörper, zuletzt die unbrauchbaren Beine. Bis nichts mehr von ihm an der Stelle stand, auf der er eben noch Halt gefunden hatte. Wie eine Schlange folgte das Sicherheitsseil dem Stürzenden. Zischelte über den Felsvorsprung, schlängelte sich in Windeseile in den Abgrund. Paulessen dachte nicht nach. Er trat auf das Seil. Eine Sekunde später fühlte er, dass das Seil zum Bersten gespannt war. Menschen begannen zu schreien. Paulessen bekam das Ende der Leine zu fassen und wand es sich um den Unterarm. Im selben Moment wurde er mit einer unglaublichen Heftigkeit zu Boden geworfen, sein Arm kugelte fast aus, an seinem

Knöchel schnitt irgendetwas Scharfes in die Haut, und er hörte sich wie von fern aufjaulen vor Schmerz und Schrecken. Er wusste einen Moment nicht, wo er war, brauchte scheinbar Ewigkeiten, bis er erkannte, dass er auf dem Fels lag, den Fuß im Geländer verkeilt und Ilja Vilhelm an einem Seil haltend. Sonst nahm er nichts mehr wahr. Dachte nur: Durchhalten, einfach nur durchhalten! Dachte er das wirklich? Nach und nach wurde ihm klar, dass es Rufe waren. Rufe seines Kollegen, Rufe einiger Menschen dort unten. Sie feuerten ihn an. Und es verlieh ihm Kraft, es half.

Er durfte nicht aufgeben. Vielleicht nur ein paar Sekunden, vielleicht eine kleine Ewigkeit lang. Er war sich bewusst: Das Leben von Ilja Vilhelm hing an einem seidenen Faden, und dieser seidene Faden war er. Waren der Unterarm und die Hand, deren Innenfläche inzwischen so brannte, als würde sie über offenem Feuer gegrillt.

Es würde nicht mehr lang dauern, bis er nicht mehr könnte. Er war doch kein Held. Seine Finger erlahmten, er war nicht in der Lage, etwas dagegen tun, das Seil rutschte schmerzhaft durch seine Handflächen, scheuerte die Haut auf. Er konnte es nicht verhindern. Er war zu schwach. Er würde Vilhelm fallen lassen. Es tat so weh. Er heulte auf. Es war ja auch zum Heulen, so etwas hatte er in seinem Leben als Dorfpolizist noch nicht erlebt. Sein Griff löste sich von selbst. Paulessen hatte keine Gewalt mehr darüber. Sein Körper hatte sich verselbstständigt. Das Seil fuhr in die Tiefe. Es war tatsächlich durchgeschnitten worden. Ilja Vilhelm würde fallen. Es gab niemanden mehr, der den Wacholderteufel hielt.

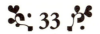

Endlich schlafen.

Schlafen. Schlafen.

Die Träume waren grauenvoll. Denn sie waren so realistisch. So echt, als wäre sie wieder dort, in Bremen, in der Wohnung, in dem Zimmer.

Doch zum Glück träumte sie nur. Meistens war sie sogar zu müde dazu. Dann sackte ihr Körper wie in ein Loch aus Watte, sie war gebettet in Ohnmacht, es kam ihr vor, als könnte sie Jahr um Jahr schlafen – wie Dornröschen. Sie wollte mehr als hundert Jahre schlafen. Absacken. Ausschalten.

Die Kälte, die auf einmal ins Zimmer gekommen war, machte ihr das Wegtreten einfach. Der weiße Schlafanzug war inzwischen grau geworden und die Strickjacke feucht, nichts bot den geringsten Schutz gegen das einschläfernde Frieren. Wie schön. Nur die Augen schließen und auf und davon. Es war eine Gnade. Bis auf die Träume.

Bis auf ...

Ich komme nach Hause. Es ist schon nach sechs. Der Einkauf zieht meine Schulter nach unten. Ich bin viel zu spät, normalerweise sollte um diese Zeit das Essen auf dem Tisch stehen. Aber es hatte Ärger gegeben im Marktkauf. Ich habe mich mit Kunden angelegt und anschließend mit meiner Chefin. Sie hat mir gedroht, wenn ich nicht langsam wieder auf den Damm käme, wäre ich meinen Job los. Ich solle mich gefälligst konzentrieren. Und der Kunde sei König. Und ich ... Wenn ich meinen Job los bin, ist alles zu Ende, denke ich.

Es ist still in der Wohnung, als ich die Tür öffne. Ich hänge meine Jacke an den Haken. Doch hier in meinen eigenen vier

Wänden trage ich einen Umhang aus Angst. Er drückt meine Schultern nach unten. Er macht mir das Atmen schwer. Er ist alt, aber ich muss ihn immer anziehen, wenn ich in die Wohnung komme. Irgendwie schützt er mich auch, Angst schützt doch den Menschen, das war schon immer so.

Warum ist es so still? Ich rufe nach Mattis. Seine Turnschuhe stehen mitten im Flur, er muss da sein. Er soll seine Latschen nicht immer so herumliegen lassen, er weiß doch, dass Hartmut es nicht ausstehen kann, wenn Dinge im Weg herumstehen. Ich bücke mich, hebe die Schuhe auf und stelle sie in den Schrank. Ich rufe wieder nach Mattis. Er antwortet nicht. Hinter seiner Zimmertür höre ich das Gedaddel des Gameboys. Mein Sohn ist auf einem anderen Level. Ich weiß, zu viel Nintendo ist schädlich, ich weiß, er sollte sich mehr bewegen, ich weiß das alles. Doch ich bin froh, dass er dort sitzt, in seinem Zimmer, die Augen auf den kleinen Bildschirm geklebt, ich kann ihn vor mir sehen, ohne die Tür zu öffnen.

Jetzt kommt eine Antwort. Aber nicht von Mattis.

Hartmut ruft vom Sofa her «Na endlich!» Ich ducke mich.

«Tut mir Leid, die Arbeit ...», stammle ich. Und kusche mich in die Küche. Ein flacher Pizzakarton mit angekauten Resten liegt quer über der Spüle. Hartmut hat Kippen in die Salami gedrückt, der Gestank klebt förmlich in der Küche. Auf dem Spülschwamm liegt die leere Insulinspritze. Ich kenne schon lange keinen Ekel mehr. Drei Plastikbecher mit angetrockneten Resten von Schokopudding und Sahne verraten mir, was mein Sohn heute zu Mittag gegessen hat. Meine Hände räumen den Müll fort. Als ich mit dem Kochen beginne, ist es schon halb sieben. Mir läuft Schweiß am Rücken hinunter. Halb sieben ist viel zu spät. Das Fleisch brät in der Pfanne, Fett spritzt auf meinen Unterarm, es tut jedoch nicht weh. Mein Umhang schützt mich. Mir tut nie etwas weh, nicht mehr.

Zum Glück habe ich Steaks mitgebracht. Fleisch stimmt Hart-

mut milde. Sie hatten bei Marktkauf Filets im Angebot. Ich mache dazu eine Rahmsoße und Kroketten. Gemüse lasse ich heute aus, weil mir die Zeit fehlt. Meistens bin ich sowieso die Einzige am Tisch, die sich für Vitamine interessiert. Und ich kann gerne verzichten. Hauptsache, wir haben Frieden, bis der Junge im Bett ist.

Das Essen hat mich gerettet. Es ist nichts davon übrig geblieben. Ich hatte schon befürchtet, es wäre vielleicht nicht genug, aber Hartmut hat sich bisher noch nicht beschwert. Er stochert mit dem Fingernagel zwischen den Schneidezähnen herum. Seit er seine Dritten hat, bleiben oft Essensreste in den Zwischenräumen hängen. Ich bringe ihm Zahnstocher. Ich kann den Blick nicht von ihm abwenden. Er trifft aus Versehen das Zahnfleisch, Blut vermischt sich mit Speichel, er ist verärgert und spuckt auf den Teller. Ich räume den Tisch ab, stelle die Teller in die Spülmaschine und wasche die Pfanne unter heißem Wasser ab. Mattis macht noch schnell seine Hausaufgaben. Er hat Probleme in Mathe. Ich versuche, ihm etwas zu erklären, aber meine Müdigkeit scheint ansteckend zu sein, Mattis gähnt. Er macht ein paar Fehler. Ich schimpfe mit ihm, er soll nicht so viel Nintendo spielen. Mit dem Lappen reibe ich die Soßenreste von der Tischplatte.

Hartmut raucht. Ich muss um seine aufgestützten Ellbogen herumwischen.

«Heute kommt meine Serie», sagt er. «Wollen wir einen gemütlichen Fernsehabend machen?»

Ich nicke und mir wird schlecht. Es gibt nichts Schlimmeres als gemütliche Fernsehabende.

Es ist halb acht, Mattis hat sich bereits fertig gemacht. Fast automatisch läuft es bei uns ab: Nach dem Essen Hausaufgaben und dann ab ins Bad, danach ins Zimmer, Gutenachtkuss und die Tür abschließen. Mattis hat sich noch nie darüber beschwert. Ich denke, ihm ist klar, dass es besser so ist. Nichts wäre schlimmer, als wenn er aus dem Zimmer käme, während Hartmut und ich im Wohnzimmer sind. Es gibt Dinge, die sollte ein Zehnjähriger nicht zu sehen bekommen.

Wir gucken Tagesschau. Sie bringen etwas über eine Naturkatastrophe in der Dritten Welt, viele Menschen sind gestorben, ihre Angehörigen tragen verzweifelt weinend die sterblichen Überreste auf die Kameras zu. Man spricht von tausend Toten. Hartmut sagt: «Was können wir uns glücklich schätzen, dass es uns so gut geht.»

Seine Serie dauert neunzig Minuten. Ich verfolge nie so richtig, worum es dabei geht, nur am Rande nehme ich die Autos wahr, die sich verfolgen und demolieren und reihenweise in Flammen aufgehen. Manchmal stehle ich mir dann ein paar Minuten Schlaf. Doch Hartmut ist sehr laut: «Schau dir das mal an! Wahnsinn! Wie die Bekloppten!» Dann braucht er ein Bier. Danach geht er auf die Toilette und brüllt nach Klopapier. Dann ist Werbepause, und er will mit mir über meinen Arbeitstag reden. Ich erzähle jeden Abend dieselbe Geschichte und weiß, dass er mir nicht zuhört, sondern auf meine Brust stiert, die sich hebt und senkt, wenn ich rede. Plötzlich greift er danach und knetet sie, als wolle er etwas herausquetschen. «Du bist eine tolle Frau!», sagt er. Dann ist die Werbepause zu Ende.

Ich bin sehr müde. Meine Knochen machen diese Tortur schon lange nicht mehr ohne Schmerzen mit. Zu wenig Schlaf entzieht dem Körper irgendein Mineral und lässt den Menschen zerbrechlich werden. Ich fühle mich wie dünnwandiges Porzellan. Und die Hände meines Mannes sind für Holz gemacht, oder für Stein. Er kann nichts dafür, zu viel Kraft, die keiner braucht. Er leidet unter seiner Krankheit. Er ist ein ganzer Mann, bei dem einige Sachen nicht funktionieren. Da kann die Energie nirgendwohin ausweichen. Es ist nicht ideal, wenn so jemand mit einer zerbrechlichen Frau zusammenlebt.

Damals ist es anders gewesen. Ich war so glücklich, als Hartmut um meine Hand angehalten hat. Ich sah ihn als Retter, end-

lich raus aus dem Heim, endlich raus aus dem alten Leben mit dem alten Namen, unter dem mich die Menschen in Bad Meinberg gekannt haben. Die erste Zeit in Bremen war ja auch ganz schön. Als er noch Arbeit hatte, war seine Energie beim Hausmeisterjob draufgegangen. Er kann so gut arbeiten. Er kriegt alles organisiert, er weiß immer, wo alles liegt und wie man kaputte Sachen wieder heile macht. Sein Chef hat ihn oft gelobt, zwei rechte Hände hätte Hartmut und dazu noch den nötigen Verstand. Hartmut war zufrieden gewesen. Da hat er mich immer in Ruhe gelassen. Er kann nichts dafür, dass es nun anders ist. Es liegt an seiner Arbeitslosigkeit.

Hartmut ist ein guter Mann. Er hat mich gerettet. Er hat mich zu sich geholt, als niemand mich haben wollte. Eine gerade Volljährige mit quengelndem Kind und einer unglücklichen Vergangenheit. Wer hätte mir je eine solche Chance geboten?

Ich bin mir im Klaren darüber, dass ich einiges bei ihm gutzumachen habe. Solange ich lebe, solange er lebt, will ich mich als dankbar erweisen, weil er aus Janina Grottenhauer Nina Pelikan gemacht hat.

Ich weise ihn nicht zurück, als die Serie vorbei ist. Er lässt den Fernseher laufen, kriecht langsam in meine Sofaecke, grinst mich an, breitet die Arme aus, wartet, bis ich mich in ihn hineinfallen lasse. Früher habe ich unser kleines Ritual geliebt. Er bedeckt meinen Körper mit nassen Küssen, es saugt an meiner Haut, bis sich das Blut in kreisrunden Flecken bläulich staut. Er fährt mit seinen Pranken in mein Haar, zerrt daran, bewegt meinen Kopf von links nach rechts, wie es ihm gefällt. Ich schließe die Augen. Ich wünsche mir Schlaf. Und doch weiß ich, dass dieses – was immer es auch ist – mich davon abhalten wird. Es dauert Stunden. Er benutzt mich. Er dreht und wendet mich. Er spielt mit mir. Wenn ich keinen Laut von mir gebe, beschwert er sich, warum es mir denn keinen Spaß mache. Ich solle mich nicht so anstellen. Auch wenn er es mir nicht besorgen könne wie ein richtiger Kerl, so habe er doch genug Phantasie, um mich glücklich zu machen. Er spreizt meine Beine. Er reißt meine Arme auseinander und stützt sich mit seinem ganzen Gewicht auf meinen Handgelenken ab. Er lässt sich auf mich fallen. Ich halte den Atem an, um nicht an seinem Körpergeruch zu ersticken. Er ist stolz auf sich, auf sein kleines Arsenal an Spielgeräten, welches in einem Weidenkorb neben dem Sofa auf seinen Einsatz wartet. Es sind Dinge, die fröhlich aussehen, die rasseln, wenn man sie einschaltet. Sie sind bunt und weich wie Gummibären. Ich hasse sie. Ich will schlafen. Es ist schon nach Mitternacht. Aber das Spiel dauert meistens bis drei Uhr. Und wenn ich mich nicht an die Regeln halte, gibt es Diskussionen, und dann dauert es meist noch viel länger.

Er kann das durchhalten. Er hat den Tag zum Schlafen. Und wenn er spielt, kennt er kein Ende. Er wälzt mich auf den Bauch und freut sich, wie vielseitig mein Körper ist. Ich bin eine tolle Frau. Er hat so ein Glück gehabt mit mir. Er sagt es. Dann wird er endlich müde. «Komm ins Bett, Schatz», sagt er. «Du musst morgen früh zur Arbeit, vergiss das nicht, du nimmersattes Etwas.»

Mein Wecker klingelt um sieben. Vier Stunden schlafen. Seit so vielen Jahren schon. Meine Porzellanknochen stehen auf. Ich arbeite. Bis um halb sechs. Um sechs muss das Essen auf dem Tisch stehen.

Mein Mann hat mich noch nie geschlagen.

Sie erwachte von seinem Rufen. Als sie nach oben schnellte, stieß sie sich den Kopf an einem rostigen Heizungsrohr, welches lose von der Wand abstand, an der sie sich angelehnt hatte. Obwohl sie merkte, dass sich Blut in ihrem Haar ausbreitete, konnte sie nicht darüber nachdenken, ob sie sich bei diesem Stoß ernsthaft verletzt hatte. Sie spürte nichts, es war egal, denn sie hatte seine Stimme gehört. War er hier, oder träumte sie? Ihr war schrecklich kalt in diesem dünnen, inzwischen feucht gewordenen Schlafanzug. Fast spürte sie ihre

Beine und Arme nicht mehr, vielleicht wäre sie sogar im Schlaf erfroren, wenn sie diese Stimme nicht aufgeschreckt hätte. Sie dachte zunächst, es sei noch ein Traum. Doch sie hörte ihn wieder rufen. Sie erkannte, dass diese Schreie aus der Wirklichkeit stammten und sich voller Gewalt in ihren Traum geschlichen hatten. Er war wirklich hier. Er hatte sie gefunden. Das vertraute und verhasste Grollen hallte durch die Flure. Er rief ihren Namen. «Nina», rief er. Immer wieder. «Nina!»

Er hatte sie nie geschlagen. Doch er hatte oft zu ihr gesagt: Wenn du mich verlässt, werde ich dich umbringen. Ihr war immer klar gewesen, dass er keine leeren Drohungen machte.

34

An den Wänden zeichneten sich braune Maserungen ab, wie geschmacklose Tapeten überzogen Wasserränder den weiß getünchten Putz. Die Feuchtigkeit hatte sich über das ganze vierte Stockwerk ausgebreitet, es roch schimmelig. Ein Rohrbruch?

Je höher Wencke und Pelikan kamen, desto besser wurde die Luft. Im Erdgeschoss der Lippe-Klinik, wo sie durch ein zerbrochenes Fenster eingestiegen waren, hatte man kaum einatmen mögen, so sehr schien dort unten die Luft mit den Ausdünstungen des Zerfalls gesättigt zu sein.

Wencke hatte Angst. Das aggressive Rufen des Mannes neben ihr, der erneute harte Griff an ihrem Oberarm, das scheinbar endlose Irren durch die verwinkelten Gänge – dies alles war schlimm, kaum auszuhalten. Doch die Angst war eine andere. Der Schmerz in ihrem Unterleib hatte sich verändert. Die Krampfattacken kamen in immer kürzeren Abständen, nahmen sie mehr und mehr in Beschlag und machten jede Bewegung zur Qual. Trotzdem musste sie Pelikan folgen, als wäre sie mutig und stark, denn ihr war klar, er würde jede Schwäche nutzen, würde sie umso mehr quälen und vorantreiben.

Inzwischen glaubte sie nicht mehr so fest daran, dass sie Nina hier finden würden. Es war zu grauenvoll in diesem Betonklotz, so dunkel und leer. Nie im Leben würde sich eine Schwangere hierhin zurückziehen. Sie wäre sicher an einen wärmeren, bequemeren Ort gegangen. Es sei denn – und das schien Wencke gar nicht so unwahrscheinlich –, es sei denn, Nina Pelikan war auf der Flucht vor etwas so Schrecklichem, dass sie die klamme Kälte eines abbruchreifen Betonklotzes in Kauf nahm. Unter diesen Umständen hoffte Wencke geradezu, dass sie Nina nicht finden würden. Vielleicht hatte Nina aber auch das Brüllen ihres Mannes gehört und war rechtzeitig abgehauen. Auch wenn es für Wencke bedeutete, dass sie noch Stunden mit diesem Monster durch mögliche Verstecke würde ziehen müssen. Schlimmer wäre es, sie fänden Nina, ihre Flucht wäre gescheitert, Pelikan würde sie mit sich schleppen und Wencke wäre dafür verantwortlich. Wäre eine Verräterin.

Ob der Anruf bei Norbert Paulessen etwas gebracht hatte? Ob der Kollege sie verstanden und geschaltet hatte, sodass das von Pelikan geplante Unglück hatte verhindert werden können? Sie hoffte, dass es Mattis gut ging, ihrem kleinen Freund. Wenn sie schon drauf und dran war, seine Mutter auszuliefern, so konnte sie wenigstens sicher sein, für den Jungen das Beste getan zu haben. Und das würde auch Nina verstehen. Hoffentlich.

«Ich habe die Schnauze voll», raunte Pelikan. Es war seit einigen Minuten der erste vollständige Satz aus seinem Mund. Fast tat es gut, dass er damit das nervtötende Gebrüll nach seiner Frau unterbrach. «Die ist hier nicht! Sie haben mich verarscht!»

Sie stießen eine Tür zur Rechten auf. Dahinter, wie fast überall, ein ausgeräumtes Gästezimmer, bei dem man lediglich an den Druckstellen im Teppich sehen konnte, dass hier einmal ein Bett, ein Tisch und ein Schrank gestanden haben mochten. Die gegenüberliegende Wand bildete ein riesiges Fensterelement, eine Glastür führte auf einen Balkon, dessen Betonbalustrade vor sich hin bröckelte. In der gefliesten Zimmerecke ragten abmontierte Abflussrohre in den Raum, es roch nach Kanalisation. Am Fenster hing – nur noch von wenigen Ringen gehalten – eine scheußliche Gardine, die Heizung darunter kippte nach vorn, und ein rostiges Rohr hatte sich gelöst. Auf den ersten Blick war dieser Raum wie all die vielen anderen Räume, die sie betreten hatten. Wencke wollte sich umdrehen und gehen, zum nächsten Zimmer und zum übernächsten, wie viele auch immer es noch sein mochten. Doch Pelikan hielt sie fest. Er hatte seinen Kopf gereckt, und seine Nasenflügel bewegten sich leicht, sie zitterten, als habe er Witterung aufgenommen.

«Sie war hier», sagte er dunkel. Er lief in die Mitte des Raumes. «Sie ist gerade erst gegangen.» Er ließ die erstarrte Wencke los, ging weiter und fuhr mit seiner Hand an der Wand entlang. Dann blieb er vor dem Fenster stehen, beugte sich herab, streichelte über den Teppichboden, auf dem Wencke trotz Entfernung kleine Flecken ausmachen konnte. «Der Boden ist noch warm. Hier hat sie gelegen.»

Wencke rechnete mit allem. Dass er aufstand und brüllte wie ein Berserker, dass er wie ein Wahnsinniger losrannte und weitersuchte, so dicht auf der Spur. Doch damit, was Pelikan nun machte, hatte sie nicht gerechnet.

Er legte sich auf den Boden, berührte mit der einen Wange den Teppich, atmete wie ein angeschossenes Tier in flachen, hastigen Zügen.

Wencke war hin und her gerissen. Hier bleiben oder flüchten? Eigentlich sollte sie verschwinden. Sie hatte eine kleine Chance, so schnell würde Pelikan nicht auf den Beinen sein, sie könnte einen Vorsprung erzielen. Doch wie weit würden ihre Beine sie tragen, wie lang könnte sie die Schmerzen aushalten, und was würde er mit ihr anstellen, wenn er sie eingeholt hatte? Die Chance, Pelikan tatsächlich zu entrinnen, war zu klein und die Angst vor diesem unberechenbaren Mann zu groß. Wencke ging auf ihn zu. Er fuhr mit den Fingern über die Flecken auf dem Boden. Die Flüssigkeit in den Fasern musste frisch sein, er verteilte sie mit den Kuppen, zog Halbkreise in den Teppich. An seinen Fingernägeln konnte Wencke sehen, dass die Nässe rot war.

«Blut?», fragte Wencke. Konnte es sein, dass Pelikan das Blut seiner Frau gerochen hatte? Es war ein widerlicher Gedanke. Wencke wurde übel, sie konnte den Blick auf Pelikan nicht mehr ertragen, sie wollte die roten Streifen, die er malte, nicht mehr sehen. Nina war die verletzte Beute und Pelikan der besessene Jäger. Sie schaute nach oben, bemerkte ebenfalls rote Flecken am scharfen Ende des vorstehenden Heizungsrohres, einige schwarze Haare klebten daran. Nina hatte schwarze Haare.

«Sie hat mich betrogen!», jammerte Pelikan. Seine Stimme war mit einem Mal leise und wackelig. Wencke konnte zwar keine Träne auf seinem Gesicht erkennen, doch die Art, wie er sprach, machte klar, dass der große Mann dort am Boden nicht weit vom Weinen entfernt war. «Sie hat einen anderen Mann. Ich war ihr nicht mehr genug.»

«Sie ist verletzt», sagte Wencke. «Es sieht so aus, als habe sie sich an der Heizung eine ziemlich heftige Kopfwunde zugelegt. Ich werde sie suchen.»

«Ich habe ihre Akte gelesen», setzte er fort, als habe Wencke überhaupt nichts gesagt. «Jeden beschissenen Satz, den sie diesem Psychoheini erzählt hat, musste ich lesen. Ich hätte sie fertig gemacht. Ich hätte sie zur Liebe gezwungen. Das hat sie alles erzählt. Sie können sich nicht vorstellen, wie mich das verletzt hat. Es hat mich zerrissen.»

«Sie hätten es doch nicht lesen müssen!»

Er setzte sich auf. «Nicht lesen müssen? Wie sollte ich dann jemals die Wahrheit erfahren? Wie sollte ich dann jemals verstehen, warum sie mich hintergangen hat, obwohl ich alles dafür getan habe, sie zufrieden zu stellen.» Er winselte.

Wencke durchschaute sein Spiel. Er stellte sich klein und verletzlich, jammerte herum. Aber er war derselbe Berserker, der sie vor wenigen Minuten noch rücksichtslos durch die Klinikflure geschleppt hatte. Er war dasselbe Monster, das sie und ihr ungeborenes Kind in Gefahr gebracht hatte. Wencke würde nicht auf ihn hereinfallen. Sie war wütend auf ihn, sehr wütend, und all sein Theater konnte sie nicht davon abbringen, weiter wütend zu sein. «Hören Sie, Pelikan, ich werde jetzt gehen, und ich hoffe, Nina zu finden. Es ist ziemlich viel Blut da auf dem Boden. Ich mache mir Sorgen ...»

Seine Hand schnellte nach vorn und umfasste ihre Fessel. Er zog ihr Bein in seine Richtung. «Gehen Sie nicht!», sagte er noch immer schwach. Es passte nicht zu der Kraft, die seine Hände an ihrem Bein ausübten, um sie am Gehen zu hindern. «Lassen Sie mich nicht allein! Ich kann es nicht ertragen, allein zu sein. Sie wollte mich verlassen, stellen Sie sich das vor! Meine Frau, meine Nina, sie wollte gehen, wollte flüchten ...»

«Sie wird einen Grund dafür gehabt haben!»

«Wie können Sie das sagen? Der Psychologe, dieser Ilja Vilhelm, er hat genauso dahergeredet. Hat sie bestärkt in ihren Fluchtplänen. Hat gesagt: Haben Sie keine Angst, Frauen können auch allein ihren Weg bestreiten. Hat gesagt: Schauen Sie sich Wencke Tydmers an, so stark können Sie auch werden.»

«Nie im Leben hat er das gesagt ...»

«Doch, weil er wusste, dass Nina zu Ihnen aufsieht und so

frei sein möchte wie Sie. Da hat er ihr versprochen, sie könnte so werden. Und deswegen ist meine Frau gegangen.»

«Er ist Fachmann, er wird das Beste für Ihre Frau wollen ...»

«Ach!», entfuhr es Pelikan abfällig. «Er hat ihre Schwäche ausgenutzt und sie dabei belogen. Hat ihr gesagt: so stark wie Wencke Tydmers ... dass ich nicht lache. Deswegen habe ich mir doch Ihre Akte vorgenommen und mir Ihren ganzen Scheiß durchgelesen, dass Sie sich nicht verzeihen können, Ihren Vater verpasst zu haben und das ganze Geheule. Weil ich wissen wollte, warum dauernd dieser Name auftaucht, welche Rolle diese Wencke Tydmers für meine Nina spielt ...» Jetzt lachte er, ohne dass man eine Spur Fröhlichkeit darin erkennen konnte. «Und es ist so jämmerlich, was ich gelesen habe ... Meine Frau hat sich ein Vorbild für Stärke gesucht, und was hat sie gefunden? Schauen Sie sich doch an ...»

«Und was wollen Sie jetzt von mir?»

«Wir müssen Nina finden, und dann sagen Sie ihr, dass alles eine Illusion ist. Dass Sie in Wahrheit eine ganz arme Person sind, die im Grunde einen Mann wie mich braucht. Einen, der stark ist und immer da ist, wenn man ihn braucht. Habe ich nicht Recht damit? Wünschen Sie sich nicht einen richtigen Kerl?» Während er die Sätze aneinander reihte, ohne Luft zu holen, sah er Wencke fast flehend an. Er lag vor ihr auf dem Boden und sprach davon, ein ganzer Kerl zu sein. Wenckes Körper krampfte sich wieder zusammen. Das Kind, dachte sie, ich werde mein Kind verlieren. Und dieser Mann vor meinen Füßen ist schuld daran.

Und er hatte noch mehr getan: Die Sache mit dem fallenden Wacholderteufel, das Strichmännchen auf der Zeichnung mit dem Baum, wahrscheinlich steckte Pelikan auch hinter dem Zeitungsartikel, hinter den nächtlichen Schreckgespenstern unter Ninas Balkon, vielleicht auch hinter der Grabschändung.

Er war ein Scheusal. Und er war gefährlich, wie viel er auch jammerte.

«Ilja Vilhelm ist der Wacholderteufel. Und Sie hassen ihn. Ist er es, den Sie heute zum Fallen bringen wollen?»

Pelikan lachte bitter. «Wer ist denn bislang am tiefsten gefallen? Das war doch wohl ich. Oder? Weil Nina mir den Boden unter den Füßen weggezogen hat. Mit eurer Hilfe.»

Wencke hatte nicht einen Funken Anteilnahme mehr an diesem Kerl mit seinem schmierigen Selbstmitleid. Hatte er mit irgendjemandem Mitgefühl gezeigt? Mit Mattis? Mit Nina? Mit dem Kind? O mein Gott, es tat so weh, das Kind …

«Ich kenne mich aus mit Chlor. Als Hausmeister hatte ich jahrelang mit dem Zeug zu tun, da ich mich um das Schulschwimmbad kümmerte. Das Öffnen von Tür- und Schrankschlössern beherrsche ich ebenfalls aus dem Effeff. In der Klinik war es ein Kinderspiel, den Schrank in der Badeabteilung zu knacken und das Chlor mitgehen zu lassen. Ich weiß genau, welche Menge gefährlich werden kann. Und dann noch mit dem Zeug der Nebelmaschine gepaart … der Wacholderteufel wird von seinem Sturz nicht mehr viel mitbekommen haben. Da kann er mir noch dankbar sein, wenn er dazu in der Lage wäre.» Er setzte sich halbwegs aufrecht hin, die Beine vor sich angewinkelt, eins mit seinem Arm umfasst, was zu seiner massigen Gestalt überhaupt nicht passte. Wenckes Bein ließ er dabei nicht los.

Sie schaute auf ihn herab. «Sie haben sehr viel Energie damit verschwendet, anderen wehzutun. Wäre es nicht klüger gewesen, diese Kraft anderswo zu investieren? Zum Beispiel in Vernunft? Auch wenn Nina und Mattis Sie verlassen werden. Stattdessen …»

«Ich will euch alle fallen sehen. Dich, den Psychoheini und Nina mit ihrem Bastard im Bauch. Dann wird es mir besser gehen.»

«Und was ist mit Mattis?», hakte Wencke nach. «Der Junge bedeutet dir doch etwas, oder nicht? Er ist ein tolles Kind. Wie kann er dir gleichgültig sein?»

«Ohne Nina ist mir alles egal. Ich habe es ihr gesagt: Wenn du gehst, raste ich aus. Dann kann ich für nichts garantieren. Tausendmal habe ich es ihr gesagt. Sie hat gewusst, worauf sie sich einlässt.»

«Ach, und alle müssen dran glauben, weil du nicht allein sein kannst ...»

Er blickte Richtung Fenster und schwieg. Wencke ahnte, worüber er nachdachte. Sie waren im vierten Stock. Das Balkongeländer war marode, der Erdboden beängstigend weit entfernt. Sie hätte doch besser flüchten sollen, vorhin, als er am Boden gelegen hatte. Es war nur eine winzige Chance gewesen, aber jetzt hatte sie im Grunde gar keine mehr.

«Hast du deiner Frau deswegen eine solche Angst eingejagt? Hast ihr den Artikel zugesteckt und sie mit dem albernen Spuk mürbe machen wollen? Damit sie von allein springt? Damit du Arschloch ...»

O nein, das hatte sie jetzt nicht wirklich gesagt. Wie konnte sie nur so dumm sein, ihn zu provozieren? Aber diese Sätze kamen tief aus Wenckes Bauch, sie konnte sich nicht dagegen wehren.

«... damit du Arschloch als trauernder, hintergangener Witwer dastehst. Mit reinen Händen. Genau wie du auf irgendeine vermeintlich saubere Art den Wacholderteufel zum Stürzen bringen willst. Bloß nicht dabei sein. Bloß nicht mit ansehen, wie Menschen Schaden nehmen, nur weil du deine männliche Ehre gekränkt siehst!»

Es war nicht zu übersehen, etwas in Pelikan wuchs heran, und es war nichts Gutes. Wencke ärgerte sich über sich selbst, dass sie ihn bis aufs Blut reizte. Es gab keine logische Erklärung für ihr Verhalten, noch nicht einmal polizeipsychologisches

Kalkül. Sie musste es einfach tun. Er hatte sie in diese Situation gebracht. Er hatte sie gezwungen, das Versprechen, das sie Mattis gegeben hatte, zu brechen. Allein das machte sie rasend. Es fraß sie fast auf, sie konnte ihren Groll nicht mehr stoppen, sie wollte Hartmut Pelikan beschimpfen, ihn richtig fertig machen. Weil er Wencke in diese Situation gebracht hatte. Sie war schwanger. Verdammt, sie war eine werdende Mutter. Und setzte in dieser Minute das Leben ihres Kindes aufs Spiel wegen eines Widerlings wie Pelikan. Sie würde das Wichtigste verlieren, das sie jemals im Leben besessen hatte. Auch wenn es ihr bis zu diesem Moment selbst nicht bewusst gewesen war: Sie liebte dieses Wesen, das sie bislang nur schemenhaft auf dem Ultraschallbild gesehen hatte, sie liebte es mehr als alles andere zuvor. Und dieses Arschloch brachte alles in Gefahr!

Sie war so unglaublich wütend auf den Mann, der nun langsam aufstand, dessen Hände an ihrem Bein nach oben wanderten, immer nach etwas fassten, sie nicht einen Moment losließen. Sie hasste diesen Mann, der sie anfunkelte und Überlegenheit demonstrieren wollte, indem er den einen Arm nach oben hob, als hole er zum Schlag aus. Er sah aus wie Hermann der Cheruskerfürst. Mattis hatte Recht gehabt. Er war genau so ein Typ. Wenn er ausholte, war sie geliefert. Sie hatte seine verdammt harte Hand heute schon zu spüren bekommen. Alles, was sie ihm entgegensetzen konnte, war ihre scharfe Zunge.

«Ich hoffe wirklich, Nina ist noch am Leben. Auch wenn das Blut hier mich zweifeln lässt. Wahrscheinlich bist du bereits hier gewesen und hast sie fertig gemacht. Und diese Aktion mit mir war nur ein Manöver, um mich nach oben zu locken. Aber mich und mein Kind wirst du höchstpersönlich ins Jenseits befördern müssen. Ich tue dir nicht den Gefallen und springe. Da musst du schon selbst zupacken!»

Mit einem Schritt war Pelikan am Fenster und öffnete die Tür zum Balkon. Er zog Wencke mit sich und schob sie grob durch den Spalt nach draußen. Die Luft im Zimmer war ohnehin schon sehr kalt gewesen, doch der Winterwind schnitt Wencke eisig ins Gesicht. Pelikan trat ebenfalls hinaus und presste sie gegen das Geländer, die brüchige Steinkante quetschte schmerzhaft Wenckes empfindliche Brust ein. Ihr Bauch schien zu zerreißen, denn er drückte mit aller Kraft ihren Unterleib gegen den Beton. Das Kind, dachte Wencke erneut.

«Ich habe kein Problem damit, dich hinüberzuwerfen», sagte er in einem aufgesetzt harmlosen Tonfall, als wolle er lediglich Armdrücken üben. Sie spürte seine Hand zwischen den Beinen. Es war keine anzügliche Berührung, das wusste sie, er wollte sie dort packen, um sie in die Höhe zu heben, um sie nach vorn zu schleudern, um sie zu töten.

Noch hatte sie keinen Blick nach unten geschickt. Es reichte ihr, dass sie in der Ferne den Bad Meinberger Kirchturm sehen konnte, die Bäume des Kurparks, die Landstraße, die zur Stadt hinausführte. All das machte ihr klar, dass sie, wenn sie hinunterschaute, gelähmt vor Angst sein würde.

Ihre Hände krallten sich um die Reste der verrotteten Eisenbrüstung, nichts würde ihr hier Halt geben, wenn er sie stieß.

«Du starke Wencke Tydmers», lachte Pelikan hölzern. «Wehr dich doch! Zeig mir, welche Kraft eine Frau wie du aufbringen kann. Beweise mir, dass ich falsch liege, wenn ich sage: Ihr braucht mich doch! Ihr Frauen!»

Sie verlor den Boden unter den Füßen, denn seine Hand hob sie Stück für Stück aufwärts. Nun erfassten ihre Augen doch das ganz weit Unten. Sie würde lange fallen. Sie hätte noch ein paar Sekunden, in denen ihr bewusst sein würde, dass ihr Körper gleich dort auf der ungepflegten Pflasterung auftraf, direkt zwischen einer rostigen Gartenschaukel und den Überresten eines Fahrradständers. Genau dort würde sie landen. Wencke merkte erst jetzt, dass sie bereits begonnen hatte zu schreien.

Er hatte sie schon bestimmt einen Meter in die Höhe gehoben, das Strampeln ihrer Beine ließ ihn kalt. Sie stemmte sich gegen das graue Geländer, wollte ihn abstoßen, auch wenn sie mit ihm nach hinten fallen würde. Doch er trat gegen ihre Kniekehlen, knickte die Beine ein, sodass ihre Sohlen über den rauen Putz nach oben rutschten. Er trat ein weiteres Mal zu, und ihre Knöchel lagen fast auf dem Sims, während er ihren Oberkörper fest umklammert hielt und die Arme bewegungsunfähig machte. Nur ein kurzer Stoß, dachte Wencke, es war nicht mehr als ein Schubs, und den Griff lösen, dann ...

Er ließ sie los. Seine unbändige Kraft, die sie im Schritt und im Würgegriff zu spüren bekommen hatte, versiegte innerhalb eines flüchtigen Augenblicks, nicht lang genug, als dass Wencke sich hätte festhalten oder wenigstens abstützen können. Sie rutschte aus seinen Armen heraus, glitt rückwärts an seinen Beinen hinunter. Erst dachte sie: Es ist so weit, ich falle, ich sterbe, doch dann bemerkte sie, dass sie in die andere Richtung sackte, dass sie hart auf dem feuchten Boden des Balkons auftraf, erst mit dem Steißbein, dann mit dem Rücken. Die Jacke und der rote Pullover waren nach oben gerutscht, kleine Steine punktierten ihre Haut. Ihre Hände hingen noch in der Luft, als kämen sie nicht schnell genug hinterher. Was war geschehen?

Sie spürte etwas Hartes zwischen den Schulterblättern. Sie war auf etwas gelandet, es drückte sich schmerzhaft gegen die Wirbelsäule. Schwerfällig wandte sie sich um, sortierte ihre Gliedmaßen und versuchte, nach diesem Ding zu fassen. Ihre Hände, taub von der Kälte und dem Kampf, den sie vor wenigen Sekunden noch verloren geglaubt hatte, ertasteten nach und nach das Harte und Glatte und Längliche unter ihr. Es war ein Schuh. Wencke drehte sich um. Es war Pelikans Schuh, sein gestrecktes Bein endete seltsam verdreht im Körper, der regungslos über der Schwelle der Balkontür lag. Wencke richtete sich halbwegs auf. Am Ende des Rumpfes hing der Kopf zur Seite.

Pelikans Stirn war nass und rot, seine Augen geschlossen, sonst wäre das Blut hineingelaufen. Ob er atmete, konnte Wencke aus ihrer Position nicht ausmachen. Sie starrte auf die Wunde. Noch sickerte es, noch schob also irgendwo ein lebendiger Puls das Blut des Mannes aus dem Loch im Kopf heraus.

Wencke konnte den Blick nicht lösen. Erst als dieses Ding, dieses rostige Etwas hinter Pelikans blutigem Scheitel zu Boden fiel, kam wieder Bewegung in Wencke. Es war das Heizungsrohr, am einen Ende klebten noch die Haare, die ihr vorhin beim Betreten des Zimmers so einen Schrecken eingejagt hatten. Das andere Ende war nun auch rot.

«Ich hätte es schon viel eher machen sollen!», sagte Nina Pelikan, und ihre Arme, die eben noch so kraftvoll zum Schlag ausgeholt hatten, hingen schlaff herunter, als wollten sie sich von den Schultern lösen und neben der Tatwaffe zu Boden fallen.

35

Das Fest war zu Ende. Stefan Brampeter saß am Fuß der Externsteine, beobachtete die Feuerwehrleute und die Sanitäter, die alle so aufgeregt um die Stelle herumstanden, auf die der Wacholderteufel gelandet war. Die anderen Menschen unterhielten sich entweder aufgebracht in kleinen Grüppchen oder traten mit entsetzten Gesichtern der Heimweg an. Einige drängten sich neugierig nach vorn, um die Rettungsmaßnahmen an Ilja Vilhelm zu verfolgen oder den völlig verausgabten Dorfpolizisten als Held des Tages zu feiern. Gott sei Dank hatte Norbert Paulessen sich als so reaktionsschnell und mutig erwiesen – niemand hätte das je von dem Bad Meinberger Ordnungshüter erwartet –, aber es war seinem Einsatz zu verdanken, dass der Wacholderteufel in letzter Sekunde doch noch das sichere Sprungtuch getroffen hatte, als er, von einem Erstickungsanfall geschwächt, in die Tiefe gestürzt war. Noch war absolut unklar, was überhaupt passiert war. Irgendeine ostfriesische Kommissarin sollte angeblich eine Warnung per Handy losgelassen haben, aber die genauen Zusammenhänge konnte – und mochte – Stefan Brampeter zu diesem Zeitpunkt nicht nachvollziehen. Wie das Chlorgas in die Nebelmaschine gelangt war, schien ebenso ein Buch mit sieben Siegeln zu sein. Es musste sich um einen gezielten Anschlag gehandelt haben, wahrscheinlich ließ sich so auch das Verschwinden des Schlüsselbundes erklären. Waren gestern nicht merkwürdige Geräusche im Wald zu hören gewesen? Und dann die fremden Spuren im matschigen Boden. Jemand musste die Gelegenheit genutzt haben und in der Zeit, wo Stefan Brampeter hinter dem Schuppen nach den Leitern gesucht hatte, den Schlüssel entwendet haben. Dies bedeutete, dass Stefan bei seinen Vorbereitungen für das Fest beobachtet worden sein musste. Eine unheimliche Vorstellung. Warum aber sollte ein solcher Anschlag ausgerechnet auf seiner Wintersonnenwende verübt werden? Es war nicht zu glauben. Und es war fast zum Heulen.

Stefan saß allein auf einem provisorischen Campinghocker und strich mit der Hand über eines seiner Holzräder. Es war noch heil. Sie waren alle zwölf nicht zum Einsatz gekommen. All die liebevolle Arbeit umsonst. Dabei hatte alles so wunderbar begonnen.

So geht es viel zu oft, dachte Stefan Brampeter und trank einen Schluck Wacholderschnaps, den Konrad Gärtner ihm vorhin gegen die Kälte gegeben hatte. Da malt man sich etwas fein säuberlich aus, und dann …

Als Stefan Brampeter die Frau getroffen hatte, war sein Leben in Scherben zerfallen. Er musste zugeben, makellos war es schon vorher nicht gewesen. Das Schicksal hatte ihm einen toten Bruder beschert, hatte ihm das Idol seiner Kindheit genommen und den einzigen Menschen geraubt, dem er je nah gewesen war. Er hatte lange Zeit gedacht, Janina Grottenhauer sei dabei Handlangerin gewesen.

Und als er diese Frau getroffen hatte, war ihm das Ganze, seine ganze zurechtgepuzzelte Wahrheit, zum ersten Mal als das erschienen, was es in Wirklichkeit war: ein Trugbild. Nina Pelikan hatte ihm die Augen geöffnet. Und sein Leben zerstört.

Es wäre besser gewesen, er wäre Mittwochnacht einfach nach Hause gegangen, hätte dieses blöde Holzrad im Lindenhof vergessen und seinen Rausch ausgeschlafen. Doch stattdessen hatte es ihn aus dem Ort heraus Richtung Wällenweg getrieben, die *Sazellum*-Klinik im Visier. Im Geiste hatte er sich die Begegnung mit Janina Grottenhauer ausgemalt, er sah sie immer noch als das jugendliche Mädchen seiner Erinnerung vor sich. In seiner Phantasie war er unter ihren Balkon getreten und hatte ihren Namen gerufen. Von Konrad Gärtner und den anderen Wacholderteufeln, die vor drei Nächten die Kostüme in der Klinik abgegeben und sich bei der Gelegenheit einen üblen Scherz unter Janinas Fenster erlaubt hatten, wusste er ja, welches ihr Zimmer war und das es etwas abseits von den anderen über dem Pavillon lag. Er hatte sich vorgestellt, wie sie ihm völlig verängstigt gegenüberstand und seine Vorwürfe über sich ergehen ließ:

«Du hast Ulrich getötet. Du bist absichtlich mit dem Auto über meinen Bruder gerollt und hast mir damit den wichtigsten Menschen in meinem Leben genommen. Du hast mit diesem Mord auch meinen Eltern sehr viel Leid zugefügt. Es ist nie wieder so geworden, wie es war. Meine Mutter hat mich seitdem erdrückt mit ihrer Fürsorge, sie hat keine Frau an mich herangelassen, immer sagte sie: Denk an deinen Bruder und was dieses Mädchen ihm angetan hat. Hatte sie nicht Recht? Wäre nicht alles gut gewesen, hätte mein Bruder nicht mit dir herumgemacht? Dann wäre er jetzt Angestellter im öffentlichen Dienst oder so etwas, hätte Frau und Kinder. Und ich hätte frei sein können und stünde nicht immer so verdammt einsam in meiner Werkstatt. Ich hasse dich dafür!»

Wie gern hätte er Janina Grottenhauer diese Worte entgegengeschmettert.

Doch er war Mittwochnacht Nina Pelikan begegnet. Sie hatte auf sein Rufen reagiert, war lautlos ans Fenster gekommen, hatte den Finger auf die Lippen gelegt und ihn mit einer kaum wahrnehmbaren Geste daran erinnert, dass der Junge im Zimmer schlief und er ihn mit seinem Geschrei wecken würde. Dann war sie in ihrem weißen Schlafanzug und der hellblauen Strickjacke über den Balkon gestiegen und auf der metallenen Feuerleiter nach unten geklettert.

«Stefan!», hatte sie gesagt, und er hatte sich gewundert, dass sie sich noch an ihn erinnerte. Viel hatten sie damals nicht miteinander zu tun gehabt, und er hätte schwören können, sie hätte ohnehin alles verdrängt und vergessen. Doch sie hatte ihm die Hand gegeben und gesagt: «Ich bin so froh, dass du vorbeigekommen bist. Weil ich mich nie getraut hätte, dich zu besuchen.»

Und da hatte er begriffen, dass so viele Jahre vergangen waren und all seine Vorwürfe schon längst veraltet waren und er sich besser von ihnen befreien sollte. Es war seine Schuld, dass er sich noch immer damit herumschleppte, nach mehr als zehn Jahren. Also hatte er nicht einen seiner zurechtgelegten Sätze ausgesprochen und sich stattdessen neben die Frau im Pyjama auf eine Holzbank gesetzt und geredet.

Erst hatte sie ihn gefragt, was er mache. Da gab es nicht

viel zu erzählen. Mit wenigen Sätzen hatte er alles über seine Werkstatt, über die Eltern und das geplante Fest an den Externsteinen erzählt. Sie hatte ihn noch über die Theateraufführung ausgefragt. Weil ihr Sohn ja dabei mitwirkte und sie sich Sorgen machte wegen der Kletterpartie. Doch er hatte sie beruhigen können, nur der Wacholderteufel, also Ilja Vilhelm, ginge gefährliche Wege, und der sei ausreichend gesichert. Er hatte sich hinreißen lassen, ausführlich über die Specialeffects ins Schwärmen zu geraten. Wahrscheinlich hatte er sie mit den Details über die Beleuchtung und die Nebelmaschine ziemlich gelangweilt. Als sie gähnte, war er an der Reihe gewesen, sich nach ihrem Lebensweg zu erkundigen.

Sie war seit sieben Jahren mit einem älteren Mann in Bremen verheiratet und arbeitete in der Reklamationsabteilung eines Supermarktes. Nun war sie wieder schwanger, was man auf den ersten Blick nicht sehen konnte. Eigentlich hörte es sich alles ganz nett an, was sie erzählt hatte, dennoch war Stefan nicht entgangen, dass sie alles andere als glücklich zu sein schien. Normalerweise war es nicht seine Art, allzu persönliche Fragen zu stellen, doch in diesem Fall hatte ihn doch zu sehr interessiert, warum Janina Grottenhauer – oder vielmehr Nina Pelikan – so niedergeschlagen wirkte.

«Ich war noch nie glücklich. In meinem ganzen Leben noch nicht», hatte sie geantwortet. Auf Nachfrage, warum nicht, hatte sie lange Zeit geschwiegen, und als Stefan schon dachte, es sei besser, sich wieder zurückzuziehen, weil Nina anscheinend keine Lust hatte, noch mehr von sich preiszugeben, da hatte sie auf einmal mit dem Reden angefangen und nicht wieder aufgehört.

«Doch, ganz früher einmal war ich glücklich. Als ich noch klein war, damals hier in Bad Meinberg. Es war schön hier, und alle waren so nett.»

«Ist es nicht wirklich so?», hatte Stefan vorsichtig nachgehakt. Er wusste selbst, dass die Idylle nur zu oft trügerisch war.

Sie hatte ihm nur einen verwunderten Blick als Antwort zuteil werden lassen. «Als ich älter wurde, fing ich an, mich zu langweilen. Die akkuraten Blumenbeete im Kurgarten, o Mann, ich hasste die Tortencafés und die Senioren, die an jeder Ecke Ansichtskarten schrieben. Wahrscheinlich normal für das Alter, Pubertät eben … Fatal war nur, dass ich mich an die falschen Leute gewandt habe, um diese Mini-Rebellion auszuleben.»

«Die falschen Leute? Wen meinst du damit?»

«Na ja, eigentlich war es über Konrad Gärtner zustande gekommen. Er war unser Nachbar, und ich habe schon mit zwölf für ihn geschwärmt. Als er mich dann eines Tages auf dem Moped nach Detmold mitnahm, wo er sich mit den *Teufelskindern* traf …»

«*Teufelskinder?*», hatte Stefan nachgefragt.

«So hieß die ziemlich nationalextrem ausgerichtete Jugendgruppe hier in der Region … Dein Bruder war auch Mitglied, wusstest du das nicht? Na ja, auf jeden Fall war ich sehr stolz, von einem älteren Jungen dorthin mitgenommen zu werden. Da fragte ich nicht lange, Hauptsache, sie waren nicht spießig und duldeten mich in ihrer Mitte. Wir feierten tolle Partys, machten Ausflüge mit den Mopeds, Konrad Gärtner hat mich verführt und für gut befunden …» Hier hatte sie einen langen Moment geschwiegen, und Stefan ahnte, dass er vielleicht der erste Mensch überhaupt war, dem sie ihre Geschichte anvertraute. Man hatte nicht übersehen können, dass es ihr nahe ging. Und selbst wenn er gewollt hätte, es hätte wohl kaum einen Sinn gemacht, sie zu stoppen. Sie wollte es loswerden.

«Ich dachte: Das ist es! Du bist jetzt eine von ihnen.»

«Trotz der braunen Parolen?»

«Ich habe mir schon oft den Kopf zerbrochen, warum ich

auch dabei mitgemacht habe. Ich kann mir das nur so erklären: In der Gruppe pöbelt es sich leicht, wenn ein einzelner Mensch, der anders ist, an einem vorbeigeht. Es hat einem das Gefühl gegeben, überlegen zu sein.»

«Du hast es damals nie in Frage gestellt?»

«Nicht wirklich. Die anderen waren schließlich alle älter, klopften kluge Sprüche, ich dachte, die wissen Bescheid.»

Nina hatte ein bitteres Lachen auf den Lippen gehabt und so seltsam distanziert über diese Sachen gesprochen, als berichte sie aus dem Leben eines anderen Menschen. Aber wahrscheinlich machte es einem das Erzählen leichter, wenn man sich schämte für das, was einem passiert war. Und Nina Pelikan schämte sich, das war nicht zu übersehen gewesen.

«Als mein Vater damals seinen Job bei *Hornitex* verlor, aber der Türke aus der Nachbarschaft noch weiterhin jeden Tag dort sein Geld verdiente, da war ich auch überzeugt, dass die Ausländer uns das Leben vermiesen und besser wieder in ihre Heimat zurück sollten. Für mich bedeutete dieser Vorfall, dass Konrad Gärtner und seine Leute wussten, was richtig ist. Und da habe ich auch nicht aufgemuckt, als ich innerhalb der Gruppe weitergereicht wurde.»

Sie hatte wieder eine Pause gemacht und ihn beobachtet.

Stefan hatte sich räuspern müssen. «Sie haben dich weitergereicht? O mein Gott ...»

Nina hatte genickt und wieder weggeschaut. «Das war so üblich, dass die jungen Mädchen mal bei den anderen Kerlen ‹in die Lehre› gingen, so nannten sie das. Konrad hat gesagt, er habe die Grundausbildung übernommen, nun seien seine Kumpels für die Feinheiten zuständig. Wenn ich dann genug Erfahrung gesammelt hätte, würde er mich zurücknehmen und vielleicht auch heiraten. Ich habe das damals wirklich geglaubt und einfach so mitgemacht.» Sie hatte den Kopf geschüttelt, angewidert von der Erinnerung. «Wenn ich heute darüber nachdenke, kann ich es nicht fassen, aber damals war das für mich normal. Unglaublich, oder?»

Ja, unglaublich, hatte Stefan gedacht. «Und mein Bruder?»

«Ulrich war der Letzte in der Reihe, wenn du verstehst, was ich meine.»

Stefan Brampeter hatte schwer schlucken müssen, bevor er krächzte, er wisse nicht so ganz genau ...

«Ulrich war der härteste von allen. Auch wenn er nicht der Anführer der Teufelskinder war, Ulrich hatte von allen am wenigsten Skrupel. Erinnerst du dich an den Brandanschlag in Detmold?»

Natürlich erinnerte er sich. «Die Afrikanerin ...»

«Ulrich hat damals den Brandsatz ins Fenster geworfen, obwohl er ganz genau wusste, dass dort noch die junge Frau war. Ein Brandsatz war ja schon geflogen, und die Frau hatte doch vorher so laut um Hilfe geschrien, Ulrich konnte sie nicht übersehen haben. Immerhin hatte sie sich doch ans Fenster geschleppt, mit ihrem Baby auf dem Arm. Sie hat das Kind in letzter Minute einer anderen Frau unter dem Balkon zugeworfen.» Ninas immer noch seltsam sachlicher Bericht war an dieser Stelle zu Ende gewesen. Von einer Minute zur nächsten war die Mauer, der Schutzwall, gebrochen, und Nina hatte begonnen, sich beim Reden vor- und zurückzuwiegen, unbewusst, als wenn sie Trost suchte. «Zugeworfen! Das muss man sich mal vorstellen. Diese Mutter hatte eine solche Angst vor uns, dass sie ihr Kind lieber aus dem ersten Stock geschmissen hat! Und dann hat Ulrich den Molotowcocktail in ihre Richtung geschleudert. Ich habe direkt neben ihm gestanden.»

«Hey, beruhige dich doch!», hatte es Stefan versucht. Das hatte jedoch gegen die Tränen nicht geholfen. Nina hatte sich mit dem Strickjackenärmel über die Augen gewischt und ein paar Mal durchgeatmet.

«Zu der Zeit waren dein Bruder und ich noch kein Paar. Ich

habe Ulrichs Gesicht gesehen, als die Frau in Flammen stand, am Fenster, wie eine lebendige Fackel. Sie hat so fürchterliche Geräusche von sich gegeben, und ich hatte den Geruch von verbranntem Haar in der Nase.» Sie hatte wieder geschluchzt, ihre Worte waren immer unverständlicher geworden, ihre Lippen zitterten. «Stell dir vor: Ulrich stand neben mir, legte den Arm um mich und trank grinsend einen Schluck Dosenbier.»

Stefan musste ungläubig den Kopf geschüttelt haben, denn Nina hatte energisch hinzugesetzt: «Das ist wahr! So war er!» Sogleich schien sie erschreckt über ihre eigene Heftigkeit gewesen zu sein, die nächsten Worte hatten wieder ruhiger geklungen.

«Sie haben mir dann ja kurz darauf die Sache mit der Brandstiftung in die Schuhe geschoben. Sie sagten, dass Freunde füreinander einstehen müssten. Alle gemeinsam haben sie behauptet, ich hätte die Afrikanerin fast umgebracht. Und wenige Tage später wurde Ulrich mein Lehrmeister.»

An dieser Stelle hatte Nina Pelikan eine ziemlich lange Pause gemacht. Stefan war wie gelähmt gewesen von dem, was er gehört hatte. Natürlich war ihm die Geschichte aus Detmold mit der verletzten Afrikanerin bekannt, nicht jedoch in dieser Version. Und nun hatte er Ulrich vor Augen, seinen Bruder, der vielleicht ... oder sogar wahrscheinlich Freude gehabt hatte an der Qual dieser Frau. Noch nie war ihm wirklich bewusst gewesen, auf wie viel mehr als die Reichsflagge über dem Bett und die Springerstiefel sich Ulrichs politische Ansichten bezogen. Diese Tatsache hatte er bislang erfolgreich verdrängt. Es war klar, warum: Die Wahrheit über den bewunderten Bruder schmerzte.

Stefan wäre gern gegangen, da die Biere und allem voran die Geschichte, die ihm eben erzählt worden war, schrecklich schwer in seinem Magen lagen. Er wollte sich erleichtern. Doch er ahnte, nein, er wusste, dass Nina das Unverdaulichste noch nicht berichtet hatte. Und obwohl er es nicht wollte, blieb er sitzen, schwieg, schaute zu Boden, bis Nina weitersprach.

«Wenn Konrad behauptet hatte, die anderen Männer würden mir die Feinheiten beibringen, dann hat er – zumindest was Ulrich betraf – schlichtweg gelogen. Ulrich war eindeutig mehr für das Grobe zuständig. Für das, was wehtat. Für das, was ohne meinen Willen geschah. Für das, was mich verändert hat, und zwar für immer.»

«Und dein Sohn? Der Mattis …?»

«Ach, Stefan. Ich weiß nicht, bei welcher Gelegenheit er mich dann geschwängert hat. Ich hoffe, es war nicht während … Ich will nicht darüber reden.»

«Aber er ist Ulrichs Sohn. Das ist nicht zu übersehen …»

Ein Lächeln war kurz über Ninas Gesicht gehuscht. «Du bist ihm schon begegnet, er hat mir davon erzählt. Ich danke dir, dass du nichts gesagt hast.»

«Schon okay. Er ist ein toller Junge.»

«Ja, das ist er. Aber die Chancen, dass mein Sohn bei einem ganz normalen Stelldichein gezeugt wurde, stehen ziemlich schlecht. Und im Grunde genommen ist dies das Schlimmste von allem. Dass ich nicht weiß, wie Mattis entstanden ist. Klingt vielleicht komisch.»

«Nein, tut es nicht … Und wie hat mein Bruder reagiert, als du ihm gesagt hast, dass du schwanger bist?»

«Sagen wir, es hat ihn nicht besonders gestört. Für ihn war klar, dass wir heiraten und noch viele andere Kinder bekommen würden. Stell dir vor, er hatte sich auch bereits mit Konrad Gärtner geeinigt, dass dieser bei mir ausnahmsweise auf das Rückgaberecht verzichten würde.» Wieder das bittere Lachen. «Ich weiß bis heute nicht, warum ich mich zuerst darauf eingelassen habe. Somit sei meine Zukunft gesichert, hat Ulrich oft gesagt. Wir bleiben zusammen, bis dass der Tod uns scheidet, hat er mir versprochen.»

Stefan war klar gewesen, dass sie nun an der wesentlichen Stelle angekommen waren. An dem Punkt, der ihn am meisten beschäftigte, seit er seinen Bruder verloren hatte. «Damals auf dem Parkplatz … war es, ich meine, hast du mit Absicht …»

Sie hatte genickt und ihn dabei ernst angeschaut. «In dem Moment, als ich in seinem Auto saß und im Rückspiegel entdeckte, dass er sich sturzbetrunken genau hinter mich auf die Pflastersteine gesetzt hatte, sah ich meine einzige Chance, unser gemeinsames Leben zu beenden, bevor es richtig begonnen hatte. Ich habe den Rückwärtsgang eingelegt und das Gaspedal durchgedrückt. Hinterher habe ich behauptet, ich hätte es mit der Bremse verwechselt. Als ich aus dem Auto stieg, habe ich die Hand auf meinen Bauch gelegt und meinem Baby versprochen: Jetzt wird alles gut!» Sie hatte dieselbe Geste gemacht, von der sie eben erzählt hatte.

«Und?», hatte Stefan nach einiger Zeit gefragt. «Ist denn alles gut geworden?»

Sie hatte den Kopf geschüttelt und dabei sehr traurig ausgesehen. Dann hatte sie ihm gute Nacht gewünscht und war Richtung Feuerleiter gegangen.

Das Bedürfnis, sich zu erleichtern, hatte Stefan erneut überkommen. Erst hatte er sich in die Büsche setzen und irgendwo im *Silvaticum*-Park hinter einen der exotischen Bäume machen wollen. Dann war ihm jedoch eine Idee gekommen, die ihn hatte losrennen lassen, trotz Druck im Darm, trotz Alkohol im Blut. Er war gelaufen und über Blumenbeete gestolpert, bis er zum Friedhof gelangt war. Das gepflegte Grab am Ende der Reihe hatte ihn wütend gemacht, die säuberlichen Büsche und Blumen, die er beim Baumarkt gekauft und auf Ulrichs Grab gesetzt hatte, er hatte sie herausgerissen und sie durch die Luft geschleudert. Irgendetwas hatte er dabei geschrien, es waren Verwünschungen gewesen, die er schon längst hätte aussprechen sollen. Gegen den toten Bruder, der sein Leben so bestimmt hatte und sich nun als widerlicher Vergewaltiger und Menschenverächter entpuppt hatte. Ulrich, das Vorbild mit den schnellen Autos und dem guten Job auf dem Rathaus. Pah, er war es niemals wert gewesen, dass man sich wegen ihm so gequält hatte. Wäre Stefan nur eher dahinter gekommen, dass an dem Tag auf dem Parkplatz in Detmold nur das Leben eines Kotzbrockens ausgelöscht worden war, hätte er alles anders gemacht. Er wäre ein anderer Mensch geworden. Vielleicht ein fröhlicherer Mensch. Auf keinen Fall so ein armes Schwein, das sich in einer der letzten Herbstnächte betrunken auf das Grab seines Bruders hockte und endlich den ganzen Scheiß herausließ.

36

Wencke saß neben dem Mann am Boden und fasste mit zitternden Fingern in die Innentasche ihrer Jacke. Sie hatte Angst, seine Hand könnte plötzlich nach oben schnellen und sich um die ihre legen. Doch während sie nach dem Mobiltelefon suchte, blieb der große Mann unbeweglich liegen. Trotz des Schocks war es Wencke gelungen, die Wunde am Kopf notdürftig zu versorgen, steril war der Verband, der aus ihrer Jeansjacke bestand, sicher nicht, aber er hielt immerhin das Blut auf. Nina saß in ihrem verdreckten Schlafanzug neben dem Koloss und hielt ihre Finger an seinem Puls, der noch immer – wenn auch schwach – zu fühlen war. Endlich holte Wencke das Handy heraus, sie drückte die Wahlwiederholung und lauschte mit angehaltenem Atem, ob sich der Bad Meinberger Dorfsheriff bald meldete und was er zu erzählen hatte. Doch nach sieben Freizeichen wurde noch immer nicht abgenommen, also drückte

Wencke die Verbindung weg und wählte stattdessen den Notruf. Beinahe sofort meldete sich eine Frauenstimme.

«Wencke Tydmers hier, wir sind in der verlassenen Lippe-Klinik, im vierten Stock. Ein schwer verletzter Mann mit Kopfverletzung, Puls schwach, aber stabil. Und … und zwei schwangere Frauen, die eine mit Unterkühlung, die andere mit Verdacht auf vorzeitige Wehen … Können Sie schnell kommen?»

Die Frau der Notrufzentrale bejahte, und Wencke gab ihr noch eine halbwegs präzise Auskunft, wo genau sie sich in dem riesigen Betonklotz befanden. «Es muss irgendwo rechts der Haupttreppe sein.» Mehr ging nicht, mehr wusste sie nach der endlosen Suche an Pelikans Seite nicht mehr. Außerdem ließen die Schmerzen im Unterleib ihr kaum noch die Kraft, halbwegs vernünftige Sätze auf die Reihe zu kriegen. Doch eine Sache, die wollte sie unbedingt noch in Erfahrung bringen, auch wenn sie danach vollends zusammenbrechen würde: «Gab es an den Externsteinen einen tödlichen Unfall …?»

Die Frau sagte, sie könne und dürfe auf solche Fragen grundsätzlich keine Antworten geben.

«Ich bin Polizistin, ich stehe in Kontakt zu Norbert Paulessen, der dort die Einsatzleitung hat, aber leider derzeit nicht zu erreichen ist. Bitte, sagen Sie mir nur: Gab es einen Zwischenfall? Ist vielleicht ein Kind zu Schaden gekommen? Ein kleiner Junge? Sein Name ist Mattis …»

Angstvoll weiteten sich Ninas Augen, und Wencke versuchte, sie mit einem angedeuteten Lächeln und einer zur Zurückhaltung mahnenden Geste zu beruhigen. Die Dame am Ende der Leitung bedauerte noch immer zutiefst und kramte anscheinend all die auswendig gelernten Floskeln aus, die anzuwenden sie gewohnt war, wenn allzu neugierige Journalisten nach einem schweren Unfall die Zentrale mit Fragen bombardierten. Im Grunde genommen verständlich, auch das letzte Argument, dass Wencke nun die Leitung für wichtigere Anrufe freihalten müsse, schließlich sei dies eine Notrufnummer und keine Kontaktbörse, konnte man ohne weiteres nachvollziehen.

Dennoch musste Wencke einfach wissen, was an den Externsteinen geschehen war. Hartnäckig unterbrach sie den Redeschwall: «Wissen Sie was? Sie dürfen mir nicht sagen, ob dort etwas passiert ist – das verstehe ich –, aber Sie dürfen mir mit Sicherheit sagen, wenn dort nichts passiert ist, oder?»

Die Frau seufzte ein «Meinetwegen» in den Hörer. «Aber das kann ich Ihnen eben leider nicht sagen, wenn Sie verstehen …»

«Ich verstehe. Und ist dort kein kleiner Junge verletzt worden?»

«Ja, also nein.»

«Es ist also …»

«Legen Sie jetzt bitte auf. Ich setze hier meinen Job aufs Spiel!» Wencke folgte der Anweisung. Sie legte das Handy neben Pelikan auf den Boden und schaute Nina an.

«Was ist mit Mattis?», fragte diese mit schwacher Stimme. «Um Himmels willen, was ist mit ihm passiert? Sag es mir!»

«Ich habe keine Ahnung. Ich hoffe, es geht ihm gut. Du musst mir glauben, ich habe alles getan, um deinen Sohn zu schützen, aber mir geht es selbst so schlecht und dein Mann …»

«Ist schon gut! Ich weiß, dass ich mich auf dich verlassen kann. Ich wusste im ersten Augenblick, dass du eine starke Frau bist.»

Wencke konnte sich ein ernstes Lachen nicht verkneifen. «Schön wär's!»

«Wencke!» Nina rückte etwas näher an sie heran, nicht ohne weiterhin Pelikans Hand zu halten, nicht liebevoll, eher verantwortungsbewusst. «Ich danke dir!»

Sie schwiegen. Wencke atmete schwer. Die Wehen – inzwischen war sie sich sicher, es konnte nichts anderes sein – kamen alle vier Minuten und dauerten einige Sekunden lang an. Aber dieses Ziehen war nicht das Schlimmste. Die Angst um das Kind, die Furcht, mal wieder viel zu unvernünftig gehandelt und damit das Leben des Kindes gefährdet oder vielleicht sogar schon verspielt zu haben, schnürte Wencke den Hals zu. Es ging um ihr eigenes Kind. Aber auch um Mattis. Im Grunde um beide. Und momentan war nicht abzusehen, wie die Sache ausgehen würde.

Nina schaute sie von der Seite an. Sie sah schlecht aus, ihre Haare hingen strähnig in das blasse Gesicht, dessen einziger Farbtupfer die bläulich angelaufenen Lippen waren. Die Wunde an ihrem Hinterkopf hatte zum Glück relativ schnell aufgehört zu bluten, doch sie zitterte am ganzen Leib. Kein Wunder, der Schlafanzug aus dünnem Baumwollstoff war an einigen Stellen von Feuchtigkeit und auch von Blut durchnässt, die Strickjacke nicht weniger. «Ich musste weggehen. Es gab keine andere Möglichkeit für mich, als noch in der Nacht zu verschwinden und Mattis zurückzulassen. Sonst hätte er mich wieder mit nach Hause genommen.» Als sie das Wort *er* aussprach, tickte sie ihrem Mann mit dem Knie in die Seite, sodass der leblose Körper kurz von links nach rechts schaukelte.

«Was ist passiert?», fragte Wencke. Sie hatte sich seitlich auf den kalten, schmutzigen Teppichboden gelegt und krümmte sich zusammen, um die Schmerzen besser auszuhalten.

«Ich hatte Besuch in der Nacht. Stefan stand unter meinem Fenster ...»

«Wer ist Stefan?»

«Der Bruder des Mannes, den ich vor einigen Jahren ... getötet habe. Du hast mir nicht so recht geglaubt, als ich dir davon erzählte, nicht wahr?»

«Nun ...»

«Immer wenn ich schwanger bin, habe ich endlich die Kraft,

mir die Kerle vom Leib zu schaffen. Es ist ein richtiger Segen. Jahrelang hatte ich keinen Mumm, mich gegen Hartmut durchzusetzen. Habe immer Entschuldigungen für ihn gefunden. Er kann ja auch nett sein, er ist ja handwerklich so geschickt, er hat unsere Finanzen geregelt, und ich musste ihm dankbar sein ... das habe ich zumindest geglaubt und ihm immer wieder seine Übergriffe verziehen. Schließlich hat er mich nie geschlagen ...»

«Es gibt auch Schläge anderer Art ...»

«Ja, aber das habe ich nie so verstanden. Und wenn ich mich angestrengt habe, es ihm recht gemacht habe, dann konnte er auch ein ganz lieber Kerl sein. Schließlich hat er mir und Mattis damals auch ein Zuhause gegeben. Und er war kein schlechter Vater ...»

«Nina, nun fängst du schon wieder an, ihn in Schutz zu nehmen. Ich habe ihn doch kennen gelernt. Die ganzen letzten Stunden – und es war wirklich nicht die angenehmste Zeit meines Lebens ...»

«Ich weiß. Aber da war er wirklich außer sich, so habe ich ihn noch nie erlebt. Als er mich nicht auf dem Handy erreicht hat, muss er sehr verzweifelt ...»

«Nina!», unterbrach Wencke scharf.

«Du hast Recht, er ist ... ein Monster. Jetzt sehe ich das wieder klarer, mit dem Kind im Bauch ...»

«Er weiß, dass es nicht seines ist.»

»Ja. Er ist impotent. Schon immer, seit wir uns kennen. Das war auch der Grund, weswegen ich ihn geheiratet habe. Ich dachte, von ihm ginge keine Gefahr aus. Aber ich habe mich geirrt. Es wurde genauso schlimm wie mit Ulrich. Wenn nicht sogar noch schlimmer. Weil Mattis da war und ich ihn zuerst schützen musste, war gar keine Energie mehr für mich selbst übrig.»

«Was hat dein Mann denn getan?»

«Er hat mich nicht schlafen lassen. Immer nur drei bis vier Stunden pro Nacht, und das seit vier Jahren, seitdem er seinen Job verloren hat. Und damit hat er mich kleingekriegt. So klein, im Grunde war nichts mehr von mir übrig.»

«Und dann hast du einen anderen getroffen? Den Vater deines zweiten Kindes?»

Nina wurde trotz der Kälte ein wenig rot, und sie blickte zu Boden. «Ja. Einen anderen. Einen völlig anderen Mann als alle, die ich zuvor hatte. Ich dachte immer, so einen Menschen gibt es in Wirklichkeit gar nicht.» Sie lächelte. «Ausgerechnet der Mann mit dem Rasenmäher. Der sein Meerschweinchen rasiert hat. Kannst du dich noch an die Geschichte erinnern? Ich habe ihn doch bei der Reklamation zusammengefaltet. Und dann tauchte er drei Tage später mit einem Blumenstrauß auf. Er möge starke Frauen wie mich, hat er gesagt. Ich habe ihn zwar aufgeklärt, dass ich mich für alles andere als stark halte, aber er wollte mich dennoch …»

Wencke musste trotz der gegenwärtigen Situation lächeln. «Ich mochte die Geschichte schon, als du sie mir erzählt hast. Aber das Happy End hättest du nicht unbedingt auslassen müssen.»

«Tolles Happy End!», seufzte Nina und schaute auf Hartmut hinunter. Dieses neue Glück musste für sie auch eine ungeheure Gefahr dargestellt haben. Sonst wäre es nicht so weit gekommen, dass sie vor ihrem Mann flüchtete, als handle es sich bei der neuen Liebe um ein Schwerverbrechen.

«Was ist denn nun in der Nacht geschehen, als dieser Stefan unter deinem Fenster stand?»

«Ich wusste auf einmal: Er ist da. Hartmut!»

«Hast du ihn gesehen?»

«Nein. Aber ich habe am Vormittag einen Anruf von meiner Frauenarztpraxis bekommen, sie sagten mir, mein Mann bringe mir die Pillen vorbei, die ich vergessen hatte. Da war mir klar, er würde früher oder später hier auftauchen. Nach meinem Gespräch mit Stefan hatte ich dann so eine Intuition. Du wirst mich bestimmt deswegen auslachen ...»

Wencke unterbrach: «O nein, mit Intuitionen kenne ich mich bestens aus!»

«Ja?» Nina lächelte kurz. «Dann weißt du, was ich meine. Es lag etwas in der Luft. Ob ich ein Geräusch gehört habe oder vielleicht seinen Geruch in der Nase hatte, das kann ich nicht sagen, aber auf einmal war ich mir sicher: Hartmut hat mich die ganze Zeit beobachtet, ich bin in Gefahr. Und ich war doch ohnehin schon so nervös wegen dieses Zeitungsausschnitts ...»

«Da müsste er aber schon früher da gewesen sein, wenn er dir den Zettel in die Tasche gesteckt haben soll ...» Wencke verkniff sich die Andeutung, dass man keine fremden Fingerabdrücke auf dem Papier gefunden hatte, schließlich wollte sie Nina nicht beunruhigen, weil sie – rein intuitiv – unbefugt polizeiliche Maßnahmen eingeleitet hatte.

«Den hat mir niemand in die Tasche gesteckt. Ich habe die alte Wochenendzeitung im Warteraum der Massageabteilung gefunden und durchgelesen. Und weil ich gerade eben den Anruf von meinem Frauenarzt bekommen hatte und so verzweifelt war vor Angst, da habe ich den Artikel aufgehoben. Ich habe gedacht: Diese Frau an den Externsteinen war wahrscheinlich genauso am Ende wie ich.»

«Also wolltest du dir auch das Leben nehmen?»

«Nein. Nicht wirklich. Gut, ich habe darüber nachgedacht. Schließlich war mir, als ich die Zeitung fand, gerade erst bewusst geworden, dass Hartmut mich aufgestöbert hat. Dass meine Flucht missglückt ist. Ich war verzweifelt ...»

«... und hast darüber nachgedacht, dich mit einem Sprung von den Externsteinen aus der Affäre zu ziehen?» Der Satz sollte sich eigentlich nicht so vorwurfsvoll anhören. Es tat Wencke

Leid, in dem Moment, als sie ihn ausgesprochen hatte. Sie konnte sich schließlich nicht wirklich vorstellen, welche Ängste Nina durchgemacht haben mochte.

Nina sah sie jedoch weiterhin voller Vertrauen an. «Ich wäre nie gesprungen. Wegen Mattis nicht und auch wegen dem hier.» Nina streichelte wieder über den Bauch, und es war das erste Mal, dass Wencke diese Geste irgendwie nachvollziehen konnte. «Vielleicht habe ich den Zettel als Abschreckung mit mir herumgetragen, keine Ahnung. Es tut mir Leid, dass ich dir eine solche Story aufgetischt habe, aber irgendwie wollte ich wohl mit meiner Angst nicht so allein sein. Sie zumindest einmal aussprechen. Und da habe ich eben ganz spontan behauptet, mir sei das Papier zugesteckt worden.»

«Ach, Nina», sagte Wencke. «Du musst mir nichts erklären, ich bin es, die sich entschuldigen muss ...»

«Warum?»

«Ich habe dich nicht ernst genommen. Deine Geschichte von den Teufeln unterm Balkon, deine Panik wegen des Artikels ... wenn ich ehrlich bin: Ich habe dich lange Zeit für eine überdrehte Hysterikerin gehalten.»

«Mach dir doch keine Vorwürfe. Du bist die Letzte, die etwas dafür kann, was passiert ist.»

«Nina, lass uns einfach ...», widersprach Wencke schwach.

«Doch! Niemals hatte ich die Kraft, für mich selbst einzustehen. Ich habe mich doch nie gewehrt. Damals war es genauso: Nur mit einem Kind im Bauch habe ich den Mut, mich meinem Leben zu stellen.»

«Ich kann dich verstehen. Mir geht es nicht anders.»

«Aber du hast noch nie jemanden getötet. Und ich bin heute zum zweiten Mal zur Mörderin geworden. Eine Mörderin, Wencke!»

Wencke setzte sich wieder auf. Ihr wurde sofort schwindelig. «Dieses Mal ist es aber anders. Hartmut ist nicht ...»

«Doch», unterbrach Nina und ließ das Handgelenk ihres Mannes los. «Seit ein paar Minuten fühle ich keinen Puls mehr ...»

Sie zitterte leicht, schien aber trotzdem in sich zu ruhen. Draußen hörte man aus der Ferne die schrillen Töne von Martinshörnern. Mehrere Krankenwagen waren gleichzeitig auf dem Weg. Wencke war erschöpft. Sie legte ihren Kopf auf den Arm und schloss die Augen.

Norbert Paulessen ließ am Vormittag des Heiligen Abends das Fahrrad stehen und nahm ausnahmsweise mal den Dienstwagen. Das hatte damit zu tun, dass er insgesamt zwei große Blumensträuße, zwei Tüten Gummibären und eine Flasche hochwertigen Multivitaminsaft zu transportieren hatte. Und zwar bis zum Klinikum Lippe-Detmold, bei Glatteis und Schneeregen. Eigentlich ging es ihm dabei nur um eine Patientin, die er besuchen wollte, doch er konnte schlecht an Nina und Mattis Pelikan, an der kleinen Joy-Michelle und Ilja Vilhelm vorbeispazieren, ohne sie nicht auch mit einem kleinen Mitbringsel am Krankenbett zu erfreuen. Die Kinder waren zum Glück so weit wieder gesund. Ihre Lungen hatten durch das Chlorgas zwar etwas Schaden genommen, doch der Oberarzt hatte davon gesprochen, sie zu Weihnachten nach Hause, oder besser zurück in die *Sazellum*-Klinik zu schicken. Die beiden schienen aber keineswegs traurig zu sein, sich ein Zimmer teilen zu müssen. Als Paulessen ihnen die Fruchtgummis brachte, war Mattis gerade damit beschäftigt, langsam und schüchtern unter die Bettdecke des Mädchens zu kriechen, die Augen dabei auf einen Gameboy geheftet. Auch seine Mutter Nina Pelikan hatte sich so weit erholt. Trotz ihrer mageren Erscheinung war diese Frau stark, sie hatte die lange Zeit in der verfallenen Lippe-Klinik, die Kälte und die Strapazen gut weggesteckt. Leider erwarteten sie nach der Entlassung einige unangenehme Besuche der Detmolder Kripo, die sich mit dem toten Hartmut Pelikan beschäftigen mussten. Doch nichts sprach bislang dagegen, dass die ehemalige Janina Grottenhauer in Notwehr gehandelt und mit ihrem beherzten Einsatz sogar das Leben der Kommissarin gerettet hatte.

Am schlechtesten ging es Ilja Vilhelm, dem Wacholderteufel. Er ließ sich jedoch die Schmerzen der zahlreichen Knochenbrüche nicht anmerken und versuchte, das von der Lungenverletzung rührende Husten zu unterdrücken, als Paulessen mit der Flasche Saft in sein Zimmer kam.

«So ganz verstehe ich immer noch nicht, warum dieser Hartmut Pelikan den ganzen Aufwand betrieben hat, um mir zu schaden. Nur weil ich seiner Frau zur Trennung geraten habe ...»

Paulessen war kein Psychologe, und im Grunde waren ihm diese Seelensachen sogar ein wenig suspekt. Doch er hatte bereits mit den Kollegen von der Mordkommission in Detmold gesprochen und konnte Ilja Vilhelms Fragen zumindest ansatzweise beantworten. «Man nimmt an, dass Pelikan von der Idee besessen war, dass seine Frau ihn nicht aus freien Stücken verließ, sondern von falschen Freunden beeinflusst wurde. Wer die Geschichte von Nina Pelikan kennt, weiß ja, dass sie tatsächlich alles andere als willensstark ist.»

«Ja», bestätigte Ilja Vilhelm. «Es gab da in der Vergangenheit bereits ein paar Fälle ... Ich darf nicht darüber reden, aber ich mache mir Vorwürfe, dass ich nicht eher darauf gekommen bin, in welch schlimmer Situation sich meine Patientin befand ...» Er hustete wieder so stark, dass seine Augen tränten.

«Ach, es gab ja zum Glück diese Kommissarin, die irgendwie dahinter gekommen ist ...»

«Sie meinen Wencke Tydmers ...»

Paulessen konnte nicht an sich halten. «Sie ist die beeindruckendste Kollegin, der ich je begegnet bin.»

Vilhelm hatte einen undefinierbaren Gesichtsausdruck. War es Skepsis?

«Aber mein Lebensretter sind Sie», sagte Ilja schließlich, und Paulessen musste gegen seine Verlegenheit ankämpfen. Der ganze Rummel um seine Person und die paar Minuten, die er an den Externsteinen das Seil gehalten hatte, war ihm peinlich. Sogar sein Vorgesetzter hatte ihn über den grünen Klee gelobt, und seit gestern stand wie durch Geisterhand auf einmal ein funktionsfähiger PC auf seinem Schreibtisch in der kleinen Dienststelle. Der Internetanschluss sollte gleich nach Neujahr installiert werden.

Für ihn selbst schien der Vorfall bei der Wintersonnenwende nur noch eine seltsame Erinnerung, ein verklärter Albtraum zu sein. Er konnte sich noch genau erinnern, was er gedacht hatte, als er mit seinem bisschen Kraft dieses verdammte Seil hielt: «Was ist hier los? Warum warnt mich diese Wencke Tydmers vor einem Anschlag, der so abwegig klingt und so gar nichts zu tun hat mit dem üblichen Falschparken oder nächtlicher Ruhestörung? Hänge ich hier wirklich in diesem Moment auf den Externsteinen fest und werde dabei beleuchtet von Scheinwerfern, angefeuert von einem Publikum? Was ist hier los?» Waren das die Gedanken eines Helden, eines Teutoburger Superman?

Das Zimmer von Wencke Tydmers lag in der gynäkologischen Abteilung ganz hinten am Gang. Paulessen atmete einmal tief durch, bevor er an die Tür klopfte und nach dem «Herein» von drinnen ins Zimmer trat.

«Herr Kollege!», sagte Wencke Tydmers mit einem strahlenden Lächeln. Ihr Kopf war auf einem weichen Kissen gebettet, die roten Haare bildeten einen schönen Kontrast zu dem hellgelben Streifenbezug. Von ihrem Arm aus führte ein Schlauch nach oben zu der Flasche, aus der es im Sekundentakt tropfte. Sie folgte seinem besorgten Blick und grinste: «Keine Sorge. Sieht schlimmer aus, als es ist.»

«Was ist mit dem …?» Paulessen blieben wieder einmal die Worte im Halse stecken, zur Verdeutlichung, was er eigentlich sagen wollte, legte er die Hand auf seinen Bauch.

Wencke Tydmers lachte laut. «Diese Geste, Herr Paulessen, sind Sie in anderen Umständen?» Nun streichelte auch sie über die kleine Kugel, die sich unter der Bettdecke abzeichnete, und so zufrieden hatte er die Kommissarin noch nie gesehen. «Gott sei Dank, dem Kind geht es gut. Ich muss jedoch noch einige Tage eisern in der Waagerechten bleiben und Wehen hemmende Mittel nehmen. Geschieht mir recht.»

Paulessen hatte eine Vase aus dem Flur mitgenommen, die er nun mit Wasser füllte und mitsamt dem Blumenstrauß auf das Nachttischchen stellte.

«Ein Weihnachtsstrauß! Sehr schön, vielen Dank», sagte Wencke Tydmers. Paulessen bemerkte, dass er noch keinen vernünftigen Satz gesagt hatte, seit er eingetreten war. Er räusperte sich. «Nun, Sie können sich jetzt entspannen. Wir haben unsere Fälle ja bei der Wintersonnenwende gelöst.»

Eine Augenbrauc wurde interessiert nach oben gezogen. «Die Grabschändung?»

«Stefan Brampeter, der Bruder des dort beerdigten Mannes, hat mich vorgestern auf der Wache aufgesucht und mir die Untat gestanden. Eine alte Familiengeschichte, sagte er, und es solle in Zukunft nicht mehr vorkommen …»

«Das wäre ja auch noch schöner. Und konnten Sie herausfinden, wie Hartmut Pelikan das Chlor in die Nebelmaschine füllen konnte?»

»Ja, er kann es uns ja nun nicht mehr selbst erzählen, aber wir vermuten, er hat einem nächtlichen Gespräch zwischen Nina Pelikan und Stefan Brampeter gelauscht. Er ist Brampeter gefolgt, vielleicht dachte er in seiner rasenden Eifersucht, dieser habe es auf seine Frau abgesehen oder sei eventuell sogar der Vater des ungeborenen Kindes. Jedenfalls wird er bei einer günstigen Gelegenheit den Schlüssel für die Externsteine entwendet haben. Brampeter vermutet, es war im Wald, beim Holzlager. In einem unbeobachteten Moment, wahrscheinlich am Vormittag, muss er sich zu den Apparaturen geschlichen haben. Oder er hat das Durcheinander kurz vor dem Fest genutzt, um das Chlor in die Nebelmaschine zu füllen. Das wissen wir nicht so genau. Hartmut Pelikan schien bei aller Grobheit ein ziemlich intelligenter … ach, mir fällt das Wort nicht ein …»

«Er war ein guter Stratege. Ein wahrer Kriegsheld. Wie Hermann der Cherusker.»

«Wie kommen Sie denn darauf?»

«Mattis hat mir diese Parallele schon vor dem ganzen Chaos geliefert. Er ist ein cleverer Junge. Trotzdem fällt es mir schwer zu glauben, dass ein solcher Mann – ich habe ihn in erster Linie als ziemlich brutal erlebt –, dass er zu solch einem Plan fähig war.»

«Unsere Ermittlungen haben ergeben, dass er zu Hause in Bremen ein eher unauffälliger, gewissenhafter Mensch ist. Sein ehemaliger Chef hat sogar regelrecht von seinem Geschick und seiner Zuverlässigkeit geschwärmt. Aber es ist ja oft so, dass die Menschen in ihren eigenen vier Wänden ein ganz anderes Gesicht zeigen.»

«Ja, das macht es für die Angehörigen auch so schwer, davon zu erzählen, geschweige denn, diesen Menschen zu verlassen. Sie müssen lange suchen, bis sie sich jemandem anvertrauen können.»

Paulessen schaute aus dem Fenster. Es schneite noch immer. Seine Familie wartete schon auf ihn, der Baum sollte aufgestellt und geschmückt werden, dies war seit Jahren sein Job. Er freute sich auf zu Hause und wusste, dass er sich glücklich schätzen konnte. «Frau Pelikan hat sicher schon lange kein friedliches Weihnachtsfest mehr erlebt.»

«Nun, ich denke, sie ist jetzt auf dem richtigen Weg», sagte Wencke Tydmers.

Er musste sie ein wenig zu lang ansehen. «Zum Glück hat Nina Pelikan in Ihnen und in Ilja Vilhelm Menschen gefunden, die sie unterstützt haben.»

«Aber weil Pelikan meinte, dass Ilja Vilhelm einen schlechten Einfluss auf seine Frau ausübte und sie in ihren Fluchtgedanken bestärkte, wollte er ihn aus dem Weg haben», ergänzte Wencke Tydmers. Man merkte ihr an, dass sie trotz der zwangsverordneten Ruhe im Krankenbett die Zeit dazu genutzt hatte, den Fall in ihrem Kopf zu Ende zu denken. Eine Vollblutpolizistin eben. Sie war in Gedanken noch immer bei Hartmut Pelikan. «Es muss bei ihm krankhaft gewesen sein!»

«Das sehe ich genauso. Menschen wie er denken aber, sie handeln absolut richtig und sogar im Interesse der Partner, die sie mit ihren Aktionen weiter an sich binden wollen. Wahrscheinlich hatte Pelikan schreckliche Angst vorm Alleinsein.»

Paulessen suchte nach etwas, was er in die Hand nehmen und zwischen den Fingern bewegen konnte. Er fand einen kleinen Weihnachtsmann aus Papier, den die Floristin vorhin liebevoll in den Blumenstrauß gesteckt hatte.

Angst vorm Alleinsein, dachte er einen Moment. In Bad Meinberg war man nie ganz allein, hier gab es immer jemanden, der sich für einen interessierte. Man musste sich im Grunde ganz schön anstrengen, wenn man mal allein sein wollte. Und das war es auch, was Norbert Paulessen an diesem Ort liebte. Was ihn sogar stolz machte. Noch stolzer als die Tatsache, dass er dem Wacholderteufel in einer – doch, man konnte es nicht anders bezeichnen – halsbrecherischen Aktion das Leben gerettet hatte. Einen kurzen Moment ließ Norbert Paulessen zu, sich als Held von Bad Meinberg zu fühlen. Dann fiel sein Blick wieder auf die junge Frau im Krankenbett. Sie deutete ihm an, sich zu ihr auf die Bettkante zu setzen. Er hob die Polizistenmütze vom Kopf und nahm Platz. «Und Weihnachten bleiben Sie ganz allein? Soll ich vielleicht ...»

«Machen Sie sich keine Gedanken. Ich bleibe hier, ein bisschen Ruhe tut mir gut. Und auf Sie warten doch zu Hause Frau und Zwillinge. Das wird sicher nett, meinen Sie nicht?»

Paulessen grummelte. Natürlich würde es nett werden. Seine Kinder bekamen eine Eisenbahn von Lego, und seiner Frau hatte er die Espressomaschine gekauft, die sie sich schon seit langem wünschte. Aber dennoch war da diese Sehnsucht, dieser unerklärliche Wunsch, aus seinem Einerlei auszubrechen. Wegen einer Frau, wie Wencke Tydmers es war? Er schaute wieder aus dem Fenster. Schneeflocken setzten sich aufs Glas, wurden unsichtbar und rutschten schließlich in kleinen Bächen an der Scheibe herunter.

«Weiße Weihnachten, wer hätte das gedacht ...», sinnierte er.

Wencke Tydmers lächelte wieder. «In der Klinik haben sie uns schon seit Tagen Schnee versprochen. Ich finde, es wurde höchste Zeit ...»

Es klopfte an der Tür, und noch bevor Wencke reagieren konnte, trat ein großer, schlanker Mann ins Zimmer. Er sah sehr gut aus, trug einen modischen Wollmantel und hatte dunkles Haar. Außer Atem blieb er kurz stehen, schaute Richtung Krankenbett, man konnte sehen, dass ihn der Anblick von Paulessen auf der Bettkante einigermaßen verwirrte.

«Wencke!», sagte er schließlich. Seine Stimme war angenehm tief.

«Ich glaub es nicht!», sagte die Kranke, setzte sich leicht auf und strahlte über das ganze Gesicht, sodass es Paulessen einen kleinen Stich versetzte. Er war nicht imstande gewesen, ein solches Strahlen auf das Gesicht der Kommissarin zu zaubern.

«Axel Sanders, was machst du denn hier?»

Mit schnellem Schritt war der Mann am Bett, setzte sich auf die andere Seite, nickte Paulessen kurz zu und nahm Wencke Tydmers' Hand. «Was ich hier mache?»

«Hast du nicht Feiertagsdienst, wie alle unverheirateten Kollegen?»

Er schaute sie lange an, es schien, als habe er ihre Frage gar nicht wahrgenommen.

«Und Axel? Was ist mit dem toten Mädchen aus Dornumersiel? Ich habe eben darüber nachgedacht …»

«Es war ein Unfall. Die Kleine ist beim Spielen ins Hafenbecken gefallen und hatte sich wohl mit dem Fuß in einer der Leinen verfangen.»

«Kein Mord?»

Der Mann, den Wencke Tydmers Axel Sanders genannt hatte, schüttelte den Kopf. «Gott sei Dank kein Mord.» Er rieb ihre Finger zwischen seinen Händen. Keine Frage, die beiden waren sehr vertraut miteinander.

Paulessen konnte sich nicht erklären, womit er bei Wencke Tydmers eigentlich gerechnet hatte. Dass eine solche Frau wie sie noch zu haben war? Unsinn. Und dieser Mann hier schien genau der Richtige für sie zu sein. Die beiden passten zusammen. Außerdem gehörte zu dem Kind in Wencke Tydmers' Bauch nun mal ein Vater. So war es immer. So sollte es auch sein. Schluss mit den komischen Träumereien.

Er setzte die Mütze wieder auf den Kopf, nuschelte irgendwas von «Nach Weihnachten nochmal reinschauen», hob verlegen den Arm zum Gruß und ging aus dem Zimmer. Die beiden wollten sicher lieber allein sein.

Danksagung

Mein herzlicher Dank gilt allen, die mir bei meiner Recherche zu diesem Buch geholfen haben, insbesondere:

dem Haus Yoga-Vidya in Bad Meinberg für Unterbringung, Verpflegung und Stadtführung, allen voran Nele Wenneckers für die guten Gespräche,

den Machern der absolut sehenswerten www.teutosagen.de – dies sind Astrid Menze und Torsten Nienaber aus Bielefeld – für schaurige Geschichten,

dem Zimmerermeister Jörg-Martin Paasche aus Bad Oeynhausen und seiner Familie – für ein herzliches Abendessen und Einblicke in die Kunst des Restaurierens,

dem Bad Meinberger Dorfpolizisten POK Ulrich Petersmeier für die Wahrheit über den Schwanmord im Kurpark,

dem Stadtmarketing Horn-Bad Meinberg c/o Hans-H. Müller-Hisje für die Organisation vor Ort,

dem Wirt des «Lindenhofs» für das handgeschriebene «Lippischer Pickert»-Rezept

und den Informanten, die lieber nicht genannt werden möchten.

Sandra Lüpkes

«Ein Nachwuchsstar der deutschen Krimiszene.»
Jürgen Kehrer in der *Süddeutschen Zeitung*

Fischer, wie tief ist das Wasser
Küstenkrimi
rororo 23416

Halbmast
Kriminalroman
rororo 23854

Inselkrimis mit Kommissarin Wencke Tydmers:

Das Hagebutten-Mädchen
Shantychöre und Döntjeserzähler der sieben ostfriesischen Inseln treffen sich auf Juist. Doch der feuchtfröhliche Abend endet tödlich: Wer hat den Antiquitätenhändler Kai Minnert in seinem Laden ermordet? Die impulsive und oftmals chaotische Kriminalkommissarin Wencke Tydmers versucht das Rätsel um ein altes Instrument und eine fast vergessene Sturmflutsage zu lösen. Die fieberhafte Suche nach dem Mörder beginnt ...
rororo 23599

Die Sanddornkönigin
rororo 23897

Der Brombeerpirat
Norderney. Die 14-jährige Leefke: tot, Wenckes Bruder: verschwunden. Besteht ein Zusammenhang?
rororo 23926

Die Wacholderteufel

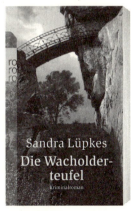

rororo 24212

Weitere Informationen in der Rowohlt Revue oder unter www.rororo.de

Foto: Hergen Schimpf

Petra Oelker

«Petra Oelker hat lustvoll in Hamburgs Vergangenheit gestöbert – ein amüsantes, stimmungsvolles Sittengemälde aus vergangener Zeit ...» Der Spiegel

Tod am Zollhaus
Ein historischer Kriminalroman
3-499-22116-0

Der Sommer des Kometen
Ein historischer Kriminalroman
3-499-22256-6
Hamburg im Juni des Jahres 1766: Drückende Schwüle liegt über der Stadt. Auf dem Gänsemarkt warnt ein mysteriöser Kometenbeschwörer vor nahendem Unheil.

Lorettas letzter Vorhang
Ein historischer Kriminalroman
3-499-22444-5
Komödiantin Rosina und Großkaufmann Herrmanns auf Mörderjagd zwischen Theater und Börse, Kaffeehaus, Hafen, Spelunken und feinen Bürgersalons.

Die zerbrochene Uhr
Ein historischer Kriminalroman
3-499-22667-7

Die englische Episode
Ein historischer Kriminalroman
3-499-23289-8

Die ungehorsame Tochter
Ein historischer Kriminalroman
3-499-22668-5

Die Neuberin
Die Lebensgeschichte der ersten großen deutschen Schauspielerin
3-499-23740-7

Das Bild der alten Dame
Ein historischer Kriminalroman

3-499-22865-3

Weitere Informationen in der Rowohlt Revue oder unter www.rororo.de